爱情从未离开过

何乐逸 / 著

重庆出版集团 重庆出版社

图书在版编目(CIP)数据

爱情从未离开过/何乐逸著.—重庆:重庆出版社,2017.6
ISBN 978-7-229-11350-6

Ⅰ.①爱… Ⅱ.①何… Ⅲ.①长篇小说—中国—当代 Ⅳ.①I247.5

中国版本图书馆CIP数据核字(2016)第143754号

爱情从未离开过
AIQING CONGWEI LIKAI GUO
何乐逸 著

责任编辑:袁 宁
责任校对:刘小燕
装帧设计:陈 永 卢晓鸣

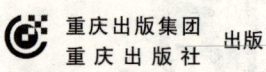

重庆出版集团
重庆出版社 出版

重庆市南岸区南滨路162号1幢 邮政编码:400061 http://www.cqph.com
重庆出版社艺术设计有限公司制版
重庆市国丰印务有限责任公司印刷
重庆出版集团图书发行有限公司发行
E-MAIL:fxchu@cqph.com 邮购电话:023-61520646
全国新华书店经销

开本:890mm×1240mm 1/32 印张:8.5 字数:200千
2017年6月第1版 2017年6月第1次印刷
ISBN 978-7-229-11350-6
定价:33.00元

如有印装质量问题,请向本集团图书发行有限公司调换:023-61520678

版权所有 侵权必究

目录

引子 ...1

第一章　含泪微笑，转身遇见 ...7

第二章　情不知所起，一往情深 ...69

第三章　若你我已成陌路 ...125

第四章　只为从此不相离 ...193

引子

沈小雅戴着鸭舌帽在报刊亭买了一份报纸和一瓶矿泉水匆匆离去。

她快步走进公园，一屁股坐在树叶繁茂的老榆树下。她将帽子摘下，露出一头利落的短发，一张俏皮可爱的小圆脸，一双圆溜溜的黑眸。她上身穿一件卡通T恤，下着破洞宽松牛仔裤，好似一个在念书的高中生。

她忧心忡忡地浏览着《今日早报》的消息，树影斑驳地映在报纸上，不时地抖动着。

她该怎么办呢？眼眸染上了一层水雾，隐隐约约地在眼角荡漾消散。

叹了一口气之后，她起身站起来，一副失魂落魄的样子，倏地，她撞上了一个坚硬的胸膛："啊……"

沈小雅一脸茫然地看着眼前的这个男人。

蓝顾云一脸冷峻地瞄了她一眼，这让她瞬间冒了一身冷汗。

他由内而外散发出一种难以接近的，透着棱角分明的冷漠，低垂着的长长的睫毛下，像黑水晶一样闪烁着的深邃双眸，让人无法猜测他的想法。

"对不起……"

沈小雅立马低头道歉，这类"冰块人"她是惹不起的。蓝顾云挑眉看了她一眼，眼中闪过一丝精光。他点点头："没事。"

此番小意外倒是让沈小雅的脑子清醒不少。她走向人潮拥挤的街道，伸手招停了一辆出租车，对着司机说："静安古楼。"

此时，一辆黑色的车从街道某个角落里驶出，车里的人看着出租车汇集到车流中，才缓缓地关上了车窗，仿佛老鹰已经抓住了猎物一般。

刚从出租车下来的沈小雅很快就被眼前的景观所震撼，在C市几乎人人都知道这儿——静安古楼。

静安古楼是本市藏书最多，规模最大的书城。染上岁月痕迹的古楼屹立在这个现代化的城市里，虽然显得有些突兀，却又没有格格不入，根据媒体报导，很多大牌明星都喜欢来这儿看书、谈事。

雅致的古楼一楼陈设展挂着众多的知名书画，甚至有些已经被称之是绝迹的墨宝，也一一展示出来，但却有个不成文的规定：谢绝出售。

沿着木制楼梯向上走，发出轻轻的吱吱呀呀的声音，二楼则是一排排的书架，存放着古今中外的书籍。四周的墙壁都做成了书架，摆放着各式各样的书。

眼尖的沈小雅看到一个穿着一条黑色窄裙的女人爬着八米的梯子，好像想拿书架上的一本书，地上放着她那有着十一公分鞋跟的黑色高跟鞋。

"优优，你是暴露狂吗？"沈小雅带着戏谑的笑容揶揄她。

顾优听到沈小雅的声音，浑身一愣，象征性地拉了拉自己的

引 子

裙子，自顾自地继续拿书，随即熟练地从梯子上下来，发丝在空中飘荡。

一种妩媚的味道在空气中荡漾着，她优雅地穿上了高跟鞋，完全没有一丝窘迫。

这就是她所认识的顾优，睿智到让人难以用言语来形容，不然她也不可能从一个毫无经验的大学生，一跃成为沈氏的HR主管。

沈小雅看着她一路小跑地朝着主管的位置进发，从诧异到敬佩，从陌生到熟悉。不得不说顾优的确是拥有了太多令人羡慕的东西。

顾优把书递到了沈小雅的手上，随即拉着她上了三楼。

任谁都猜不出，推开那扇沉甸甸的大门，眼前是一间富丽堂皇的餐厅，这着实与楼下的两层风格迥异。

璀璨华丽的水晶吊灯，每个角度都能折射出如梦似幻的斑斓彩光。

奢华的欧式桌椅和位于餐厅中间小巧精致的琉璃吧台，处处彰显主人的品位。每张桌上都摆放着一个水晶花瓶，瓶子里红色的玫瑰柔美地盛开着。

她俩找了一个临近窗边的位置坐了下来。顾优拨弄着新烫的大波浪，一对浓密纤长的睫毛不断地眨巴着："怎么样，这地方好吧？这可是C市最大的书店。"

沈小雅点了点头，低头一看她选的书，看了一眼眼前这个妩媚的女人，顿时有种被雷到的感觉，顾优还要看这种书？

"这本书是给你看的，不要误会。"

沈小雅清丽的容颜上闪过明了，她就知道。

顾优咳了一声，喝了一口水，想唤回沈小雅的注意力。

谁知她还是傻愣愣的，顾优拨弄着艳红的蔻丹，不轻不重地对她投下一枚"炸弹"："沈家和陆家炸开了锅，这几天四处派人找你，准备怎么办？"

"不知道，你让我再清净一下吧。"

沈小雅语气透着隐隐的无可奈何，眼神痴痴地望着外面。生机勃勃的绿萝圈绕着古铜色栏杆，不断地缠着，绕着，她的思绪不由得被牵引着……

那时的他们都好单纯，毫无城府地计划着将来。

沈家和陆家是世交，沈小雅与陆子鸣是青梅竹马，两家长辈自然对他们的婚事乐见其成，所以当沈小雅从美国念书回来，就开始操办两人的婚事。

本来这一切都是这么顺利。

就在婚宴的前几天，沈小雅带顾优去陆子鸣的公寓里玩，顾优发现自个儿的身份证掉在了陆子鸣家，她次日又急着去F市出差，便一大早给沈小雅打来"夺命"Call，沈小雅不得不跑到陆子鸣家拿身份证，却撞见了不该撞见的事。

她百般信赖的闺密郑芙雅竟然躺在陆子鸣的怀里！轰隆！平地一声雷，她被炸得七零八碎。

惊慌失措的她根本不知道该怎么办，似乎全身的力气都被倾数抽干了，像被人拿着一把刀在她的心口上不断地戳着，非要见鲜血一般。

脑子里闪过的全都是两个人亲热的画面，犹如电影镜头一般在放映。

四周的空气变得稀薄，她拼了命在呼吸着，过了一会儿，也不知是打哪儿来的力气，她摇摇晃晃地犹如"幽灵"一般飘到了

引 子

顾优家。

那时的想法就是逃走，不想面对这一切，这件事把她狠狠拽进了黑不见底的深渊，找不到出口。

顾优给她建议，让她去C市散心，别拿一辈子的婚姻开玩笑。她才从沈氏千金转身成为邻家妹妹。

若爱是一条不断错失、得到、纠缠的死胡同，那我愿意一走到底，决不回头，执意背水一战。

然而……最先失去的却是你。

第一章

含泪微笑,转身遇见

第一最好不相见,如此便可不相恋。
第二最好不相知,如此便可不相思。

——仓央嘉措

第一章　含泪微笑，转身遇见

Part1

♪ "长大以后，我只能奔跑，我多害怕，黑暗中跌倒。明天，你好，含着泪微笑。"她是被抛弃的人，却转身撞见他。

盛夏时节，街道上的人群往来不断。走在毒辣烈日底下，空气中弥漫着浮躁的气息，静安古楼门口，坐着几个上了年纪的大爷，凑成一小堆，语调起伏，所围绕的主题是里面的油画，时而声音兴奋得让路人不明所以地停下步伐。

沈小雅坐在窗边，透过玻璃窗清晰可见楼下的场景，可脑子里却在思量顾优提的建议。

座位墙壁上悬挂一台小型液晶电视，正在播放地方台新闻，主持人敬业地播报着一些周边的小新闻，从下面一溜烟地冒过简要资讯，画面切换，转到了记者实地采访。

隔壁座的一个年轻小姑娘正对着手机屏幕往下拉，只听到手机发出"咚"的一声，她兴致勃勃地盯着微博客户端页面看，嘴里偶尔会小声地说几句。

这是一个资讯自由高速发展的时代，却也让她头疼不已，看着微信每日不断地增加消息，绿色的小泡泡以秒数在叠加，索性就卸载，省得看着心烦，不敢发布讯息，生怕被人知道IP地址，要知道沈家正到处搜寻她。

顾优拿了一串钥匙递给她："你不能再住酒店，沈家已经在

A市到处找你，相信很快就会查到C市来，到时候你就麻烦了。这是我大哥的房子，你住进去避避风头。"

沈小雅接过钥匙，满脸谢意地看着她："谢谢，要不是你，我真不知道该怎么办。"

可俗话说得好，当人有好运来的时候，那么接踵而来的则应该是厄运。

沈小雅先是把钱包忘在出租车里，紧接着去退房却发现爸爸已经把她的黑卡冻结，无奈之下，只能掏出兜里仅有的现金交房钱。身无分文的她浑浑噩噩地走进顾优大哥的家。现在除了住进这套公寓，她别无他法。

在这个时候，窸窸窣窣的钥匙开门声让躺在床上的沈小雅警觉起来，不会是招贼了吧？她立马起身嘴里念叨着："谁啊？这屋子里住着很多人哦。"

就在门被打开的那一刹那，蓝顾云一张冷酷的面孔映入她眼帘。

她猛然愣住，手指僵在空中。星星点点的光芒映在他白色衬衫上，而她不禁浑身哆嗦了一下："怎么是你？"这个世界果然无奇不有，她在公园里撞到的陌生人，居然就出现在眼前。

"这是我家，你……"他眉头微皱，拖着黑色的行李箱，大步走进来。

沈小雅踉跄地退了几小步，圆溜溜的眼睛瞬间又放大了好几倍，吃惊地说："这不是顾优大哥的家吗？"

蓝顾云的冷眸瞄了她一眼，语气淡然地说："原来她说的朋友是你。我是她大哥蓝顾云，提早回来了。"

"你好你好，我叫沈小雅，那我……"

第一章 含泪微笑，转身遇见

"既然我回来了，你就整理下行李住酒店，毕竟孤男寡女共处一室不妥当，而且我这个房子本来就不大，只有一个房间。"

他的语气里充满了抵触，干脆利落地发下话了，似乎不满外人住他家。

他提早回来了，这是厄运连连的节奏吗？

"这……"沈小雅脸色一僵，随即讨好一笑，"我们可以打个商量吗？我的钱包被偷了，暂时没有钱，你可以通融一下吗？"

蓝顾云冷眼扫过来，仔细地睨了她一眼，缓缓地说："你可以在阳台或者客厅打地铺，二选一。"

沈小雅精致的五官瞬间纠结得像是一团皱了的抹布，再多的不甘愿也只能咽下去："好，客厅。"

"你不满意？"蓝顾云见她如此忍耐，回问一句。

沈小雅瞅了蓝顾云一眼，沮丧地说："没。说有你会让我住房间吗？"

蓝顾云沉默了一会儿，淡淡地说："好。"

这会儿换沈小雅傻眼了，嘴巴张成O字形，讶然道："啊？"

蓝顾云大发慈悲地让她睡卧室，沈小雅嘴巴咧得就像一朵花，屁颠屁颠就跑了出去，说是要买晚餐。

没过一会儿，沈小雅一脸沮丧地回来，手上空空如也。躺在舒适沙发上的蓝顾云微微蹙眉："你不是去买东西了吗？"

她摊手："我没钱，卡被冻结了，身上也没现金。"

蓝顾云眼角带着一丝暖意："那你有什么？"

沈小雅拨了一下散落在额头上的发丝，低沉地冒出一句："我好像什么都没有。为什么你不问我怎么在这里，怎么会没钱呢？"

蓝顾云将头靠在纯白的沙发上，慵懒地飘出一句："不感兴趣。"

沈小雅走到他面前蹲着，双手托腮，一脸讶然地说："你为什么会不感兴趣呢？"

他默然。

"你对人都这么冷淡吗？"

他依旧沉默。

"你不觉得我很可爱吗？"

登时，蓝顾云脸冒黑线，俊脸露出破绽，嘴角微微上扬："你都是这么烦人的吗？"

沈小雅一脸无辜地瞅着他，眼眸里泛着一丝丝雾水："我饿了，可是我没钱。"

蓝顾云从钱包里掏出几张百元大钞递给她，沈小雅神情带着一丝忧郁地接过了，可那种表情转瞬即逝，没过一会儿，她就对着他嘻嘻哈哈乐着。

沈小雅一出公寓门，止不住的泪珠滚落而下，从小到大都没有受到过这样的委屈，父母视她如珠如宝，向来衣来伸手饭来张口，而现在……

陆子鸣背叛她，她走投无路，没处可去，想到这里更加难受，顿时泪流满面，呆坐在花圃的水泥凳上。

"你买晚餐买到哪里去了？"

沈小雅抬起楚楚可怜的脸："你……"连忙擦擦眼泪，不想让他知道她在难过。

蓝顾云咳了一声："我什么都没看见，给你三分钟！"说完，递了一包纸巾给她。

第一章　含泪微笑，转身遇见

她伸手接过，一双水眸不解地望着他，她觉得这个男人犹如冰块一般的外貌下，似乎还隐藏着一颗柔软细致的心。

蓝顾云带着她去附近的餐厅吃饭。餐厅是简约大方的欧式装修，墙上挂着的法国精致油画，强调线形流动的变化，色彩华丽。

沈小雅亦步亦趋地跟着他，心忖这个男人好像很了解她，不然怎么会知道她偷偷在哭。难道是顾优跟他说的？

蓝顾云找了个雅致的地方坐下："别那么看着我，好像我在欺负你一般。"

沈小雅轻咬红唇，圆溜溜的眼睛无辜地瞄他："你好像很熟悉我？"

这时，他拿着菜单的手有了片刻停顿，须臾，翻着下一页，跟服务员点了两客黑胡椒牛扒，嘴角勾起一抹诡谲的笑容："顾优天天说小雅这小雅那的，我怎么可能会不知道呢？"

"那……你还……欺负我。"沈小雅在他的直视下，终于有勇气把话说完。她认定蓝顾云是个外冷内热的人，所以也就没什么顾忌。

他挑眉："我欺负你？那我还用得着让房间给你睡，带你吃饭？直接把你扔到街头不就行了？"

沈小雅咧开嘴一笑："你说得也对。"随即脸色又黯然了，她晴转多云的脾气真是说来就来，让蓝顾云有些丈二和尚摸不着头脑："又怎么了？"

"我接下来不知道该怎么办。没钱，又不能回家……"

他是可以请她吃顿饭，但不可能一直养着她，对于这点，她还是有自知之明的。蓝顾云看着她垂头丧气的模样，不知怎的心生怜惜："你可以去我那儿上班，刚好还缺一个人。"说完之后，他就有点后悔，这姑娘看上去是个连路都找不到东南西北的人。

"好啊，好啊！什么工作？"沈小雅嚼着牛扒含糊不清地说。

他嘴角一笑："到时候就知道了。"

正午时分，阳光照在静安古楼二楼一大排一大排的书架上，书籍密密麻麻地陈列，空气中弥漫着书的香味，沈小雅将那几本闲置的书放回到书架上。令她始料未及的是，蓝顾云居然是静安古楼的股东之一，而她的工作是当一名合格的图书管理员。

她从来都不知道顾优的哥哥这么厉害，顾优从未提过。

她在A市就略有耳闻静安古楼三个股东的事，从不让媒体采访，极少露面，脾气古怪不易亲近。

她想到昨晚三更半夜起来上厕所，被蓝顾云吓得汗毛直竖。刚开始她并没有发现他，直到从厕所出来后，闻到烟味，才发现在乌漆麻黑的客厅里，坐在沙发上的他一动不动地抽着香烟。

此时，外面的路灯"咔嚓"一声亮起来，瞬间透过窗户玻璃刺入客厅内，将她的影子拖长。

"这是鬼来了吗？"蓝顾云直直地盯着她，她穿着哆啦A梦的大T恤，白嫩如霜的纤纤玉手垂在两侧，正在以一种好奇宝宝的样子瞅他："是不是沙发不好睡？"

蓝顾云的白色真皮沙发大得惊人，足足占了客厅的三分之一，让人以为这是一张床，如果真的不好睡，那么她可以和他对换。

倏地，他的眸子里闪烁着复杂讯息，发出微不可闻的叹气声："你去睡吧。"

沈小雅不明所以地点点头。

第一章　含泪微笑，转身遇见

千万不要瞎猜测一些人的想法，因为压根儿无法理解，沈小雅觉得一步步都像是在走钢丝，摇摇欲坠。她选择性地去遗忘很多东西，比如说鸡犬不宁的沈家与陆家。

蓝顾云并没有给她太多的工作，估计是觉得她这么笨的脑子，交付重任的结果就是一塌糊涂。况且二楼有一堆精英，又有不少高校毕业生在这儿实习。沈小雅只需要每天整理一些书籍，将它们分门别类，闲来无事就去找楼下保安李叔聊天，一来二去也就熟了。

李叔是个朴实的男人，对谁都特别热情。不像其他的保安冷冰冰的，像别人欠了他们很多钱一样。

"小雅，我给你带了老家的包子。"李叔提了一大袋热气腾腾的包子来找她。埋在书堆里的沈小雅，听到有食物，立马来了精神："好香啊，谢谢李叔。"

她咬了一口包子，眼睛眯成一条缝："李叔老家在哪儿呢？"

"我老婆和儿子在A市的郊区。"

正在咀嚼包子的沈小雅放慢了速度，食不知味："那为什么李叔会在C市呢？"

李叔瞅着她，摇了摇头："现实所迫。"

沈小雅点点头，以为碰触他的忌讳，不敢再问下去，可心里又觉得哪里不对劲："李叔，你跟蓝顾云认识多久了？他一直都是这么古怪的吗？"

说到蓝顾云，李叔的眼神放柔和许多："看着他长大，这孩子……唉……打小就不大爱说话，相处久了会发现他比谁都心软，只是外表装得很冷而已，这或许跟他妈妈也有关系吧。"

"看着他长大？他妈妈？"沈小雅不解。

李叔笑眯眯地说："你可以问他本人，我下楼了。"

顺着李叔的视线看去，沈小雅对上蓝顾云的眼眸，原来是蓝顾云出现，李叔才溜走的。不知怎么回事，脑海中飘过李叔的话"心比谁都软"，忍不住把包子拿到他面前，笑吟吟地说："你看你把李叔都吓走了。吃包子吗？"

"小吃货，看起来李叔挺喜欢你的。"

蓝顾云的脸上闪过一丝难得的笑容，被沈小雅捕捉到，她惊喜地叫着："你笑起来很好看，以后要多笑笑。"

蓝顾云脸上露出窘迫，伸手抢过她那袋热腾腾的包子："没收了，上班时间不许开小差。"

沈小雅可怜巴巴地盯着被他抢走的包子，咽了咽口水，嘟起红唇，不甘愿地冒出一句："可以再给我留一个吗？我觉得好好吃，我……"

他一副没得商量的样子，沈小雅仿若猫咪一样地呢喃："给我吧，不要这么过分，你忍心看一个无辜少女对着你这么哀求吗？"

蓝顾云的眸子闪现某种戏谑的神情，还发出啧啧啧的声音，沈小雅意识到自己说错话了，心里万分悔恨，恨不得去挠墙。

眼睁睁地看着他把包子拿走："蓝顾云，你好过分！"

"蓝顾云，再留我一个呗？"

"蓝顾云，我错了！"

"蓝……"

回应她的是他穿着笔直白衬衫的背影。唉，蓝顾云这个人极其怪异，夸他一句也不行，骂他就更别提了。

趁着午间休息，沈小雅刚想拨个电话给顾优，没想到她就已

第一章 含泪微笑，转身遇见

经打过来："小雅，我大哥是不是回来了？"

"你好聪明！"

"那你们……"

"你哥贡献了卧室给我，他睡沙发！对了，优优，你都没告诉我你大哥是静安古楼的股东。"

顾优那边沉默半响，过了一会儿，轻轻地说了一句："嗯，今天我在茶水间听沈伯伯说陆子鸣去C市了，你一个人多加小心，有事可以找我哥，他也许能帮上你。"

这消息犹如当头棒喝，震得沈小雅回不了神，陆子鸣知道她在C市了吗？

"怎么会？"

"我猜陆子鸣查到你在C市酒店的开房记录，才会依着这条线过来探消息。你住在我大哥那里，没事的。"

"我知道了。"

自打沈小雅知道这个消息后，一整天都郁郁寡欢，回到家之后，她蜷着身子坐沙发上看时政要闻。

蓝顾云打开家门，看到眼前的这场景觉得讶异，她呆滞的神情仿佛空洞得没有一丝灵气，一头短发乱糟糟的，足以见得刚刚肯定在沙发上抓耳挠腮。

他坐到了她身边，伸手抢过她手上的遥控器，调了一个动画频道，在她耳边轻声说："这个才适合你。"

沈小雅的小脑袋埋在双膝间，不理会他言语上的羞辱，发出微乎其微的声音："为什么你都一点不好奇我的事呢？"

"不想知道。"

沈小雅轻笑："也是，我们非亲非故，你又何必了解我。可是我想告诉你。"她的声音仿佛来自于某个谷底，虚弱地传至他的耳中。

"我有一个青梅竹马的未婚夫，可是我怎么都想不到，居然他劈腿，而且是和我最好的闺密？为什么他们俩会在一起呢？我无法理解，眼看我跟他的婚期将近，我就逃到这边来。我是不是很懦弱？"

说到最后，她的声音都在哽咽，一抬头泪如雨下，含着眼泪的眼眸直直地瞅着他。忽然，她被拥入一个温热的怀抱，他好闻的气息在鼻尖缭绕，结实的胸膛仿若将她纳入在一个安全的岛屿，无须面对是是非非。

"你这小妮子太聒噪了，这有什么好说的？该面对的时候，自然就解决了，你急什么？"

她傻傻地冒出一句："你都是这么波澜不惊吗？"

"你猜？"

他笑笑，露出一排洁白的牙齿，她不由得看痴了，高耸鼻梁下棱角分明的嘴唇，深邃的五官轮廓。忍不住用手偷偷地碰了下他的唇。

沈小雅的手指酥麻，像被电流击中。这是她从未体验过的，甚至陆子鸣都不曾给她这种感觉，不由得心如乱麻，连忙起身小跑回卧室。

砰的一声关上房门！

蓝顾云的黑眸凝视她离去的方向，脸庞带着暖暖的笑意，过了会儿，带着黯然的神情阖上眼眸。

沈小雅开始对蓝顾云有些避讳，不大敢肆无忌惮地相处一室，她不知道那种强烈的感觉代表着什么，不过她心底知道，有

第一章 含泪微笑，转身遇见

些东西不能被暴露出来，毕竟现在已经一团糟，她不想再把事绕得更乱。

她刚把被客人弄散乱的书整理好，身后就响起了熟悉的声音："亲爱的小鸭子，好久不见，人家都想死你了。"

立马转身，眼前出现一个男人，五官分明有棱有角的脸俊美异常，一头黑色的长发倾泻而下，一对细长的桃花眼，充满了多情，高挺的鼻子，厚薄适中的红唇，却漾着令人目眩的笑容，长得如此帅气，却发出这种嗲嗲的声音，除了李萌萌还有谁呢？

"萌萌，你能别这么恶心吗？昨天吃的猪肉都要吐出来了。"

李萌萌是沈小雅的邻居，从小就有超常的表演功力，长大后自然而然地成为了当红的明星。

李萌萌居然能找到她，令她感到诧异："萌萌，你怎么知道我在这里的？"

"小鸭子，我刚从维也纳回来，就听说你失踪了，万分悲痛之下，只能跑到这里来看书，没想到你就在这儿。"

"萌……"她还没说完，李萌萌蹙眉接一个电话，在那边大喊大叫："不要，我要休息！不接就是不接！"

挂下电话后，他气呼呼地说："那黏人的经纪人在楼上等我，小鸭子等我谈完事，咱们晚上一起吃饭？"

沈小雅无奈地笑了笑，李萌萌对着她送了好几个飞吻后，屁颠屁颠地朝三楼走去。

蓝顾云阴着一张脸在她背后冒出来，沈小雅冷汗涔涔地看着他："误会！这都是误会！萌萌是我邻居！"

"与我无关。"

蓝顾云也朝着三楼走去，从她身边走过的时候，她明显感觉到他身上的冷气指数在不断提高。

约过一个小时，李萌萌下来喊她去楼上吃饭，正好在楼梯口撞见蓝顾云，她避开他眸光投来的冷漠，硬着头皮上三楼，随意找了个隐蔽的位置坐下来，这难道是传说中的"做贼心虚"？

"终于把那缠人的女人打发走了，小鸭子，你怎么逃婚了？这么轰轰烈烈的事，居然是你做出来的？在我印象里你可是头号乖乖女，每次咱俩要一起出事，长辈都怀疑是我怂恿的，我可是背了十四年的黑锅。"

沈小雅心不在焉地点点头："是吧。"

"小鸭子，你为什么逃婚了？"李萌萌问到这话的时候，瞅见她下眼角有睫毛膏沾上，伸手想去抹掉。

忽然，蓝顾云出现了，沈小雅明显被眼前这突如其来的庞然大物给吓到："你……"

蓝顾云冷脸瞄了她一下："上班时间。"

沈小雅窘迫无言地站起来，歉意地对李萌萌说："不好意思，我在上班，咱们下班后再聚。"

李萌萌看着沈小雅和蓝顾云一起离去，嘴里喃喃念着："这两人？那个男的会不会跟她逃婚有关系？那……什么情况！"

沈小雅像个委屈的小媳妇跟在蓝顾云的身后，猛地，他止步，她来不及刹车就惯性地撞上了他结实的后背："啊……"

她委屈地揉揉小巧的鼻梁："你停下来的时候能说一声吗？"

蓝顾云面露心疼地伸出手，却在半路停下来，收回到身侧，没有让她觉察到："上班时间跑去约会，活该！"

沈小雅无辜地瞅着蓝顾云一脸气愤，心中甚是不解，该生气的是她吧？他沉着脸算什么意思？她做错什么了吗？可是她什么都没做。

"蓝总心里很烦躁,咱们让他想通再出现。"李叔揶揄的声音不轻不重地飘到两人耳中,蓝顾云染上一层阴霾:"李叔!"

"好好好,我不说了。小雅要吃苹果吗?我特意留了一些给你。"

李叔笑眯眯地拽着不知所措的沈小雅离去。她的脑海中冒出星星点点的问号,这两人说话一点都不像是上司和下属,反倒是像长辈在调侃晚辈。

李叔带沈小雅来到一楼内侧的角落,那里悬挂着一幅油画,上面画了一个温柔娴雅的女人慈爱地抱着一个刚出生的婴儿,目光柔和极了。这幅画将母爱表现得淋漓尽致,油画底端署名远山,沈小雅迅速在大脑里搜索下,据她所知国内知名画家并无此人,难道是她孤陋寡闻?

因为爸爸酷爱油画,所以从小就让沈小雅拜师学艺,可惜她并非苗子,没有坚持下去,虽然她画得不好,但对油画出处和画家风格略知一二。

李叔把油画往旁边挪了一点,上面赫然出现小小的孔,他从兜里掏出一把钥匙,对上小孔,仿佛是魔法师在变魔术,李叔往里一推,里面黑黢黢一片。

"这……"沈小雅匪夷所思地看着他,在这个古楼里还有暗道?

李叔推推她:"今天忘记把苹果带出来,一起去取吧。"

沈小雅傻乎乎跟着他进入黑洞。四壁微微透着沁凉,徐徐凉风迎面而来,黑蒙蒙一片看不清前方,李叔用手机当手电筒,一瞬间,将前方照得通亮,他俩小心翼翼地走了约莫三分钟,就见一大片生气勃勃的青藤垂下，挡住一扇木质大门。她忍不住好奇心，伸手轻轻一推，门就开了。

一道光线迅速刺向她，她立马用手捂住，等稍微缓和些，才慢慢睁开，眼前的景色仿佛是爱丽丝梦游仙境的画面，四面环绕着流水，周围栽满各种花朵和茂密的大树，中心坐落一个复古式亭子，造型之精美让人叹为观止。

沈小雅不可置信所看到的："天哪，这简直是美爆了！"

沈小雅兴冲冲地往凉亭跑去，发现地上放了一大袋苹果，笑眯了眼："李叔，我看到苹果了，这究竟是什么地方？"

她拿起一个苹果坐到木椅上，发现上面搁着一台笔记本电脑和散落的文件。

李叔缓步走来："桌子上的东西别动，是蓝总的。"

"他……办公室在这儿？"

沈小雅咀嚼苹果的嘴巴定格了，李叔点点头。难怪……静安古楼里只有员工办公的地方，却没有老板办公室，原来是在这里，此处环境优雅，堪称人间仙境。

"李叔，我觉得你们都好神秘。"

如今，她突然发现她知道的显然不足，蓝顾云究竟是做什么的，怎么会拥有这些？

李叔淡笑："总有一天，你会知道的。我觉得你的脾气好像一个人，非常单纯，特别可爱。"

"谁？"

"蓝总的妈妈少女时候跟你的脾气很像，只可惜后来……唉……造化弄人，不说了。"李叔说到后来连连叹气。

蓝顾云的妈妈？

第一章　含泪微笑，转身遇见

蓝顾云接到妈妈的电话，被迫晚上回老宅吃饭，他开车平缓地驶入，保安一看是他的车，立马打开铁门。蓝宅坐落于半山腰，特殊的地理位置使得此处冬暖夏凉，白色石砖雕砌而成的墙壁，大理石的地板上铺满米色地毯，蓝顾云眼眸一黯，房子的装修亦如蓝母的性格，洁白偏执让人无法喘气。

恰巧蓝母从楼上走下来，淡雅的妆容让她更添一丝味道，脸上的表情则显得疏远和冷漠："你来了？"

蓝顾云不加理会径直坐到真皮沙发上。蓝母叹了口气："事情怎么样了？"

"一切按照你的计划进行着。"

蓝母取了一壶茶，倒了一杯递给面色凝重的儿子："看你的表情好像不太高兴？"

蓝顾云冷笑了一声："我只是觉得没有必要牵扯一些毫无关系的人成为你的棋子。"蓝母倒不理会儿子的冷言冷语，兀自喝起茶来，半晌冒出一句："大家都是这么过来的，你不利用她别人也会利用她。再者说，你心生怜悯了，她就不会出什么事了？"

"你这是谬论！"

"那女人是不是给你灌药了，让你这么反驳我？我跟你说，你别忘记我是怎么委曲求全把你辛辛苦苦带大，给你富裕的生活的。"

蓝顾云默然，蓝母怀着他嫁给C市富商。在他幼小的记忆里，蓝母经常被打得伤痕累累地抱着他哭。有一次，富商因为一些小事恼火，拿起皮鞭就抽，蓝母身上直到现在还残留着疤痕。在他六岁的时候，富商因为意外猝死。而他，早已忘记那个富商长什么样，却还记得蓝母的痛楚。

"我知道了。"蓝顾云站起身来，"我不吃晚饭了，你们吃吧。"

母亲警告他的目的既然已经达到，那么他就可以走了，没必要继续待下去。

晚上，沈小雅提着从李叔那儿拿来的苹果，打开房门发现屋内一片静寂。他还没回来？

她立马雀跃地躺到沙发上，打开电视频道，津津有味地观看。蓝顾云在家的时候，她都不太敢出来看电视。两个人之间似乎总流动着一种暧昧，而且越来越强烈，这令她感到莫名的怯然，恰好今天他不在，山中无老虎，那么她这只猴子得称霸王了。

"砰"的一声，门被打开，沈小雅转头一看，醉醺醺的蓝顾云摇摇晃晃地走进来，到沙发边，醉眼蒙眬地看着眼前的沈小雅，扯下系在脖子上的领带，用力过猛，连带纽扣也掉了两颗，露出古铜肤色。

屋内白炽灯照出他立体的五官轮廓，冷眸闪烁着深邃，犹如深不见底的黑洞，蓦地，他以迅雷不及掩耳之势吻上她红嫩的软唇，沈小雅下意识地挣脱，可男女力气毕竟有差异，她被禁锢得越来越紧。

第一章　含泪微笑，转身遇见

Part 2

"这一刻请紧紧地抱紧我，再哼那首我喜欢的歌，可惜缘分注定这样的结果，不是谁的错。"

兴许每个女人都会有这样两段感情，一段叫已失去，一段叫现拥有，她非常确定眼中只有他，像是太阳一样照耀着，再无其他人，所以只能辜负月光的美意。

清晨，头痛欲裂的沈小雅睁开眼眸，傻呆呆地看着暖色调的卧室，明亮的镜子、整整齐齐的书柜，脑子混乱如麻。还没容得下她细想，李萌萌的电话就轰炸过来，让她出去相聚。头昏脑涨的她，从衣柜里随意挑了件简单大方的衣服穿上，就出了门。

"亲爱的小鸭子，你昨天抛下我！我躲在被子里哭得撕心裂肺。"李萌萌一脸哭丧地瞅着她，似乎在控诉她的绝情。沈小雅淡然瞄了他一眼，用叉子扎了个葡萄到他的唇边："吃！少废话。"

"你无情！"

沈小雅烦躁地抓了抓发丝，无奈地说："萌萌，昨天是意外相遇，今天是他让你来找我的，还是你有心想帮他？"

李萌萌固然跟她关系不赖，可也是陆子鸣的铁哥们儿，他们三人从小就玩得非常好。其次他并非如此八卦之人，这次来找她肯定跟陆子鸣有关，只不过他究竟站在哪一边就不得而知。她虽然是个二丫头，可也没到傻的地步，陆子鸣无情地摧毁了她梦中搭建的城堡，让她把公主的水晶鞋换成了灰姑娘的布鞋，所以对于他身边的人，她都处于警戒状态。

"No，小鸭子！你怎么可以这么怀疑我！我是一心一意为了你好！我向你保证，你在静安古楼的事，我从没跟任何人说过，包括我那黏人的经纪人！"李萌萌双手举起，颇有发毒誓的意味。

"那……"他意欲为何？

李萌萌俊脸摆出一副苦恼的模样："还不是陆子鸣那家伙，非说我跟你一伙，说我肯定知道下落，天知道我也是昨天才看见你的，我是看他这么着急，心想你们俩是不是有什么误会。"

沈小雅垂头不语，不知道父母会怎么误会她，亲戚朋友又会怎么评论这件事，爸爸这么爱面子的人……她不敢想象这一切，更何况现在还拽上一个蓝顾云，一锅粥早已煮烂。

这时，李萌萌的手机响起："喂？陆大哥啊，什么事？"

沈小雅的纤长睫毛一颤，瞳孔微微睁大，静静地听着李萌萌的话。

"我刚回A市呢，听我家的老爷子说你去C市了？赶紧回来吧，咱们聚聚！我都想死你了。嗯嗯嗯嗯，好啊，等着你回来一起喝酒。"

李萌萌挂了电话，面露无奈地朝着沈小雅摊手一笑："小鸭子，这会儿可以证明我是无辜的吧。我把他弄回A市了，虽然我不知道你们俩出了什么事，可基于我们多年的情谊，我还是选择当炮灰了！"

她沉吟了下："回到A市后，咱们不要联系，电话也别打，他想找一个人，一定会想尽办法找到。"

只怕她藏不了多久了，明明是他出轨，为什么搞得她像小偷一样东躲西藏呢？而他则是像一个苦情汉四处寻她？

第一章　含泪微笑，转身遇见

四年前，爸爸将她送往美国攻读服装设计。临行前两人难舍难分，她将一条看得出来做工不细致，甚至有些地方都勾线了的深灰色围巾系到他的脖子上："这是我织的，天冷的时候一定要系上。记得要想我，有空就给我打电话。不要忘记吃早餐了，少吃速冻的东西。开心的时候要想我，难过了还是要想我！"

陆子鸣眼眶湿润，将她紧紧地拥入怀里："我知道，一定！"

当沈小雅从美国回来后，在陆子鸣卧室的床头柜上还看到他用透明盒保存着她织的围巾，不由得心生暖意。

可是，这又能代表什么？任何东西都抵不上现实来得残酷。

"那你为什么还要多此一举呢？小鸭子，我是越来越搞不懂你了。"反正早晚都会被找到，那么她躲什么呢？

"不知道，也许本来就有很多事是无解的。"抑或，她只是不想看见他而已。

送走李萌萌后，沈小雅回到静安古楼，不见蓝顾云的踪影，心中似失落似侥幸，却又忍不住好奇之心，跑去问李叔。平时这个时候，他都会在二楼看书找资料，而今天却不见他人影。

李叔将钥匙递给她，沈小雅犹豫再三，惴惴不安地接过钥匙，来到那幅油画面前。眼前一恍惚，好像看见那个女人抬起头在冲她微微一笑，好熟悉的感觉，仿佛在哪里看到过她，可怎么样也想不起来，也许是似曾相识吧。

穿过黑洞，就看见蓝顾云趴在木桌上小憩，阳光将他的五官轮廓照得分明，此时的他就像是一个孩子一样，一种温暖的感觉在沈小雅的心中涌动，发酵。

也不知怎么的，她恍神走到他跟前，遮住了光线，蓝顾云厚唇微抿。蓦地，睁开慵懒的眼眸，沈小雅只能傻愣在那儿一动不动,不知道该说些什么。

"我……"

"你来这儿干吗?"蓝顾云的语气明显不悦,她不由得鼻子发酸,此刻的他和昨晚判若两人,罢了,就当昨晚是一场梦吧。

沈小雅黯然地摇摇头,转身离去。

回到二楼,一个身材伟岸的男人站在她面前,原本桀骜不驯的他眉头呈现疲惫状态,浓密的眉,高挺的鼻子,无一不在张扬他的高贵。

"陆……哥哥……"沈小雅曾经无数次幻想两人再次见面的场景,但绝非在这里,陆子鸣一言不发地走向她,两人注视半晌,他薄唇轻柔地缓缓吐出一句:"为什么?"

沈小雅沉默不语,她知道他会找到,没想到这么迅速,陆子鸣又走近她一步,加重语调:"为什么?这是为什么?你知道整个A市的人都在看沈、陆两家的笑话,你知道你在做什么吗?"

猛地,沈小雅目光炯炯地抬起头:"我知道!"

陆子鸣错愕,这是他第二次看见她有这样的表情,第一次是在她十岁的时候,班里同学诬陷她偷铅笔,她驳得对方无言以对。

"我一直都知道我在做什么,不知道的是你吧,陆哥哥!你知道你想要什么吗?在婚宴前夕跟我最信任的闺密……"

"你……"陆子鸣脸色煞白。

"我看见了,我全部都看见了,就这么简单。"那种感觉就像是给她狠狠地打了一巴掌,红肿得无法见人。

陆子鸣双肩塌下,仿佛被雷电狠狠击中。沈小雅惨然一笑:"我们早就结束了,从你背叛我的那天起。祝你和郑芙雅幸福!

你可以对家里说我们感情不和。"

陆子鸣紧紧拽住她的纤手,神情激动:"不行!我们十几年的感情怎么能说散就散,我也不知道怎么会有那一晚,我跟你保证只有那一晚!我不喜欢她啊!"他恨不得身上长出十个嘴巴来澄清,无奈没有一句话能说得通。

"你弄疼我了。"沈小雅吃痛地叫了一声,想要挣扎开,奈何他手劲太大。就在这时,一股外力帮她挣脱开来,她赶紧揉揉手,抬眸一看,对上蓝顾云那双熟悉的阴鸷眼眸。

"工作时间,好好上班,有事下班再说。"很显然这句话是说给陆子鸣听的,两个模样出众的男人,一个狂傲一个冷漠,对峙半会儿,陆子鸣并非愚笨之人,看得出来眼前的男人非池中物,眸光里还闪烁着火药的味道。陆子鸣扭头对沈小雅温柔一笑:"那我下班来找你。"

陆子鸣离去后,蓝顾云沉着脸动作轻柔地拉着她的纤手往一楼走去,沈小雅被他搞得一头雾水,这男人中邪了?

"我们这是要去哪儿?"沈小雅不明白他的怪异举动,不是表现得不认识她了吗?怎么又跑来掺和?

蓝顾云并没回答她的疑问,径自往前走。

他将她带到了一楼的保安室,李叔瞅他们进来,但笑不语地走出去,临走之前还特意朝沈小雅眨了眨眼,关上房门。

"蓝总蓝顾云蓝大少……你不要每次都用上班时间来当理由好吗?"沈小雅想到蓝顾云刚刚的话,忍不住笑了起来。

蓝顾云抬头在柜子里取了一瓶东西,拉过沈小雅的嫩手,上面有些泛红,他从瓶子里倒了一些液体出来:"据说这个东西挺好。"

"我真的很好奇,为什么你对我没有任何疑问?你也不问问他是谁？或者……"

蓝顾云打断了她的话："不感兴趣。"

"哦……"沈小雅黯然低头，越来越猜不透他的想法。

"其实……我……"蓝顾云欲言又止，起身离去。

沈小雅颓然，叹了一口气。李叔笑意盈盈地走进来："这些年，从来没看他这么在意过一个女人。"

"李叔，你不懂。"沈小雅染上了一抹哀愁，这与平时的她截然不同。

"什么不懂，你们年轻人的情啊爱啊，不就是那样，撕心裂肺死去活来甜甜蜜蜜然后平平淡淡？蓝总他现在很烦恼，估计一时半会儿脑子不清楚，你可得等得住，不然有可能会失去一段大好姻缘。"

真的是大好姻缘？

"他烦什么？"沈小雅不明白，李叔摇摇头："等他来告诉你。"

李叔始终没跟沈小雅透露半句，嘴巴严实得软硬兼施都无效。

晚上，沈小雅走出静安古楼，远远地就瞧见陆子鸣在等她，伟岸的身影在夕阳的衬托下，将影子拖得老长，沈小雅立马转身换一条道走，陆子鸣早已眼尖地发现她，伸手想去抓她的手，却扑空了。

"小雅！你听我说！你能听我把这一切慢慢解释清楚吗？真的不是你想象的那样，你听我说！别走！"沈小雅兀自走，压根儿就不肯理会他，"沈小雅！你难道不想知道你最爱的父母怎么样了吗？难道就什么都不管不顾了？"

沈小雅止步，不得不说陆子鸣击中她的软肋了："你就在这儿说清楚，如果有一句假话，我立马就走。"

陆子鸣走到她的面前直直地盯着她，沈小雅压根儿就不想看见他，别过头。

"大约在你回国的两个月前，我在陆氏召开的记者招待会上看见她，她是蓝图杂志社的记者，我见她是你的闺密，自然就对她热络些，从那之后她就对我死缠烂打，真的！我百分之百所言不虚！后来你回来了，我不想让你伤心才没有告诉你，而且我已经跟她说清楚我和她不可能在一起。只是在那晚，她来找我喝酒，说是决定放弃，我就迷迷糊糊喝了一杯，后来的事情就什么都不知道了。"

沈小雅蹙眉："这不合乎情理，我认识她这么久，她不像是这种人。"

"小雅！我是冤枉的，你跟我回 A 市好不好？我会找出证据给你看的！"陆子鸣搭着她肩膀，眉头紧皱，他不想失去生命中的一道彩虹。

"什么证据？所谓的证据不过是她缠着你而已，你说对吗？"

"我……"

沈小雅像一只刺猬，她挣脱开陆子鸣的禁锢，转身离去，还没走几步就听到陆子鸣喊着："我爱你，你还爱我吗？"

她全身僵住，半响都没有反应，上一次他说爱她是什么时候？当她从飞机场出来的时候，他紧紧地抱着她，仿佛她是世界上最珍贵的宝贝，那种被宠着爱着的感觉像是拥有了全世界。

而今，所有爱意尽失。

陆子鸣趁势追了上来，沈小雅抬眸对上他："对不起。"

沈小雅无视他颓然的模样仓皇而逃。

回到房间，她立马像是虚脱了一样躺到床上，滚了一圈又一圈，思绪复杂到让她自己都不知道当下所思所想，忽然，看见床上搁着的书，这是上次顾优给她的，也许她该问问顾优的看法？

拨通了顾优的电话："喂，怎么了小雅？"

"优优，陆子鸣找到我了，他说是芙雅死缠烂打，他是无辜的。他想带我回A市找证据！"

"男人的话，有几分可信？你自己想想吧。当然你也可以回来看看，毕竟都离家这么久了，我只能给你建议，具体的你自己考虑。"

"我……"

"小雅，我这边有点事，下次再聊。"

听着电话嘟嘟嘟声，她越发茫然，留在C市不是长久之计，离开A市这么久了，是不是应该回去看看父母？之前不想面对的是陆子鸣，而他现在已经在她身边转悠了，那么还有什么不敢面对的？

陆子鸣三天两头就来骚扰她，偶尔给她买个早餐，或者在吃晚餐的时候出现，没事就弄些什么古怪的小玩意儿给她欣赏，这让原本就摇摆不定的沈小雅更加心神不宁，几番思量下，决定回A市去看看父母。

李萌萌也在劝她跟陆子鸣回去找证据，说没准儿真是郑芙雅的错，很显然他还是站在陆子鸣那边的，陆子鸣到静安古楼看来还是他有心帮助。

沈小雅跟李叔借了钥匙，准备向蓝顾云辞职，却发现蓝顾云不在办公室。她略觉沮丧，转身欲走，却看见蓝顾云一声不响地站在她身后："我……"

他看起来非常疲惫，唇色暗沉，眉头紧蹙："什么事？"

第一章　含泪微笑，转身遇见

"我想回家了。"沈小雅怯怯地说了句。

蓝顾云的眼眸闪过诧异："为什么？"

她愕然，似乎没料到他会这么问："出来好久了想回去看看。"

"几天？"

"啊……"

蓝顾云补充了一句："回去几天？"

"可能不回来了。"沈小雅感觉到他冒出一阵寒气。

他定定地凝视她几秒："那我们怎么办？"

沈小雅完全被他搞糊涂，哪有"我们"一说？蓦地，灼热的气息扑面而来，他湿热温润的唇吻上了她的。

沈小雅趁其不备，用尽全身的力气推开他，蓝顾云没留神一个踉跄摔倒在地。她想及时扶起他，却又怕重蹈覆辙："你不准再欺负我！"虽然上次的事，她也有一半的责任，不过既然没结果，又何必再次发生，自欺欺人。

"别走！"蓝顾云轻声道。

沈小雅简直不相信这是她所听到的："你说什么？"

蓝顾云站起身来，目光如炬："别走，不要离开我。"此时，他的眼眸温柔得很。

"我不明白你这一连串举动……"他究竟在想什么？时晴时雨就像是六月的天气一样，这背后隐藏着什么样的秘密？

蓝顾云诚恳地看着她，一字一句清晰地说："你愿意相信我吗？"沈小雅点点头。蓝顾云沉默了一会儿，抿嘴不语，似乎在想些什么，沈小雅冒出一句："我知道了，你不必说，你不会告诉我的。"

沈小雅光洁如玉的脸庞上勾起一抹苦笑："我有时候会犯一

些小迷糊，但是不代表我不明白。你想挽留我，却又不愿意告诉我真相，即使我勉强你说出来，也有可能是假的，对吗？我不知道你苦苦隐瞒什么，但是我不愿意活在一个谎言里，我很喜欢静安古楼，它带给我一种与世隔绝的感觉，在这里什么都不用想，只要静静过好每一天就好。可是，我还有家人，我在A市还有一堆问题，要等着我去面对。我实在无法定义我们之间算什么，但是我相信有缘的话，彼此的牵挂不会断。"

在蓝顾云的心里沈小雅一直是个小迷糊蛋，做事莽莽撞撞，不知道天高地厚地往前冲，而今她能够说出这样的话，他是该高兴还是黯然伤神？

"你还是要走？"

"对！"沈小雅坚定地点点头。

沈小雅跟蓝顾云说清楚之后，就打了个电话给陆子鸣，说要跟他回A市。陆子鸣知道后大喜过望，下午就开车过来接她。车上，陆子鸣想借机询问关于蓝顾云的事，都被沈小雅含糊带过，一时间气氛压抑，就在这个时候，沈小雅的手机响起："李叔？"

"小雅，你在哪儿？蓝总出事了！"

沈小雅心跳漏了一拍："他怎么了？"

"在高架桥上出了车祸，现在正送往医院，你赶紧回来。"

沈小雅挂掉电话后，她紧张地跟身边的陆子鸣说："回C市！"

陆子鸣握着方向盘的手暗暗使劲，沉着脸问："你跟那个男人是什么关系？"他还记得那个男人的眼神里充满敌意，仿佛他是外来侵略者。

"这和你没有任何关系。"沈小雅满脑子都是蓝顾云出事的画

第一章　含泪微笑，转身遇见

面，顾不上陆子鸣的怒气。她不知道他伤到哪里了。车祸这事可大可小，都被送进医院了，可想而知多严重。见陆子鸣依旧朝A市开，沈小雅着急了，语调升高："你在干吗？我说回C市，掉头！"

"小雅，你要想清楚，我是你未婚夫，他是什么？他什么都不是，你跟我回A市，不要跟他来往。"陆子鸣不是瞎子，看得出她有多焦急，她跟那个男人之间绝对没有这么简单。

"停车！"沈小雅大喊，陆子鸣不顾她的意愿仍旧往前开，"你再不停车我就开车门了！"

陆子鸣闻言，扭头看到了沈小雅焦急的模样，心中一恼，猛地急踩刹车，所幸车子安然无恙地停了下来，她立马开了车门，迅速跑了出去，招了一辆出租车，朝着C市驶去。

他从后视镜里看出租车消失在视线里，不由得气红了眼，大手愤怒地往方向盘上一拍，拿起手机："喂！萌萌，你上次在静安古楼的时候，有没有看见一个男人跟小雅关系亲密？对！你帮我查查他的底细，越快越好！"

医院内，沈小雅在电梯里忐忑不安，一出电梯就看见满脸担忧的李叔："怎么样了？"

"医生正在抢救，应该没事的。"

"怎么会出车祸？"她走之前都好好的，怎么一下子就变成这样？

李叔叹了一口气："蓝总好像跟他妈妈起了争执，就独自一个人开车出去。他进手术室之前还喊着你的名字，我心想他醒来肯定特别想看到你。"

李叔看了一眼心急如焚的沈小雅，叹了口气说："其实蓝总挺可怜的，他在单亲家庭里长大。太太年轻的时候是个柔弱的人，受过陷害，导致性格大变，自小就对蓝总要求苛刻。蓝总的性格非常阴郁，很少露出微笑，也不怎么爱说话。我记得他小时候，特别想跟同龄的小朋友一块儿玩，却被太太阻止，非要让他待在书房学习。刚开始蓝总并不同意，小孩就这样贪玩，还要溜出去玩，每次回来都被太太打得皮开肉绽，一两次后，他自然就不敢了。没见他对哪个女孩子上心过，可能是童年阴影根深蒂固，唯独对你特别在意，这难道就是冥冥之中的定数？"

沈小雅听到这番话，心疼蓝顾云的遭遇，却忽略了李叔最后一句话的深意，难道蓝顾云对她忽冷忽热，是因为不知道怎么对一个女人好？又或者是他妈妈的严厉给他留下的阴影？又或者是他妈妈不喜欢她？但是蓝母压根儿就没见过她，这个应该不可能，那么蓝顾云跟他妈妈究竟在吵什么？

时间嘀嘀嗒嗒地走过，每一秒都好似在锅里煎熬着。

急救灯灭了，大门吱咯一声被打开，沈小雅扑到身穿白袍的医生面前："怎么样了？"医生看了眼心急如焚的她："车祸伤及左腿骨盆部，必须休养三个月才可下床行走，你可以进去看他了。"

沈小雅走进阒静的病房，瞅见蓝顾云的左腿打着石膏凝视着窗外，她仿佛看见一个小男孩在低低地哭泣着。

"你怎么来了？"

"我来看你。"一时之间，沈小雅也不知道怎么回答，蓝顾云没有继续问下去，只是轻轻地对她说了句："坐下来吧。"

沈小雅坐到病床上，疑惑地朝着门口望去："李叔怎么没进来？"蓝顾云没有理会她的话，冷眸在她红润的小脸蛋上打量着，以迅雷不及掩耳之势轻啄了下，就像是蜻蜓点水。

她的脸蛋一下子红得跟苹果似的，尴尬地说："小心点，你

第一章　含泪微笑，转身遇见

还有伤！"

"那是腿，不是身体！你也太小看我了。"蓝顾云笑起来的眼眸非一般的迷人，眉宇间有一种似有似无的霸气，不由得让她看痴了："我发现你对什么事都很有把握一样，不需要问为什么，也不需要知道结果，是你太自负呢，还是太过自我？"

蓝顾云挑眉："哦？你错了，自打遇见你，我把一切都搞砸了，只是这种错误，我还挺享受其中。"沈小雅抓了抓发丝："我还是去买本《十万个为什么》再来听你解答吧，有种不知道你在说什么的感觉。"

蓝顾云浑厚的嗓音带着磁性："你不需要懂，你只需要知道我现在想做什么。"

"什……唔……"蓝顾云以吻封缄。

"我买了晚餐回来，你们……"李叔万万想不到病房内是此番绮丽，不由得咳嗽了一声，"古楼还有事，我先回去了，我什么都没看见。"语毕，立马捂住眼睛离去。

沈小雅羞红粉嫩的脸蛋，手握小拳敲他结实的胸膛："都怪你！"

蓝顾云趁机揽住她的腰，她立马拍开他的手："李叔把晚餐带走了，我们没得吃，我重新再去买，你在这儿等着。"

"不行！"蓝顾云不满地发出抗议，沈小雅瞄了他一眼："抗议无效！等我回来。"

蓝顾云打趣地看着沈小雅消失的背影，随即换上一脸严肃："进来吧，我知道你来了。"

顾优踩着十公分的高跟鞋，以优雅的姿势走进来，妩媚的脸上表现出恭敬的神色："大哥，妈也是为了你好，她不想你……"

蓝顾云蓦地蹙眉，顾优眼尖地看到，不敢再继续说下去。

"我不想再跟你讨论这事，一切都在按照计划进行，不是吗？至于沈小雅，她不在你或者妈的关注范围，我跟她的事，你们也无须关注。"

"大哥！"顾优还想说些什么，但是看见他阴鸷的神情，"我懂了。"

"她也是你的好朋友，不是吗？"蓝顾云这话显然有震慑效果，顾优浑身一愣，心怀愧疚地点点头。她在沈氏有任何困难，沈小雅都会站在她这边支持她。

"我知道了，妈那边我知道该怎么说了，小雅是个好女人，只是不适合掺和我们的是是非非，如果可以的话，我宁愿她被排除在外。"

"有可能吗？一旦开始，谁都没办法阻止了吧？"蓝顾云嘴角染上一丝苦涩的笑容。

顾优叹了一口气，俏丽的容颜上充满无奈："如果她发现这一切，那么你们？"

"未来的事谁都说不准，你做好分内之事就好，其他的想多了也没用，走一步算一步。"谁都不知道意外和明天哪个先来，而他只能做到护她周全。

沈小雅提着一堆从便利店买回来的东西，路经医院楼下的花圃，绿草茵茵一片，其中点缀着红黄蓝的小花朵，一阵微风吹过，石榴花传来阵阵沁人心脾的香气，随风扬起迷人的舞姿，让人看了不由得心旷神怡，神清气爽。

她穿过小道，发现前面出现一个熟悉的人影，不由得为之一愣，傻傻地呆在那里："你怎么来了？"只见他眉头紧锁，眼睛里透露出凌厉而又愤怒的目光:"沈小雅,我没想到你是这样的人,你来到C市也是为了那个男人对吗?"

"……你说的是什么话?"对于陆子鸣的咄咄逼人,沈小雅并没有显露出太多的情绪,也许,人经历的事情多了,遇事就比较有抵抗力了。

"蓝顾云是静安古楼的股东之一,听到他出了车祸你便急匆匆赶回来,你还想否认跟他的关系?"他怒火在胸中翻腾,一只手攥住她提着的塑料袋,一想到她这么关心那个男人,他就嫉妒得发狂。

他给萌萌打完电话后就立马追了来,在医院门口等了半晌。

"陆哥哥随你怎么猜,我不想解释。"

陆子鸣的速度好快,让她措手不及,而能这么快获取到消息的人,除了李萌萌之外还能有谁,李萌萌查人的功夫一流,他鬼精灵的脑子破解电脑系统游刃有余。

他咬牙切齿地挤出这几个字,原本紧紧禁锢她的手放开了:"我不会就这么算了的。"

语毕,气势汹汹地消失在她的面前,她细长的睫毛低垂,望着今天穿的深蓝色牛仔裤,记忆好似在昨天,她记得陆子鸣送她的第一个礼物是个精致的心形坠子。

那一年他刚进入陆氏地产,陆伯伯让他从基层慢慢做起,从而接管陆氏企业,只是当时微薄的工资压根儿就买不起昂贵的生日礼物,他又傲气,不愿跟家里人要钱,于是又去打了一份零工。她不解他为何越发忙碌,偶尔还会跟他闹小脾气,却没有想到他做这么多事只为她生日的时候能给她一个惊喜。

她生日的那一天也是穿着一条蓝色牛仔裤,亦如今日。

沈小雅给蓝顾云买了一盒便当，将透明盖子打开递到他面前，里面有香喷喷的排骨和米饭，他早已饥肠辘辘，便大口大口地吃起来，一时间屋内都盈满饭菜香："你怎么不吃？"

沈小雅摇摇头："没什么胃口。"陆子鸣的反应让她忧心忡忡，她压根儿就不知道该怎么办，她没有表面上伪装得那么坦然，蓝顾云放下筷子，喝了一口矿泉水："我还是怀念当初的你。"

"当初？"什么时候的她？他将一块肉汁四溢的排骨夹到她的唇边，沈小雅被迫吃了一口。

"第一次见面的时候，你是个傻姑娘，虽说现在也没聪明到哪里去，不过脑细胞还是多了一些。"

那时候的她担心无处可去，像一只流浪的小猫一样寻求援助。

"蓝顾云，你不觉得你很可恶吗？还想把我赶出去，甚至跟我抢包子吃。"她忍不住笑了出来。

"笑了就好了，看你愁眉苦脸的像是天都要塌了。"

原来他是想逗她笑，沈小雅不由得心底暖暖："你有听说过A市的沈氏吗？"不知道为什么，她就是想把所有的事都告诉他。

蓝顾云点了点头。

"近期最火的新闻莫过于沈家千金逃婚，也许你已经知道了，也许你还不知道。但是我想告诉你，我们之间的感情不仅仅是两个人的事，还牵扯了好多人和事，我甚至都不敢想象将来会怎么样。"

"那就别想了，也没什么可想的。"蓝顾云将她娇小的身子纳入自己的怀抱，抵着她的额头，轻轻地摩挲着，"有些事，你想破了脑子都想不通，还不如顺其自然，说不定结果会让你更加满意。"

　　沈小雅捏了捏他的鼻子："你好像什么都已经知道了,是顾优跟你说的吗?我曾有未婚夫,沈家以及陆家的纠葛。"顾优都跟他说了什么,他好似什么都知晓。蓝顾云拍拍她的背："什么都不用想,也不要去在意,我们彼此相爱就好。"

　　沈小雅抬眸,足足望了他好几分钟,这话真是从他这个冷若冰霜的人嘴里说出来的?他会讲情爱,看来还有变回正常人的可能。她一直觉得他对任何事都无动于衷。

　　"你喜欢我吗?"

　　蓝顾云的眼眸里闪着异样的光彩："当然。"大概从第一次见到她,他就被这傻乎乎的女孩儿给吸引了,其间,虽然他不断地在内心压抑自己的情感,可又止不住被她吸引。直到她离开了以后,他才惊觉不想失去她,开着车子去追她,没想到出了车祸。幸好,因祸得福!

　　她止不住心里的激动,扑过去搂着他的腰："我也喜欢你。"他的嘴角勾起一抹笑容,原本冷傲的轮廓渐渐地柔和。

Part3

　　"你曾说过永远不分离,要一直一直在一起,现在我想问问你,是否只是童言无忌。"

　　她万万想不到,原来一直在背后搞鬼的,居然是最信任的闺密。

清晨，沈小雅推着蓝顾云去楼下散步。就在这时，她的手机响了，一看来电居然是妈妈，犹豫再三，瞄了一眼闭眼的蓝顾云，轻声说："我去接个电话。"他点点头，不问其缘由。

沈小雅走远了些，接起电话："妈妈，我……"事实上，从她离家的那一天开始，沈母就打了不下百个电话，只是她从未接过。

"小雅，你终于接电话了！我以为你一辈子都不想看见我跟你爸爸！"听得出来沈母的语气有些激动，"你快回A市，出大事了！你爸爸气得住院了，我不管你因为什么逃婚，现在给我立马回来。"

"爸爸怎么了？"沈小雅的手在颤抖，难道是因为她逃婚，爸爸才被气得住院？

"三言两语说不清楚，你赶紧回来，我们家出大事了！"

"好，我马上回来。"沈小雅挂断电话后，匆匆跑到蓝顾云面前："我要赶紧回家一趟，我爸住院了，我……必须得回去！"

蓝顾云缓缓地睁开眼，微笑着望着她："好，一切小心。"

"你也好好照顾自己，我走了以后，让李叔过来照看你。对了，记得天天给我打电话！"

李叔走到蓝顾云的病床前，恭恭敬敬地问："为什么让小雅走？"

他睁开眼睛，双手交叉望着窗外："小优计划已经成功一半，即使不让她走，她也很快会知道，到时候还是得回去。"

登时，室内安静得仿佛一根针掉到地上都可以听见。

"她是无辜的。"不知怎的，他心里特别喜欢这个女孩。

"我知道。如今只能走一步算一步。"

第一章　含泪微笑，转身遇见

当沈小雅提着少许行李出现在沈家时，见到了一脸焦急的妈妈："小雅，这段时间你去了哪儿？"

听着母亲刺耳的声音，小雅忍不住蹙起了眉头："爸爸怎么样了？发生什么事了？"沈母连连叹气："你可能不知道沈家和陆家正在新区开发一个地产项目，原定在你结婚后正式启动，两家资金互相流通，但先由我们家把地皮买过来。没想到你逃婚了，你爸急着找你，心思不在这上面，因此把这个项目的合同交给你的好朋友顾优去谈判。你知道她是怎么做的吗？她居然找了家皮包公司伪装成竞争对手，不断抬高价格，以至于我们比预定高了三倍价格购买这块地。你爸爸发现这件事儿后，高血压发作住了院。"

沈小雅感觉到全身冰冷，连脚指头都蜷起来："不可能！顾优不会这么做！"顾优总是帮助她，怎么可能会做出这种事？绝对不可能，一定是弄错了！想到这里，她立马站了起来，"我去找她问个清楚！"

"你……"

沈小雅急急跑了出去，沈母望着她的背影叹了口气，而后拿起电话拨打："小雅她回来了，对！放心！她永远都是陆家的媳妇。"

沈母的目光望向手上价值不菲的翡翠手镯，心念，沈家情势这么危急，只能投靠陆家，别无他法。

沈氏办公大楼内。沈小雅进了电梯按下17楼的按钮，瞅着不锈钢板思绪飘得老远。顾优怎么会做出这样的事？她不是一直在帮着自己的吗？

电梯门一开,沈小雅就按捺不住冲了出去,直奔顾优办公室。顾优正在和手下谈论事情,看到沈小雅气愤地跑进来,愣怔片刻:"明天再议!"

"沈小姐好!"众人看见沈小雅进来,连忙收拾资料离去。

"优优,这一切都是怎么回事?"沈小雅双手按在办公桌上,面色铁青。此时,顾优涂着艳丽口红的嘴唇缄默不语,"你真的害我爸爸了?你跟他有仇吗?你跟我们家有仇吗?"她的手捏成拳头,恨不得砸到桌上。

"对不起。"顾优轻轻冒出这么一句,令沈小雅措手不及,她想象过顾优会百般狡辩或者否认,却唯独没有想到迎来的居然是这么一句。

"为什么?"

"没有为什么,我们的立场不一样!不出意外的话,在下周的股东大会上,我将是新的执行总裁。"她避开沈小雅怒视的目光,淡然地告知一切,沈小雅简直没办法相信自己所听到的:"你的意思是想赶走我爸爸?"

顾优径自整理文件,一双好看的媚眼显得木讷:"对不起。"

沈小雅鼻子发酸,膝盖发软,一字一句地说:"我不会让你成功的。"

"请便……"顾优眨了眨睫毛。沈小雅气愤得欲转身离去,"小雅……"

沈小雅不解地看着她,好似回到从前。

"小心,我不会心慈手软的!"听到这句话,沈小雅彻底明白,顾优一直以来都在利用她。心一冷,头也不回地狠狠地关上门。

第一章 含泪微笑，转身遇见

沈小雅回到久违的房间后，忍不住泪流满面，这些事情发生得太突然，以至于让她无法面对。沈小雅止住哭拨了个电话给蓝顾云："喂？"

"你在哭？"蓝顾云蹙眉道。

沈小雅听到他的声音后，眼泪毫无顾忌地宣泄而出，蓝顾云好像知道了什么似的："哭出来就好了，乖，没事的。"

过了好一会儿，她才慢慢地将事情娓娓道来……蓝顾云在电话那头，静静地等她说完："那么你接下来想做什么呢？顾优做这一切应该只是为了执行总裁的位子。"

"当然是阻止顾优！"

顾优之所以说下周估计是因为她手上的股份还不够，想拉拢股东，从而当上执行总裁。

那边沉吟半晌："你斗不过她的。"沈小雅听到这话，心中无故来一阵闷火，热辣辣地在燃烧着："是不是因为她是你妹妹，所以你就帮着她说话！"

"别生气，你听我慢慢说。顾优是七岁后来到我们家的，正确来说她是妈妈的养女。我妈是个脾气怪异的人，并未让她冠上蓝姓。长年累月在妈妈身边待久了，她的内心深处的性格跟妈妈非常相似，只是她没有妈妈那么心理阴暗。我没有帮她说话，只是客观地跟你分析事实，她是T大的高材生，提早修完双学位，主修金融和心理。"

难怪顾优不叫蓝顾优，原来是这样的。

"你跟我说这个干什么？意思让我不要不自量力吗？为什么她要这么做？"

蓝顾云沉默了："这件事我不想参与其中，只能帮你分析利弊。"沈小雅心里忽然有种不好的预感，她怕连最相信的人也不可信，但听到他不参与其中，忍不住暗自庆幸他与这件事没有关系。

"你答应我，这件事跟你一点关系都没有。"

"我答应你沈家这件事与我并无任何关系。"

听到他的保证后，她稍稍安心："那我下周就去想办法。"

蓝顾云想说什么，到最后又什么都没说："乖，没事的，好好照顾自己！"

"你也是，好好照顾自己！"

李叔给蓝顾云削了个梨子递给他："蓝总，我越来越不明白你究竟在想什么了，透露优小姐的秘密给她示意？"蓝顾云摇摇头，随即将笔记本电脑打开，一双眼睛像老鹰似的盯紧目标："我的腿伤怎么样了？"

"医生说下个月就可以康复行走。"

"等不了，下周就出院！"李叔想阻止，看见他脸上坚定的表情，话语凝固在唇边。

沈小雅来到爸爸的病房。见到躺在洁白的病床上的爸爸像是老了好几岁，头发白了些许，医院里的酒精味更添几分哀愁，心里真的是什么味道都有了，顿时潸然泪下。沈父一看见沈小雅，朝她笑了笑："小雅来了啊！"

"都是我的错！"她坐到病床上，看见爸爸慈爱的模样，忍不住趴在被子上低泣。沈父拨了拨她的发丝："傻孩子，什么错不错的，你不想嫁就别嫁了，这没什么。只是不要这么突然消失，会让家里人担心的。"

爸爸的话让沈小雅更加愧疚："如果不是我……就不会有今

第一章 含泪微笑，转身遇见

天了！现在……"她哽咽地说不下话，沈父眉宇间透露着沧桑："命里有时终须有，命里无时莫强求，人生在世很多事都是辗转千回到起点，哪怕失去了执行总裁的位置，我们还有股份，乖女儿放心，咳……"

沈父嘴唇毫无血色，仿若秋天的枯叶一样，摇欲坠，沈小雅手忙脚乱地给沈父倒了一杯水，沈父轻啐一口，她轻轻地拍着他的脊背帮助顺气，浓重的呼吸声方才渐渐平和。

此时，沈母推门进来，见此场景不由得来了句："都是那个小贱人害的，搞得我们家变成这样，也不知道我们家跟她有什么仇？"

"你少说几句！我们技不如人不能怪别……咳！"沈父刚刚顺下的气又上来，呼吸又开始不畅，沈小雅蹙眉担忧地说："妈妈，你不是知道爸爸的病情吗，有什么我们出去说！"

"都怪你，无缘无故在婚宴前夕逃婚，才让顾优有机可乘。陆子鸣这么好的孩子你都不要，不知道你脑子里装的是什么？"

沈父气愤地喊："够了！你出去！孩子大了有自己的判断力，你何必在这乱咬人！"沈母还想接茬，沈小雅见状忙将妈妈拉了出去："妈妈，走，我们出去说。"

沈小雅将恼火的沈母拉出病房："妈妈，你明知道爸爸不能受刺激，你还在里面跟他吵，你……"

"我什么？我怎么了？都怪那老头宠得你无法无天，才让你把这样的事都搞出来了。小雅，我跟你说了吧，这件事搞不好，我们家都要完蛋！老头是护着你，不让你担心才那么说，但是你已经长大了，必须了解事态的严重性！"

"什么情况？"沈小雅愕然，沈母气恼地叹了一口气："我们家购下那块地皮是用于与陆家合作的，如果顾优谋篡了大权，那么势必用于别的地方，对于公司其他人是没多大影响，而我们呢？贷款给我们家的银行将会催款，还有陆家那边怎么交代？以前所有的计划都泡汤的话，到时候你我都得露宿街头！"

"顾优不会这么狠吧！"沈小雅浑身一冷，她真的没有想这么长远的事，脑子里就想到当下，沈母嗤笑："她都敢把你爸爸气到医院了，还有什么事做不出来！你听我说，唯今之计，你得去找陆家，你陆伯伯人脉广，可以帮上你的忙，还有，我也不知道你跟陆子鸣怎么样，只是你们都认识这么久了，应该是有很深的感情，有什么坎过不去？"

"我自己先试试，不到万不得已不会求陆家。"沈小雅脸色一沉，下意识地否决妈妈的提议。她知道沈母一心想让她嫁入陆家，不只是因为陆家丰厚的家底，还因为陆母和沈母是很要好的朋友，总指望着下一代能够在一起。在没有遇到蓝顾云之前，她可能会选择跟陆子鸣过完一辈子，而现在是铁定不能再跟陆家有过多的牵扯，只是在情况这么混乱的情况下，着实不能再提感情的事，只怕会引来更大的风波。

沈母神情不悦，那一对玉石耳坠闪动的频率加速："你这丫头，这么大了还不懂事，你要气死我了……"沈小雅的眸子一动不动地盯着沈母，母女俩如出一辙的眼睛，仿佛在照镜子一般："妈妈，我有我自己的想法，我自己试试看。"

说完，转身离开。沈母在背后喃喃："那老头真把她给宠坏了。"

沈氏是股份制公司，沈父的股份约占40%，顾优从一些股民中零零散散地收集到35%的股份，而剩下的三大股东有两位已经被顾优收买，剩下的那位是制胜的关键。这位原本是沈父

第一章 含泪微笑，转身遇见

的好友，不过听人说他对沈父以三倍价格买下地皮的事情颇为不满。

无可奈何的情况下，她只能找到李萌萌。

她按李萌萌家门铃，连续按了好几次都没人应，心忖难道这家伙出去了？就在这时，门被打开了。

"萌……"

一位身材纤细、面容姣好的女人映入沈小雅的眼帘，她脸上未着半点脂粉，皮肤柔嫩得犹如婴儿一般，乌黑的发丝垂在身侧，轻柔地说一句："你找萌萌？"

沈小雅傻乎乎地点点头，难道这女人就是传闻中的"黏人的经纪人"？

天花板上吊着一盏绚丽的水晶灯，每一片棱角分明的灯片都可以折射出不同的光芒，客厅布置得极其雅致。

过了会儿，李萌萌穿着简单的大T恤和休闲裤出现，笑眯眯地朝着沈小雅露出洁白的牙齿。她没好气地看了他一眼，湿漉漉的头发披着还未擦干，很显然刚刚是去洗澡了，这要是平时，她肯定会问问情况，只是现在她没那个心情。

"帮我查个人。"她单刀直入地说。李萌萌打了个哈欠，他就知道这个女人来找他是有事："谁？"

"汪国。"沈小雅说出这个名字的时候，李萌萌一顿："小鸭子，他不是沈氏的股东吗？你比我更清楚，怎么还来问我？"

"我只知道他是爸爸的故友，但近期的资料不清楚，他在哪儿，谁还跟他有接触？"她也问过爸爸，只是什么都问不出来。据说汪国不常出现，有人说他在欧洲游玩，也有人说他去非洲了，没有一个人能够准确地说出他的下落。万般无奈之下，沈小雅只能来找李萌萌，他的电脑技术到家，应该能够迅速地查到。

李萌萌想了下点点头:"明天给你消息,虽然我不知道你为什么急着找他,不过小鸭子说的,我一定会做到!"

沈小雅点点头,末了扔出一句:"别跟陆子鸣说,否则……"她做出一个砍头的动作,惹得李萌萌哈哈大笑:"我错了!上次的事是我说漏嘴的!"

"你是在找我爸爸吗?"那个女人娇弱的声音闯入,两个人双双回头,诧异地看着眼前的女人。她娇滴滴地说了句,"我叫汪如玉,你说的汪国是我爸爸。"

沈小雅没想到原来李萌萌的经纪人就是汪国的女儿:"你知道你爸在哪儿吗?"汪如玉点点头:"就在A市。"

汪如玉说她爸爸性格怪异,不喜欢待在家里,特别爱好周游列国,有时候连她都不知道他去了哪儿。而且他对古玩艺术品的挚爱程度远远超过一切,据说明天他会去参加A市举办的一个慈善晚宴,去竞购一些有意思的小玩意儿,那正是接近他的最好机会。

沈小雅踩着轻快的步子从李萌萌家里出来,没有注意到有一辆黑色的车鬼鬼祟祟地在她身后行驶着,忽然,车子猛地往前加速,一个转弯停到她跟前,她还没反应回来,就已经被掳上车子,消失在幽静的住宅区。

晚风吹动着斑驳的叶影,依稀可闻几只知了正在吟唱属于它们的曲子。

"呜……"沈小雅心生恐惧拼命地挣扎,嘴巴被人用手掌禁锢发不出声音,趁其不备手往后使出吃奶的劲儿一掐,只听一声惨叫,迅速转头一看,就对上熟悉的眼眸,瞬间傻愣住。他正摸

第一章 含泪微笑，转身遇见

着大腿痛得冷气直冒，俊朗五官皱成一团。

"怎么是你，没事吧？"蓝顾云他怎么来A市了？他的腿伤还未痊愈吧？她着急得如热锅上的蚂蚁，"我不知道是你，痛不痛？"要是她知道是蓝顾云，肯定不会下此毒手，她用的力道还不轻，想看看他腿上的伤势，却不知道从何下手。

"你们怎么都来A市了？"沈小雅有些诧异，"你的腿伤不是还没好吗？"她昨天刚跟他通完电话，他不是说要下个月才能出院，怎么这个时候就跑到A市来？他想当超人吗？

"你天天急得就知道哭，我要是不来，你不就得哭傻了？"蓝顾云话虽说得平淡但掩不住关心，沈小雅的瞳孔瞬间睁大十倍："胡扯，我也可以做得很好的，没事就栽赃诬陷诽谤我！"

"那我走了算了。"

"别啊，来都来了干吗走！"沈小雅状若无尾熊扑上去。

李叔将车子开入优雅别致的小区，这里是A市新区的龙湾国际公寓楼，有着非常严密的安保系统。据说是由陆氏最大的竞争对手艾米财团一手投资建造的。

严密的安全系统让沈小雅叹为观止，进入大门需要主人的指纹识别，电梯口再次输入指纹直抵楼层，无须输入楼层，沈小雅走到以冷色基调为主的客厅，不由得心忖，这个男人的房子色调那么冷，很显然心境比较复杂。

沈小雅虽然觉得他神秘，不过早已习以为常，他想说自会说，不想说的事，撬都撬不开。这么想着，她豁然开朗，抱着枕头往舒适的沙发上一靠。蓝顾云悄悄地坐到她身边，淡然一笑。

沈小雅索性将头枕在他结实的肩膀上，发丝垂落触及他脖子。他没有推开她，反倒搂上她纤细的腰。

"明天我去参加个慈善晚宴,你说穿什么好?"

蓝顾云沉默了会儿,反问:"你想做什么呢?"

沈小雅哀愁地说:"不想让她得逞,所以找到了汪国,想借由他取胜。"顾优肯定没想到汪国,因为他经常不在公司,且四处云游。倘若他的股份和沈小雅手上的合并,肯定能赢顾优。面对毫无城府的她,蓝顾云只好说:"你什么都跟我说,这么相信我?不怕我和小优联合?"

她的眼眸犹如一湾清泉:"可是,如果你跟她联合,你就不会告诉我关于她的秘密,以及特意跑来找我,毕竟我翻身的机会很小。"蓝顾云不由得失笑,真不知道说这丫头是傻还是聪明。

"你帮我想想,明天晚宴怎么办?"沈小雅扯了扯他的衣角,"汪国这个人我略有听闻,在A市也是响当当的人物,你知道他最喜欢什么吗?"

蓝顾云敲敲她的小脑子:"油画。"沈小雅有些丈二和尚摸不着头脑,"我可以从静安古楼里拿一幅由Lix所创作的油画送给他。"

她笑得面若桃花:"你真的愿意帮我?"Lix是奥地利后印象派著名的油画家,所有收藏者都以拥有他的油画为傲,用这个去打动汪国,铁定有戏。

夜晚,蓝顾云脚步放慢悄然从卧室里出来,轻柔地将门阖上,就瞧见李叔坐在客厅里。

"蓝总,我越来越不明白你的行为。"

刚刚蓝顾云发短信吩咐李叔去静安古楼拿画。蓝顾云柔柔的目光投射到卧室那道紧闭的门,里面是睡得流哈喇子的沈小雅,想到这里,嘴角忍不住向上微微一勾:"我自有分寸。"

第一章 含泪微笑，转身遇见

一瞬间，李叔好似明白了什么，目光复杂地看着蓝顾云："只怕瞒不住太太。"

"那就到时候再说。"

由于蓝顾云的腿不方便，李叔又去C市取画，于是就让沈小雅开车，刚开始他还有些担忧，但见她轻车熟路的，渐渐就放心了，他陪她一起去看晚宴上穿什么样的礼服。

车子在一家知名服装店缓缓停下，琳琅满目的小礼服让她都要选花了眼，而他则是一张千年不变的脸，无论她说哪一件，他都点头说好。最终在服务员的热情介绍下，沈小雅挑了一件还算满意的，进了更衣室。

过了会儿，蓝顾云听到脚步声，心忖她应该是换好了，转过身来不由得微怔，她诱人的香肩半露，长长的裙摆随着莲步移动而呈现出小波浪状，红色收身长裙将身体的曲线表现得淋漓尽致，纤腰盈盈似经不住一握，一头黑色的短发柔顺地贴于脸颊，这与平时的她判若两人。

沈小雅见蓝顾云一声不吭地盯着自己看："怎么样，好看吗？会不会很怪？"说着，又在他面前绕了几个圈圈。蓝顾云收回视线，抛出一句："还行，但是不适合你的风格，我看服务员手上那件白的就不错，你试试看那个。"

沈小雅随着他所指的方向看去，那件白色的是仿旗袍的小礼服，袖口包得紧紧的，中间镶嵌着一道金丝边的牡丹，忍不住说了句："好土。"

"汪国不是个新潮的人，你看他喜欢艺术品和油画就知道，他特别喜欢复古的东西，所以穿这种像旗袍的衣服最恰当。"蓝顾云义正词严地驳回，沈小雅听得傻愣愣："是这样吗？"

蓝顾云面不改色心不跳地说了句："当然！"实际上他是有私心的，他不愿意将她的美艳分享给别人，看到件保守的就非说好看。

晚上，沈小雅一个人开着车前往慈善宴会的所在地，窗外的风吹乱了她的发型，副驾上正稳稳当当地放着李叔从Ｃ市拿来的油画。

一到宴会厅，富丽堂皇的欧式装修令她叹为观止，墙壁上所见之处是金碧辉煌的浮雕，脚下的地板全部都是透明玻璃构造，而下则全注入了水，各式各样的鱼类在里面栖息、打闹。

沈小雅从服务生那儿取了杯调制的鸡尾酒，圆溜溜的双眼四处扫视，寻找此次目标，她曾从汪如玉那儿看到汪国的照片，五十岁不到，前额微秃，戴着一副金丝边眼镜，身形微胖，极爱一个深蓝色旅行包，无论在哪儿都会背，所以应当极好辨认。可绕了一圈却都没有看见他出现。

眼看就要开始慈善拍卖，汪国却还没出现，是不是代表他今天压根儿就没有过来？此时，喇叭里传出声音："尊敬的先生们女士们，由艾米财团所举办的慈善义卖活动正式开始，先由我们的总裁蓝艾米女士致词！"

所有的灯光都投射到台上，只见出场的是一位气质高雅的女人，身着宝蓝色简约的晚礼服，身姿绰约地缓步走到讲台，她的脸上却露出了清冷和疏远，在台上讲了一堆开场白，沈小雅压根儿没兴趣听下去，心急如焚地四处观望，却始终没有看见人影，便有些失落。

"小雅，你怎么来了？"

熟悉的嗓音令沈小雅开始头疼，尴尬地转过身子，虚笑了下:"你也来了?"她怎么没想到,陆子鸣也会来这儿呢?艾米财团是陆氏地产最大的竞争对手,他自然要过来探探对方的消息。

仿佛知道陆子鸣要说什么,沈小雅立马开口:"什么都不要说了,我们今天不讨论那个话题,我有事要忙。"她急欲离去,却被陆子鸣抓住细嫩的手腕:"别走,我……"

被陆子鸣一扯,沈小雅重心不稳,高跟鞋向内崴了下,直直地往地上摔去,鸡尾酒朝自己撒了一身,纯白的布料上迅速吸附红色液体,尤为突兀。好在众人视线均在台上,倒也没注意到她。

"对不起。"陆子鸣想将她扶起来,却被沈小雅推开他的手。她窘迫地站了起来,看着礼服上那一大块鲜红的印子,心中甚是气恼:"我去下洗手间。"

找不到汪国,难道今天就这么算了吗?想到这里,沈小雅颓然地塌下肩膀,一脸无精打采地走出厕所,四处张望。所幸陆子鸣并没有跟过来,她悄悄地走出了宴会厅。

正准备去开车门,附近传来阵阵细碎的争吵声,原本不想管别人的闲事,却耳尖地听到一句:"汪国,你别不识抬举!"心里一喜,蹑手蹑脚地朝着声源走去。

沈小雅躲在一棵较为粗壮的树干后,由于没有路灯,无法窥探前方两个人的样貌,只能依靠声音辨认。

"艾米,你够了吧?你看看你现在都变成什么样了?"传来的是一位中年男人温柔的嗓音,而后则是女人冷笑:"汪国,看在你我是旧识的分上,我才劝你的,到时候别怪我没提醒过你,我想要的东西,一定要得到。"

沈小雅使劲眨了眨眼,眼前依旧是两个黑影,看不清五官,按照对话来分析，男的应该就是汪国，那么那个女人是谁？艾米？这名字好熟悉。等等……难道是艾米财团的总裁蓝艾米？这又是什么情况？

耳畔传来蚊子嗡嗡声，她纤细柔嫩的手臂已经被咬了好几口，因为怕被前方的人发现，只能忍着痒。

没过多久，女人离开了，她松了口气，大胆在手臂上挠着。在她专注于挠痒的时候，没发现一个黑影在靠近她："你在偷听？"

沈小雅一愣，猛地抬头，眼眸对上一副金丝边眼镜，不经大脑地喊出："你就是汪国汪叔叔？"

汪国略带诧异地看着她，一头利落短发身着白色小礼服，上面还有一大片红色的污渍，那双眼眸正一眨不眨地盯着他。

"我是沈万豪的女儿沈小雅。"

汪国闪过明了的神情，原来是这样："你都这么大了？"犹记得初见她的时候，肥嘟嘟的小脸蛋正冲着他流口水，不时挥舞着小拳头傻笑，如今已经变成个貌美如花的女孩了。

沈小雅跟着汪国来到附近的一家咖啡厅。

推门而入，墙壁上满是书籍，随意摆放供客人翻看。眼前的景致让她想起在静安古楼所发生的事，忍不住会心一笑。

咖啡厅面积不大，他们俩选了个靠窗的位置坐下。木架上的檀香袅袅升起，至空中渐隐消散，融入气息中。沈小雅拉开米色粗布窗帘，就见一轮明月："这地方真美。"

汪国啜了一口清茶："你找我有什么事？"她不可能无缘无故出现在大树后，这绝非巧合。

沈小雅正色道："下周沈氏股东大会，你应该有所耳闻顾优的事，她手上聚集的股份已经超过我爸爸的了，只有你的股份才

第一章 含泪微笑，转身遇见

可以扭转局势。"

汪国盯着她，一声不吭，见她有些急了，他才开口："那么我有什么好处？"

"我这有一幅Lix的油画，不知道你感兴趣吗？"沈小雅试探性地问了下，没料到汪国摇摇头，满脸不在乎地说："我说的不是这个，你非常聪明知道我的喜好，但是我想知道的是新的执行总裁能为我多赚钱吗？顾优年轻能干，她的实力不容小觑。"

沈小雅一激动，险些将茶水洒出："你都知道她用的是卑鄙的手段，而且你跟我爸爸还是故友，你……"

"你应该有所耳闻，我曾跟你爸爸一度闹僵过，后来虽然和好了，却大不如前。"他的话让沈小雅一愣，的确这也是她担心的，据说汪国曾经和沈父不知道为了什么事大吵一架，后来虽然和好了，但是汪国显然不待见沈父。

"我虽已不过问公司的事好多年，却不代表我什么都不知道，只是懒得理会这些是是非非。胜者未必称王，败者未必为寇，有可能要付出几倍的代价。"

汪国意味深长地看了她一眼，很显然话中另有玄机，话锋一转："Lix的油画你从哪儿得来的？据我所知，国内现有就三幅，一幅在陆家，还有一幅被不知名的富商购得，剩下最后一幅则是由C市的静安古楼收藏着。"

这倒是令沈小雅诧异："原来就三幅？我是从静安古楼拿的。"

汪国微愣，不动声色地问："谁给你的？"

一时间，两个人久久不语，谁都没有说一句话，汪国好似在回忆："这幅画是我送给一个故人的，好巧居然在你手上。"

"蓝顾云。"沈小雅静静地报出这个名字，汪国点点头："我明白了，这段恩怨啊……呵……"

"我不明白。"

"你不需要明白，时间会给你最好的答案。"

"那……你……"

"你容我考虑下。"

沈小雅黯然地点点头，以眼前的情形看来胜算一半一半，恰巧蓝顾云打了个电话，问她什么时候结束，她站了起来准备走人，却看到汪如玉身穿飘逸的长裙从吧台里面走出来，瞅见沈小雅弄脏的礼服："你来了啊？衣服怎么脏了？我里面有新的，需要换一件干净的吗？"

"你……不用了，我马上就走！"

汪如玉笑靥如花："这里是我开的，没事的时候就会来看看。"

原来如此，难怪汪国如此熟悉这儿。

"爸爸，她是萌萌的好朋友，你帮帮她！"

"这孩子，你一提到李萌萌那臭小子就什么理智都没了，不知道那长头发的怪人哪里好，让你等这么多年也就算了，还为了他在这儿开个什么咖啡店，不知道你脑子装什么！"

"爸！"汪如玉羞红了脸，撒娇道。

汪国摇摇头："好好好，爸答应她考虑下。"

汪如玉对沈小雅说："我爸就那样，你别见怪，他一定会好好考虑的。"

沈小雅对着如玉报以微笑算是感激。看来汪国很宠汪如玉，将她视为掌上明珠，而汪如玉居然为李萌萌在这儿开了个咖啡店，这又是一段怎么样的故事呢？也许总有一天会得到解答的。

第一章　含泪微笑，转身遇见

蓝顾云的手机在床头柜上振动着，他一看来电联系人是汪国，便轻手轻脚地走到阳台上接电话："喂，汪伯伯。"

"蓝小子好久不见，想不想伯伯了？"

"说重点！"

"你这小子真不可爱，不讨我喜欢。你家丫头把画送到我这里来了，不知道你在卖什么关子，你明知道你妈妈处心积虑在对付沈氏，你这么帮她是在跟你妈妈作对吗？还有，你妈妈晚上也来找我谈话了，她要我帮助顾优对付沈氏。"

"你的结果是？"蓝顾云手扶在栏杆上，看着被夜色笼罩的住宅区，发出一声微不可闻的叹息声。沈小雅把油画拿给汪国，他几句套话肯定把什么都给问出来了。

"你都敢把Lix的油画拿出来，不怕被你妈妈发现吗？足以见得你对那丫头是动了真心，搞得我就更难选择，唉……怎么办呢？"

"随你吧，不强求。"

"你这哪叫不强求，你都把她送到我面前，这还叫不强求！蓝小子我一看到她，就很矛盾，她长得像我最厌恶的沈万豪他老婆，但我又发现她的脾气像你妈妈年轻的时候，那股子傻劲和纯真实在是类似，把她搅进来真的是……唉，不想重复地看到你妈妈的悲剧……"

"不会的。"他不会让这种事发生的。

那头汪国抛来一句："但愿如此。"

沈氏一年一度的股东大会，身着干练黑西装的顾优，不似以前那么妖娆妩媚，而今只是个干练的女强人，正坐在沈小雅和沈父的对面。

沈父的身体并没有恢复，只是迫不得已为了应付股东大会而出席。顾优气定神闲地和秘书在讨论，桌上都是她的企划案，沈小雅心里越发没底，汪国到现在还没有出现，肯定是想放弃了帮谁了。她脑子里回响妈妈说过的话，"我们家就要完了"。

想到这里，她匆匆跟爸爸交代了一声，便走到茶水间打电话给汪国，无奈那边传来的是："对不起，您所拨打的用户正在通话中……"她颓然地放下手机，好像一只被打败的鸡。

手机响起，她急忙接听，是汪国打过来的："汪叔叔？"

"你去哪儿了？我在会议厅。"

沈小雅愕然，呆愣三秒，而后以百米跑的速度冲到了会议厅。

汪国穿着休闲T恤胸前背着个旅行包坐在位置上，仿佛随时会出去旅行，咧嘴冲她一笑："我们又见面了！"

他没有之前那种疏远感，这让沈小雅心生暖意："汪叔叔，你来了？"

顾优的黑色高跟鞋敲击地面的声音响起："汪叔，好久不见！"优雅大方地朝汪国握了握手，"我知道你一定会来的，看来你没有让我失望。"

"小优，你长得真快！一下子就那么大了！"汪国笑着对顾优说。

顾优调皮地眨眨眼："汪叔，瞧你这话说得，人都是会长大的。"

看顾优熟络地同汪国对话，显然两个人应该达成战略同盟了，沈小雅不由得黯然走回到自己的位置上，悄悄地朝沈父说了句："爸，我尽力了，可是……"

"我本就不指望汪国能帮我，没事的。"沈父总是一副包容她的语气，令她红了眼眶。事已至此，她心生悔意，若不是她如此任性，如此不顾全大局，沈家何以沦落到如此田地？

　　股东会议准点开始，顾优开始滔滔不绝地讲述她准备把那块地皮建造成购物中心城："众所周知，欧洲处于经济低迷时期，随着人民币的涨值，一大批奢侈品和出口商品急欲进口，而国内消费者对于进口商品的需求渐盛。我建议把新区的那块地皮改成购物中心城，招商引资。同时，我们可以跟艾米财团达成战略合作伙伴关系，再借由他们进行植入性广告和宣传，我想应该会比豪宅项目更具可行性。"

　　顾优说完这番话后，股东们都赞许地点点头，似乎很满意她的说法，在这个时期投资这样的项目的确令人找不出理由反对。

　　"等等……"沈小雅轻轻说出一句，一时间所有的目光都齐刷刷转向了她。她面露紧张地站了起来，深呼一口气，"优优说的购物中心城听起来是不错，但不具备可行性，且风险极大。C市去年由艾米财团投资了巨额资金正在盖奢侈品购物村，B市进口商品多如牛毛，几家大型的商场应有尽有，我们A市更是有琳琅满目的奢侈品广场和大楼，而ABC市的流动人口就是固定的，并不是人人都有那个能力去消费此类商品，而且A市到C市的奢侈品购物村开车仅需一小时，A市到新区也需要一小时，我们的购物中心城未必有艾米财团那么大规模，更多人会倾向于去C市购买，A市的广场和大楼就已经掌握大部分人流量，而我们并非是最好的，很有可能到最后成为鸡肋，商家毫无利益可赚，卷铺盖跑人的事也要考虑其中。B市的华丽一城不就是这么倒闭的吗？"

　　顾优诧异地看着沈小雅一脸青涩地陈诉着自己的观点，不由得发愣，她从来都没察觉到沈小雅的分析能力这么强。沈小雅毫无顾忌地说完后，脸就轰地红得跟西红柿一样，却意外听到鼓掌声，是汪国。他正微笑瞅着沈小雅，一时间所有股东都在鼓掌。

沈小雅迷迷糊糊地傻笑，顾优脸色铁青："照你这么说，所谓的豪宅项目就能赢利？"沈小雅愣了下，她并不知情豪宅项目，只是借由沈母而知道的，"是相对，并非绝对，所有投资都是具有风险，看风险的程度，A市是有类似豪宅的龙湾国际公寓楼，可是只是拥有严密保全系统的公寓楼而已，我们的方向就跟他们不一样，我们讲究的是享受私人生活，他们拥有自己的独立的空间，可以在院子里弄些游玩设施，偶尔也可以跟朋友一起烧烤、聚会，这也是我爸爸的意思。"

众人啧啧称奇，从来只知道沈万豪有个害羞内敛的女儿，却从来不知道她颇具有商业头脑，股东们开始交头接耳地议论，顾优平缓了情绪，咳了一声，"好了好了，小雅的能力我最清楚不过了，还需要继续努力学习，看到你进步这么多，我心里别提有多开心，不过，大伙儿别忘了我们今天的初衷，是竞选执行总裁，接下来由我们投票表决吧？"

"同意沈伯伯为下一任执行总裁的人请举手。"顾优满意地环视下四周，没有一个人举起，在她的预料中，沈小雅固然说得很好，但是她早已占了大局。忽地，汪国将手举起来，令她脸色变得很难看，又不能发作。

原本胆怯不安的沈小雅在得到汪国的赞同后，信心倍增，大喜过望："那么我爸爸还是下一任执行总裁！"沈父手上40%的股份，加上汪国手上15%的股份，刚好过半！

顾优拿起文件同秘书气愤地离去，其他人也渐渐地离场，沈小雅兴冲冲地跑到汪国的面前："谢谢汪叔叔！我不知道你会投给我爸爸!"

"这是你应得的,小丫头挺有天赋的,只是胆子太小,还需要磨炼。"

这时,沈父带着疲惫的神情走了过来,沈小雅担心地说:"没事吧?"

"没事。汪国好久不见。"

"好久不见。"汪国敛去脸上的笑意,应付了一句,沈父沉默了会儿,说了句"谢谢"。

"你不用谢我,要谢谢你的女儿,我本来只是来看戏的,觉得她说得精彩才投给你,没有别的意思。"

沈小雅目光在两人间来回巡视,不明白究竟是有什么恩怨能让他们之间搞成这样。

沈父由司机送回医院,公司的小事各部门自行决定,大事让秘书带给沈父进行决定。沈小雅将大获全胜的消息告知蓝顾云后,他提出到很有名的国粹餐厅给她庆祝。一路上她叽叽喳喳得仿佛一只可爱的小麻雀。

走廊上的花开得正旺,娇嫩的绿叶伸出栅栏外,餐厅用玻璃鱼缸墙隔成小包间,一群热带鱼在鱼缸墙里面游来游去。

正在喋喋不休的沈小雅被这景致吸引过去,身子贴在上面看着它们在游玩,不由得感觉到一丝莫名的熟悉感,好像在哪里看见过,却始终想不起来。

"怎么了?"蓝顾云拍拍她肩膀,沈小雅摇摇头,跟随他继续往前走:"你可真会找地方,我在A市这么久,居然都没有来过这里!"坐到位置上的沈小雅就按捺不住地发问,"你确定是常年待在C市的吗?"

服务员将菜单拿了上来，蓝顾云睇了她一眼："你想吃什么？"沈小雅摆摆手："随便。"他将菜单递还给服务员，浑厚的嗓音说了一句："老规矩。"

"你好像很熟。"沈小雅不解地看着他，他不是常年都待在C市的吗？怎么对A市也这么了解？其次静安古楼在C市是很有名望，可到了A市却未必，毕竟A市的名流远多于C市，可见这里的服务生都对他恭恭敬敬，还有他住在龙湾国际公寓楼，光就这点就不容小觑。

"你以后也会很熟的。"蓝顾云朝她神秘地笑笑。

"听得出来他对你的能力很赞许。"沈小雅立马就被他转移了话题，如小鸡啄米一般点头："他是这么说的，你都不知道优优后来回来取一份文件，非常火大地看了一眼汪国，说了一句'难道你忘记对我妈妈的承诺了吗？'他就变得很失魂落魄。是不是汪叔叔跟你妈妈有什么关系？"

蓝顾云望着沈小雅清澈见底的眼眸，缓缓地点头："这是上一代的事情，我也是道听途说的，据说汪伯伯暗恋过妈妈，但妈妈不喜欢他，后来因为各方面缘故，妈妈另嫁，他失意地四处游走。"

他避重就轻的说法，却让沈小雅疑窦丛生，不是爸爸与汪叔叔闹僵所以才远走的吗？怎么还有他的妈妈？难道是……听说，还因为一个女人，难道是蓝顾云的妈妈吗？她好像看见一点点明朗的光线了，却始终无法将这几件事结合起来。

哐当一声，不远处传来盘碗破碎的声音，扭头一看，发现竟然是陆子鸣和郑芙雅发生口角。郑芙雅黑色的长发由一根簪子绾成髻，身穿淡绿色碎花小裙，淡雅的妆容衬托出她大家闺秀的风范。沈小雅黯然低头，郑芙雅在学生时代就是男生心目中的女

第一章 含泪微笑，转身遇见

神，而今越发的清丽脱俗，想不到她能够跟陆子鸣走到一起。

陆子鸣勃然大怒："你别再纠缠我了，快走吧。"

郑芙雅淡然地瞅了他一眼，很显然没被他的怒气所震慑，自顾自地端了一杯红酒。他被气得仿佛一只焦躁的狮子不断吼叫："我不想再看见你。"侧过脸就对上沈小雅诧异的眸子，斜眼瞄到蓝顾云悠悠地望着他，脸色一沉，手忍不住攥成拳头，越来越紧。

令沈小雅始料不及的是陆子鸣就这么直直走过来，不由得傻呆呆地看着他，陆子鸣面色铁青地说："听说你把沈伯伯的位置夺回来了？"

沈小雅点点头，不知道该说什么，陆子鸣瞅了眼她身边的蓝顾云，李萌萌只查到他是静安古楼的股东之一，有一个妹妹顾优在沈氏要翻了天，却没查到关于他的其他任何消息，足以可见这个男人的保密工作非常好，看他一副安之若素的神情，绝非等闲之辈。直觉告诉他，蓝顾云这个男人很危险。

"他会害死你的。"

她听到这番话不由得站了起来，蹙眉反驳："我跟你的事，不要牵扯到他。"

"沈小雅！你脑子清醒点好不好，所有人都知道顾优是他妹妹，你敢说这次事件他完全不知情？"陆子鸣气得口不择言。

蓝顾云的脸色瞬间冷了下来："小心我告你诽谤。"

他身上寒气逼人，使得陆子鸣微惧。

这时，沈小雅坚定地看着陆子鸣，一字一句地说："我相信他，我就是相信他，如果真的被他害死就算我活该好了。"

蓝顾云面露诧异地瞅着沈小雅，不由心中暖暖。

"你……"陆子鸣咬牙愤然转头就走，郑芙雅见陆子鸣走了,亦步亦趋地跟在身后。

沈小雅傻愣着,刚刚郑芙雅别有深意地看了她一眼,让她匪夷所思,胸口闷闷的,曾经如此要好的闺密,而今也是无言以对。

第二章

情不知所起，一往情深

我是天空里的一片云，
偶尔投影在你的波心。
你不必讶异，
更无须欢喜，
在转瞬间消灭了踪影。

——徐志摩

第二章 情不知所起,一往情深

Part1

"我要残酷的忧伤,不要美丽的捆绑,我要把这爱情安稳的假象,埋葬。"

她似乎看见了爱情的海市蜃楼,那么美却始终难以触及,只是不愿转身撞到现实而已。

夜晚,蓝顾云并没有回家,车子在一条崎岖的山道上行驶,沈小雅四处瞅了瞅,黑黢黢一片:"我们这是去哪儿?"

见沈小雅脸上挂着担忧的表情,他揶揄说:"当然是把你拐去卖了,谁让你这么相信我的,没听说过吗,人心隔肚皮,太容易相信一个人会死得很惨!"

"我不是刻意去相信谁,只是凭直觉,如果事与愿违那就被骗吧,反正骗我也没好处。"沈小雅笑笑,蓝顾云见她毫无城府的样子,不由得替她担心,这女人是怎么活到现在的?笨起来的时候,又固执又牛脾气,傻得可爱。

"我们到底去哪儿?"沈小雅哀怨地扯扯他衣角,蓝顾云将车子停了下来,指了指前方:"我们到了。"

两人从车子上下来,沈小雅被眼前的景观惊呆了,眼前一望无际的草丛里,一只只萤火虫正在飞舞,仿佛一颗颗坠入地上的星星,不断地在闪烁着,夏日里的微风轻轻地吹拂,乌黑的发丝跟随律动,空气中蔓延着香草的味道,沁人心脾。

她想起了一首歌,哼唱起来:"晚风吹动着竹林,月光拉长的身影，萤火虫，一闪闪，满山飞舞的钱币，天上银河在发光，地上风铃来歌唱，织……女……"

摇晃着的小脑袋被蓝顾云敲了一下："满山飞舞的是蚊子，不是钱币。"他忍着笑纠正她，沈小雅嘟嘴不满地说："一点都不懂浪漫情调。"

蓦地，蓝顾云温柔地将她从身后搂住，沈小雅一愣，却安心地靠在他的身上："你怎么发现这里的？"

蓝顾云将头抵在沈小雅的肩膀上："高中时代的事情了，因为不想回家，所以随处乱逛，一次偶然就发现这里。"她笑着说："你是叛逆不想回家？"

"那倒不是，妈妈对我教育非常严格，一点小事都有可能惹得她不快，所以每次回家都感觉到一股莫名的压抑，越长大越不想回去，到最后索性自己买了房子住在外面。"

那段故事有些黑暗，他不想让她知道全部，沈小雅转过身子心疼地看着他，她记得曾经李叔说过蓝顾云的妈妈脾气怪异，他肯定吃了不少苦。

沈小雅拥住他，在他的肩膀上蹭蹭小脸蛋："虽然你对我有好多的隐瞒，可是我总觉得你对我是好的，没有任何的恶意，不管别人说什么，我就是相信你。"也许对陆子鸣的话也有顾忌，不过仔细想想真的也好假的也罢，想太多脑子会爆炸的。

蓝顾云听到她这番话，想说些什么，却又没有说出口："小雅……其实我……"

"嗯？"沈小雅迷蒙地看他，蓝顾云摇摇头笑了："我们回去吧？"

沈小雅娇嗔："不要，我还想在这多待一会儿，好舒服！"

第二章 情不知所起，一往情深

一大清早，沈小雅就被沈母的夺命Call急召回家，当她回到沈宅的时候，沈母坐在沙发上一副晚娘的脸孔盯着她直望，她站在大理石铺成的地板上，好似一个待审的囚犯，神情却慵懒，忍不住打了个哈欠："妈，有什么事？"

"你还好意思问什么事？数数看你这几天回来几次？女孩家家的怎么天天露宿外面，这样下去成何体统！"沈母不满地控诉，端着菊花茶的杯子的手，重重地落到了小盘上，沈小雅垂头不语："妈！我是有原因的！"

"什么原因？"

沈小雅想将蓝顾云介绍给父母，可又不是时机，本来她在C市和蓝顾云的感情稳定的时候，恰巧沈母打电话过来，她就是想趁这个机会告知，没想到沈父生病了，只能咽下。

"算了，我不管你什么原因不原因的，现在交给你一个重要的任务！"

"什么任务？"

"经由你爸和股东们决定，还是在新区那块地皮上盖住宅，大家觉得你很有才干，想让你和陆氏地产一同完成这个项目。"

沈小雅使劲眨了眨睫毛，不可置信地用手指戳戳自己的小脸："妈，有没有搞错？我不行的！我学的是服装设计，跟住宅八竿子打不上！"

"你爸说了，你在股东大会上表现出色，大家都觉得你可以雕琢，有心培养你，这么好的机会你想放弃？你不知道现在我们情况多危险吗？你以为一次股东大会上的胜利就真赢了吗？顾优已经持有股份了，你要搞清楚这点，她虎视眈眈随时等待出击，你这傻孩子……"

沈小雅沉默了，说得是一点没错，如果她要跟陆氏一起完成这个项目，将要面对的是陆子鸣！她早有所闻陆子鸣将全权负责，她瞄了一眼沈母，妈还是希望她跟陆子鸣走到一起的，不然不会极力说服她。

"我……"

"没什么好说的，就这样决定，不能眼睁睁地看着我们家的企业让外人得手吧？"

沈小雅无奈地点点头，表示同意了，瞟了一眼沈母手上的翡翠镯子："妈，这个漂亮的镯子是陆伯母送的？"

沈母面露窘色，壮着气势说："我自己买的不行吗？"

"没，随口问问。"沈小雅摆摆手，一脸无辜地说，有些事她只是装作不知情而已，不代表真的不知道。

蓝顾云在电脑桌前刚刚开完视频会议，闭上眼睛靠在椅子上仰着头在沉思，脑中浮现出沈小雅傻笑的样子。

阳光照射到房间内，暖暖的。

忽然，电脑发出"嘀嘀嘀"的声音，屏幕上弹跳出顾优的头像，正在发出视频邀请，蓝顾云点了确定。

"大哥，汪国的事跟你有关系吗？"

"你们认为有关系就有关系，没关系就没关系！"蓝顾云表现出无所谓的样子，那头的顾优倒是急了："你知道吗？妈都气疯了，她发现你从静安古楼里拿了 Lix 的油画，你是不是送给汪国了？"

"油画在我这里，如果妈需要的话，马上可以还给她，汪国自己决定帮助小雅的，这与我应该没多大关系吧？"汪国并没有收下那幅画，他跟沈小雅说这幅画跟他有缘分，里面有一个美丽的故事，不过就是不告诉她。搞得沈小雅回来问了他半天，他也

第二章　情不知所起，一往情深

不知道这事，他选这幅画的时候也没别的原因，只是曾经听说汪国极爱那幅画，并不知里面所谓的秘密。

"大哥，你要知道你的位置！"

"我的位置？我想我答应妈的事已经做完了吧？把小雅留在C市，以此来分散沈父和陆家的注意力，直到你取得零散的股份，至于后面的事情，应该是由你们来办的。"蓝顾云气定神闲地喝了一口茶，顾优幽幽地叹了一口气："唉……不知道妈会想到什么法子对付他们。"

"你别说我，你对小雅对沈氏都手下留情了，如果真的用尽手段，一个汪国压根扳不倒你，有怜悯之心的不止是我，还有你，沈家并没有什么罪，当年顶多算个帮凶而已，再则，沈万豪是个老好人，当年那么做也只是被他老婆唆使的，没有必要做得这么狠。"上一代的恩恩怨怨，何必牵扯过多？

"我……可是妈不会这么认为的。"

"陆家，才是她真正的目标，沈家是死是活并不会起到大的作用，只是鸡肋而已。"

"大哥，不止是鸡肋，这次计划沈家牵动陆家，虽然目的是陆家，但绝对跟沈家脱不了关系。"

蓝顾云黑眸如深水，难以让人觉察到他在想什么。他静默了会儿："我知道了，你跟妈说，我腿伤还未痊愈，短期内不会回公司。"

"大哥，你想中立？"

"你别管我了，担心你自己的事吧！如果接下来对付的是陆氏地产，那么势必会让他对你加深误会，难道你不想再续前缘了？"

顾优睫毛垂下，心事重重地说了句："随缘。"

医院内，沈小雅带了一束康乃馨到沈父的病床前，将花插在瓶子里，花朵散发着诱人的浓郁香气。

沈父笑吟吟地看着她，没有之前瞬间苍老的模样，现在精神奕奕，看来身体是在慢慢康复了。沈小雅坐到了病床前："爸，身体好些了吗？"

"好多了，你妈都跟你说了？"他慈爱地冲着她笑了笑，看得沈小雅很心酸："嗯，我会努力的。"

"爸还是希望你跟陆子鸣在一起的，毕竟都认识这么多年了，不知道你们是因为什么原因而闹别扭，不过都是一块长大的，能有什么深仇大恨？"

沈小雅想说陆子鸣偷腥的事，可看了一眼沈父，又忍住了没说，反问了一句："如果我喜欢上别人了，您会不会怪我？"

"傻孩子，怎么会怪你？你幸福就好。你喜欢上谁了？"沈父拍拍沈小雅的肩膀，将耳朵侧过来，表示想倾听，沈小雅被沈父逗笑了："秘密！不过妈说得对，我的确要跟陆氏完成这个项目，顾优在背后窥视，时时刻刻要注意。"

"顾优……唉！那孩子没那么坏……"

"爸！你怎么还帮着她说话，她都这么对我们了。"沈小雅不明白沈父到这个时候，还帮着别人说话。

"没什么，以后你就懂了。"沈父满脸心事地望着窗外，一片晴空万里，将他的思绪拉得老远，一幅油画赫然出现在脑海里，一个女人慈爱地抱着个小男孩。倏地，画面消失了，大雨滂沱的夜晚，那个女人狼狈地跪在沈家大门前，苦苦哀求着："我是被冤枉的！求求你！求求你跟他说清楚好不好！"

她全身被淋得湿透，不停地在雨里磕头，雨水布满她的脸

第二章 情不知所起，一往情深

颊，不知在雨里待了多久，直至昏厥。

画面被切换，她带着恨意盯着他，咬牙切齿地说了句："我一定会回来的。"

如果他没有猜错，她应该回来了。蓝艾米。

"爸，你在想什么呢？"沈小雅不解地望着沈父，他揉了揉沈小雅的短发："我是在想，人这辈子真的不能做错事，一旦错了，可能就无法挽回，兜兜转转总是会回来的。"

"我不懂您的意思。"

"傻丫头，不懂也是种福气，爸不希望你什么都懂，什么都会，简简单单过一辈子就好。"

沈小雅走出医院大门，心中暗忖爸今天的失常，不知道在想什么。这时，一辆银色的保时捷在她面前停了下来，车门缓缓打开，一个戴着墨镜穿西装的黑衣人出现，她愣着了："这这这这是在演电视剧？"

黑衣人一句话都没说，就捂住她的嘴巴，拖到车上去，车子急速驶去。

蓝顾云接到蓝母的电话，阴沉着一张脸，飞速开车回到蓝宅。

蓝母正优雅地站在书桌前，手拿毛笔在宣纸上写字，余光瞄了一眼气势汹汹的蓝顾云。写完几个大字，将笔搁在砚台上，轻啜一口茶，面露笑意地说："今天心情这么好，知道要回家了？来来来，过来看看妈妈这几个字写得好不好？"

"够了！你把她怎么样了？"蓝顾云一掌重击书桌，桌子摇晃了下，毛笔滚落到纯白色地毯上，晕染一团黑墨。

蓝母无视蓝顾云的怒气，缓步走到金色的古典沙发坐下，悠悠说句："乖儿子，我好些年没看到你发火了，自打你成年之后，性子就冷冰冰的不近人情，没想到还会生气？不过，我可不知道你在说什么，她是谁啊？"

"沈小雅。"蓝顾云看着蓝母不慌不忙地装无辜，心知这事早已被算准，补上一句，"什么条件？"蓝母见他眼神里不经意间露出鄙夷的神态，不由得恼了："那个女人有什么好的，让你连我这个妈都不认了！"

"是你做得太过分了，这事根本与她无关，上一代的恩恩怨怨加注在她的身上就很卑鄙了，一而再再而三把她无辜地牵扯进来，这对她公平吗？妈，你也觉得你当年受到不公平的待遇，难道你还想延续这种不公平吗？你恨的从来不是她，为什么还要对付她？"蓝顾云苦口婆心地劝阻蓝母。

"得了，大道理一堆，我知道你心里想着她，现在说什么也不听，不然上次跟我吵架气得怎么会出车祸呢？妈也心疼你，但是你要体谅妈，这么多年来的心结，总是要被打开的，谁都无法阻止我。沈家和陆家必须要对付，妈需要你的帮忙，不许再倒戈相向。汪国的事，明眼人都看得出来是谁做的手脚。我还要告诉你一件事，沈家和陆家从来都是世交，他们期望子女能够在一起，现在虽然沈小雅逃婚了，但是不代表长辈没有那个意思。其次，你是我的儿子，你认为沈家会轻易把沈小雅交给你吗？不可能吧？你们的感情有保障吗？恐怕以沈小雅的性格，也难以走出家族给的压力。妈有一个建议，你帮我完成这个计划，我让你和沈小雅远走高飞去美国，沈家一个人我都不会动，他们从来都不是我最大的目标！你意下如何？"

蓝顾云沉默半响："如果我不同意呢？"

"你知道衡量利弊，不用我教了，按照以后的计划，你觉得你和沈小雅能够走到最后吗？她不恨死你才怪！唯有置之死地而后生，沈小雅还是你的！"

他紧紧攥住拳头，手背青筋凸出："她还是会恨死我的。"

"对，这件事无论怎么做，她都会恨你，但是你们有转机，我会出面跟她说清楚让她跟你去美国。你绑着也好，骗走也好，带她离开这里，重新开始生活，女人总会心软的，再加上以后如果能够生个一儿半女的，自然也就释怀了。如果你不愿意，我还是要对付他们，到时候她还是会恨你，妈也会怪你，你里外不是人了。你要想想清楚，沈小雅跟陆子鸣是有婚约关系的，这是家族联姻，沈家会轻易让她嫁给你吗？而且是在这么复杂的情况下？唯有将两家击败，到时候谁拥有大权谁掌控，她才可能是你的。你帮了我，我会不惜一切代价帮你的，你说得一点也没错，沈小雅并不是我的目标，那孩子单纯得跟纸一样白，我又何必对付她呢？"

这时，一个妇人匆匆进来，朝蓝母恭敬地说："太太，沈小姐醒了。"

蓝母面带微笑地走到蓝顾云身边，拍拍他的肩膀："去吧，她醒了，在你的房间，好好考虑下，妈知道你一定会有好的答案。"

回廊里挂着一盏盏色彩斑斓的琉璃灯，暖黄色的光线从内投射出来，将墙壁上的油画映得颇具风味，只是看似温馨的东西，总是透着丝丝阴冷的气息。

蓝顾云快步穿过回廊，推开木门，仿佛记忆的匣子被打开，二十岁的那年夏天，他拖着行李箱离开，从此之后，甚少踏进这里。

欧式的窗户被打开，外面的梧桐树叶影摇曳，沈小雅站在他的书桌旁，聚精会神地看着一本相册，蓦地，她抬起头一脸笑意地说："你来了？"

"你……"

她像只欢快的小兔子一般蹦蹦跳跳地来到他身边，叽叽喳喳地说："蓝阿姨说这是你的房间，我就偷偷地看了下相册。"

"她说的？她还说了什么？"蓝顾云凝眉，不知道蓝母跟她说了些什么。

沈小雅斜头，转悠了下眼眸："我刚刚被她抓过来的时候，以为是谁要绑架我，吓死我了，后来蓝阿姨就出现，她让人给我拿了好多好吃的，然后跟我说，她只是想看看我，说你待会儿就回来了。我吃得太撑了，就睡着了，醒来的时候，就有人告诉我，你已经来了。"

蓝顾云亲昵地揉揉她的短发，将她缓缓地拥入自己的怀抱，当李叔跟他说妈把沈小雅带走的时候，他急得跟热锅上的蚂蚁一般。现在看来她还不了解究竟是怎么一回事，这样也好，就让她待在他的羽翼下，不需要明白太多是是非非。

沈小雅突然想到什么似的，推开他："我发现你相册里面的合影，有好多女孩都靠你很近。"

"所以呢？"蓝顾云打趣地看着她，"你吃醋了？"

"吃！为什么不吃！"沈小雅嘟嘴看他，蓝顾云扑哧一声笑出来："好了，我们回去吧。"

"不用再去看蓝阿姨了吗？就这样走掉好吗？"沈小雅觉得蓝母和蔼可亲，不像是李叔和蓝顾云口中的性格古怪的人。

蓝顾云刮了下她的小鼻子："她在忙，没事的。"

他俩走到一楼的时候，沈小雅发现大厅里的几个柱子被挖空，里面注入清水，上面游着一群热带鱼，不由得在心中暗忖，现在都流行这种设计？

沈小雅靠在车窗上看着外面的风景，听着车子里播放的轻音乐。

"小雅，你想去美国吗？"

沈小雅转过头："美国……我大学就是在美国纽约念的，挺怀念那时候，没什么压力，无忧无虑地上课。"不需要去想太多的事情，人活得特别简单。

"想去吗？"蓝顾云试探性地问问，沈小雅不解地眨着睫毛，"什么意思？"

"是这样的，如果我们感情稳定了，就去美国生活，你意下如何？"

"不知道。你怎么会想要去美国呢？我爸妈都在国内，我们一起去美国好吗？再说我爸年纪很大了，我是沈家唯一的女儿，不能眼睁睁地看着家里不管。"

"妈希望我去美国拓展业务，那如果撇去家里那些杂七杂八的关系呢？"

"那就去啊，你去哪儿我就去哪儿。静安古楼需要拓展到美国去？"在沈小雅的脑海里，蓝顾云就是静安古楼的股东之一。

"傻丫头，静安古楼只是其中的一项而已，我主要做的是风险投资。"

隔行如隔山，她听得云里雾里的，自然也没听出蓝顾云话里的深意。

蓝顾云将沈小雅送回沈宅，她有些不舍地瞅着他："那我走了?"沈母对沈小雅好几天不回家的事颇有微词,所以在这个时候,她必须要天天回家报到。

蓝顾云在她的唇边落下一个蜻蜓点水的轻吻:"嗯,有事就给我打电话。"

他看着沈小雅走入沈宅的大门,才将车子开走,却没留意到,他和沈小雅在车上的一举一动已经落入一双窥探的眼睛里。

车子平缓地行驶在马路上,突然而至的红灯令他猛地刹车。他的思绪飞得老远,两年前顾优刚入沈氏,从手机里翻出她和沈小雅的合照,照片上的女孩头发短得像一个假小子,笑得特没心没肺,那时候,他并不知道现在会有这么深的羁绊,只是感觉,这女孩的脾气肯定大大咧咧,两年后再看见她,头发固然也短,却成了波波头,一股子小女孩的味道越发明显,令他不觉多看两眼。

顾优总说她傻乎乎、做事莽莽撞撞、毫无厘头,却心地善良、敢做敢当。

想来也是,若非如此,半年前的一个夜晚,他去视察蓝图杂志社,路经一个小巷子里,遇见几个喝高了的酒鬼,拦路不让行,这时她居然出现了,像是一个假小子一般,莽莽撞撞地冲着那几个人说:"你们想干什么?"估摸着以为他们在抢劫,直接冲了过来,拨了110电话。

想到这里,他扑哧一声笑了出来,绿灯亮了,手握紧方向盘,向前行驶着。

她早就忘记他了吧,因为那时候他蓄着一脸大胡子,压根就看不清五官。

他一直都知道她的存在,断断续续地,从顾优的信息里、从

第二章 情不知所起，一往情深

蓝母的资料里，直到蓝母跟他说，让他绊住沈小雅不让她回到A市，才有了正面的接触。

兴许是感觉到在这人与人之间复杂的关系中，还有这么直接纯粹的女孩，不觉多了一分怜悯和照顾，以及对她所受的不公平感到心疼，慢慢地投入感情，很想将她所遭遇的一切都挡住，只是……总是事与愿违。

沈母绕过简约大方的回廊，笑吟吟地推开沈小雅的房门，里面黑黢黢一片，将遮光窗帘嘶一声拉开，顷刻间卧室里布满阳光，沈小雅蹙眉将丝质纯白色毯子盖到头上，沈母叹了口气："小雅，今天你陆伯母来家里聚餐，记得打扮好看点。"

沈小雅"哦"了一声，继续沉浸在梦乡中，待沈母走后，她坐起身子来，抓了抓发丝，一脸惺忪地四处张望着，眼前的东西慢慢地变得清晰起来，思绪开始回笼，刚刚妈说了什么!?陆伯母要来家里聚餐?

沈小雅顾不得身着一件可爱的哆啦A梦的睡衣，慌慌张张地往楼下跑去。

正在清理地板的阿姨，一抬头就看见沈小雅衣衫不整的模样："小雅，怎么了?"沈小雅急急忙忙地问："我妈呢?"

"在花园里……"还未等到阿姨说完，沈小雅的人影就不见了。

别致的欧式玻璃门阖住了满园春色，一道明媚的阳光照射到地板上，满地尽是细碎的光芒。沈小雅砰的一声，打开轻盈的门，将瑰丽的景色映入眼帘。绿茵茵的一片草地上点缀着色彩斑斓的嫩花，由藤蔓和篱笆搭成的亭子，让人感觉舒服且没有突兀感，将大自然的馈赠发挥得淋漓尽致。

沈母正坐在石凳上，优雅地喝着茉莉花茶，沈小雅匆匆跑了过去："妈！你说陆伯母今天来聚餐吗？"

沈母看见自个儿女儿一脸焦躁的样子，衣服乱糟糟的，不觉凝眉："小雅，我说过多少次，不准穿睡衣出房门，这要万一有个客人，你不觉得很失礼吗？"

沈小雅调皮地冲她吐了吐舌头："我忘了嘛！"沈母就这个脾气，用沈小雅的一句话来说就是，在外必须表现出雍容大方华贵。

沈母斜了她一眼："以后记住，你陆伯母来有什么稀奇的？用得着这么急急忙忙下来吗？对了，晚上你就穿你爸给你从法国带来的Celine小礼服。"

"是没什么稀奇，就是好奇她怎么会来，Celine不行，我一直穿这个牌子的衣服，换旗袍，省得陆伯母以为我没什么新意。"她的深意是，陆子鸣会不会来，如果他来了，那么她势必得溜走。

"你这孩子怎么喜欢上旗袍了？"沈母诧异地瞅着她望，沈小雅三句两句糊弄过去："旗袍是国粹，为什么不能喜欢？"其实打从上次蓝顾云说那件白色的旗袍好看，她的品位就逆时针大改革，也开始欣赏起各式的旗袍。

"随你，你晚上别给我开溜！"

"妈！爸说婚姻随便我的，你不要再乱点鸳鸯谱了！他也会来对不对？"

沈小雅这句话搞得沈母满肚子火药仿佛要炸开了，蓦地脸色一变，"我都不知道你这丫头脑子里在想些什么，无缘无故逃婚也就算了，也不给个理由。看在你股东大会上表现出色，我就不说你了，不然这些事的发生你都要负责。一起吃个饭能有什么

第二章 情不知所起，一往情深

事？主要还是妈和你陆伯母好久没见面，你急什么？"

她不高兴地睁大眼睛，嘟着嘴巴说："主要还是为了撮合！"

电梯缓缓上升，郑芙雅打开精致的化妆盒，涂上淡淡的唇膏，用纤细的手指轻触了下睫毛，灵巧地眨眨双眼，肆意摆动了一下刚卷的大波浪长发，"叮"一声，电梯的大门打开，她带着温柔的笑容走出去。

办公室的大伙儿看见郑芙雅都纷纷埋头不语，积极做着手头上的工作。她轻柔的脚步声走到一扇玻璃门前停下，直接开门而入。

待她进去了之后，大伙儿将头抬了起来，一个戴着眼镜的女职员说："这回，陆总会在几秒钟内出来呢？"

"三分钟吧！"

"半小时！"

"一小时？"

"郑小姐也蛮不错的，温文尔雅、落落大方，怎么陆总就对她避如蛇蝎呢？"

"干活了！你们传总经理的八卦，还想不想干了？"

众人在听到财务部总监的教训后，个个鸦雀无声低头认真工作，可一双双眼睛又不由自主地盯着办公室，想知道里面的动静。

隔着一扇玻璃门的办公室内，陆子鸣正坐在电脑面前噼里啪啦地敲击着键盘，郑芙雅的一双莲足穿着银灰色的细条高跟鞋，踩在暗灰色的地毯上，悄然无息地靠近陆子鸣。候地，他一抬头就看见郑芙雅一脸笑意地冲着他直看。

他脸色立马变青，冷言冷语道："你来干什么？"

"来看你。"郑芙雅不理会他的冷脸，径自从饮水机给他倒了一杯热水，"辛苦了，喝点热水。"

"郑芙雅，你知道我不想看见你的，你走吧！"陆子鸣已经在下逐客令了，郑芙雅却无动于衷，这让陆子鸣有些恼火，"你的目的已经达到了，还想干什么？看到我跟小雅结不成婚了，你开心了吗？你不是她的闺密吗？帮助她的事没见你办过一件，伤害她的事却干了不少，真替她感到不值，我还傻乎乎的以为你是好人！"

"陆子鸣！少血口喷人，这出轨也不是我一个人就能干得了的事。"

郑芙雅忍不住说了一句，陆子鸣嗤笑着朝她走近，令她不觉地往后退了几步，直到身子靠在玻璃门上，他的热气喷到她的脖子上，暖暖的却让她冒了一身鸡皮疙瘩，手心捏成拳头在渗汗，他从她的眼神里看到了惊慌失措。

"你也会害怕？我以为你用柔弱的脸欺骗了所有人，早已练会了厚脸皮的招数了，你的目的都已经达到了，为什么还要来缠着我呢？我都感到莫名其妙。"

喜欢与不喜欢可以感觉得出来，郑芙雅对他压根就没有好感，为什么还要苦苦纠缠，拆散他跟沈小雅的感情？李萌萌再三查了她的资料，并无不妥之处，究竟是她藏得太好了，还是……隐隐之中总感觉到不对。

这时，他手机响了，他扭头接电话，是陆母打过来的，"鸣鸣，今晚陪妈去沈家聚餐。"

"这……"

"你沈伯母和小雅都在，你一定要过来。"陆母愉悦的声音从电话那头传来，陆子鸣想了下："不用了，她应该不想看见我。"

第二章　情不知所起，一往情深

"妈是为了你们好，你沈伯母会积极撮合你们的。有什么话都可以摊开来说，说清楚就好了。两个人在一起都这么多年了，有什么坎过不去的？记得要来！"

陆子鸣还想说些什么，可陆母早已把电话切断了，她还会听他的解释吗？连他自己都没有办法相信他是无辜的吧？可事实上呢？

理不清的一堆杂事，脑子里忽然飘过沈小雅曾经说过的一句，等我们结婚后，天天要去吃三里屯那家的芝士蛋糕。

她会想吃吗？

想到这里他瞄了一眼郑芙雅，冷哼一声："我有事，你自便。"他将玻璃门狠狠地关上，清晰可闻外面的抽气声，郑芙雅看着他离去的背影，不禁叹了一口气，拿出手机发了条短信：他有戒备心，不好下手，等待机会！

攥紧手机，轻咬唇，颓然地走出办公室，慢慢地踏进电梯。

"这回有20分钟！"

"陆总表情不对劲，好像还蛮高兴的。"

"哪高兴？你看他摔门的样子，火气十足！"

"我觉得陆总的态度是有改善的，起码他嘴角还有点笑容！"

"扯吧扯吧！"

正在超市里选购食材的蓝顾云，接到了沈小雅委屈的电话："我妈非要我在家里聚餐，还不让我出门！我尽量逃出去，你等我！"

"发生什么事了吗？"

"我妈要跟陆伯母聚餐，顺道还要让我再见见陆子鸣。他都劈腿劈成这样了，还来干什么？搞不懂！他应该跟郑芙雅两人亲亲热热地过日子，在我这掺和个什么劲？"

"嗯，自己小心点，我等你。"

挂了电话后，他的眼眸沉了几分，不自觉地开始蹙眉，盯着购物车上的一排鸡蛋发起呆来。本来两个人准备晚上一起煮饭，沈小雅听说蓝顾云会做饭这件事以后，一直抱以期望地求了他好几天，他才应允。

蓝母说的话犹记在耳："你要想想清楚，沈小雅跟陆子鸣是有婚约的，这是家族联姻，沈家会轻易让她嫁给你吗？而且是在这么复杂的情况下？唯有将两家击败，到时候谁拥有大权谁掌控，到时候，她才是你的。"

是这样的吗？

欧式长桌上摆放着精致的餐具，被消毒过的刀叉整整齐齐地放于瓷盘两侧，大理石面的餐桌上交错着条条黑色细纹，沈小雅坐在柔软的椅子上，挪了挪屁股，一手托腮，百般无聊地旋转着手机，一圈一圈地在桌子上转。

沈母严肃地睨了她一眼，沈小雅手一顿，捂嘴打了个哈欠，就见陆母从洗手间回来，姿势优雅地坐了下来，笑吟吟地看着她："小雅，你好像很困？"

"没……没有。"沈小雅摇头笑笑，她跟陆母并非熟稔，总有种莫名的疏离感。陆母跟沈母不一样，她更具有威严和高贵，对沈小雅也算百般照顾，可就是有一层隔膜，倒也说不清是为什么。

阿姨端上陆母平时最爱饮用的花茶，透明的玻璃杯映出里面的细末在慢慢下沉。

"鸣鸣说去买你最爱吃的芝士蛋糕，稍微迟点才过来。"

第二章　情不知所起，一往情深

沈小雅一愣，沉默不语，沈母连忙接茬："哎哟，你看鸣鸣真够上心的，唉……也不知道小雅这孩子在闹什么别扭，真是身在福中不知福。"

"不急，女孩家的心思都是这样的，鸣鸣那孩子都被我给惯坏了，让他吃点苦头也好。"

沈小雅不解陆母的用意，照理来说她逃婚最为生气的是陆母，可她却一副宽容大度的样子，实在是难以让人捉摸，且陆家就当作什么事都没发生过一样，好像婚宴是她凭空想象出来的，这中间究竟发生了什么事？

"爸什么时候回来？我们什么时候开饭？我晚上还有事呢。"沈小雅不想猜来猜去，扫兴地冒出这句话，沈母脸黑了大半："你这孩子，怎么这么说话的！"

这时，阿姨急急赶来："沈太太，沈总在公司有事，临时回不来了。"

沈小雅喃喃："爸最近在忙什么呢？自打出院后就不见人影了。"沈父在医院疗养了几周后就出院回到公司，变得比之前更为忙碌了。

"还不是为了那个豪宅项目。让你去跟鸣鸣一起，还各种理由推脱，成天脑子里都不知道想什么。"

沈小雅被沈母说得脸色微怒："鸣鸣鸣鸣的，平时也没见你这么亲热地叫过。"站起身子来，就瞥见大厅门口陆子鸣手上拎着一个熟悉的蛋糕盒，风尘仆仆地赶来，额头上布满疲惫，沈小雅说了一句："我还有事，走了。"

"你……沈小雅，你这算什么意思！翅膀硬了是吧，就知道跟你妈作对！"沈母愤然站起身子，那双玉石耳坠在剧烈颤动，这一瞬间，大厅里的气息仿佛凝固了，所有人大气都不敢喘。

陆母开始做和事佬，扯扯沈母的裙摆："小雅还是个孩子，你又何必计较太多，由她去吧。"

陆子鸣走进来也插了一句："对啊，沈伯母不要生气了，有事就让她忙，我们自个儿聚聚吃。"

"哼！"沈母冷冷地望了眼沈小雅。

沈小雅穿着一双复古的白色青花瓷高跟鞋，穿着的则是上次参加慈善晚宴的礼服，她见情况一团糟，就迈着小步准备离去。走到陆子鸣的身侧，蓦地被他的大手给拦住了，她不解地抬头，陆子鸣面无表情地说了句："蛋糕拿着，别饿着了。"

沈小雅抿唇，想摇头拒绝，陆子鸣却早已洞察先机，将蛋糕递到她的手上，轻声在她耳畔说："走吧，这里有我。"

这句话让她心剧烈跳动下，恍恍惚惚地瞄了他一眼，飘飘然地仿佛游魂一般离开。

时光将回忆越拉越模糊，犹记得她生日收到心形坠子的时候，哭得稀里哗啦，像是一只可怜的小动物似的，那时候陆子鸣对她说："没事，别哭，这里有我。"

走出大门口的时候，她的手机里收到一条短信："谢谢你，从未跟两家提起过我的事。"她的眸光黯然如夜，知道他所谓的事情指的是出轨。她回复了一句："因为我很懦弱，你早就知道的。"在她的感情里，永远处于被动趋势，不然也不会在遭遇背叛的时候，选择逃离A市，而当她回来之后，迟迟都不敢找郑芙雅质问，宁可缩头不愿意面对事实，有时候她都在想，自己是不是特别没用？

第二章 情不知所起，一往情深

Part2

"我们可不可以不勇敢，当爱太累梦太乱没有答案，难道不能坦白地放声哭喊。"

这一切的变故都接踵而来，完全令她应接不暇，可是不能退缩，只能勇敢向前走。

沈小雅提着一盒蛋糕走到路口，挥手招出租车来到了龙湾国际公寓楼，却让保安拦在大门口，一时也想不起蓝顾云住几楼，拨了个电话给他，没人接……

哭丧着一张脸，正踌躇该如何是好，倏地，就瞄见一辆黑色保时捷从小区里缓缓地开出来，朝着相反的方向开去。她傻傻地愣在那里，如果没眼花的话，那车子上的人是汪国！他怎么会在这里？难道他也在这买了房子？难道说他跟蓝顾云相识吗？

她手机响了："喂，我在楼下呢！好像换保安了，说不让我上去。"

蓝顾云让她把手机给保安，保安一听到蓝顾云的声音就频频点头，模样显得极为恭敬，挂了电话后，笑眯眯地对着沈小雅说："沈小姐，请你跟我到保安室去做一个指纹输入，之后即可随意进出这里了。"

沈小雅跟着保安进到保卫室后，令她不禁啧啧称奇，没想到这里还五脏俱全，电脑、办公桌、饮水机等等都有。保安让她坐在电脑跟前，将其食指按压在一个发着绿光的按钮上，他那边鼠标迅速地点了几下,就朝着沈小雅说:"沈小姐,已经完成指纹输入了,以后你可自由出入。"

沈小雅点头,本想离开却又转头问了句:"请问这里是不是有个住户叫汪国?"

保安犹豫了下:"沈小姐,我们这边不便透露住户的资料,即使你是蓝总的女朋友,这也是不可以的,龙湾国际公寓楼拥有最严密的设施,绝对不能外泄。"

沈小雅没留意他说了一大串,就听进去"你是蓝总的女朋友"顿时心里像是乐开了花,忍住愉悦的心情不让他发现,汪国的事早抛到九霄云外去了,挥挥手:"好了,我知道了。"

有了指纹录入后,沈小雅进蓝顾云的公寓如同出入无人之境,因为指纹连通住户大门。沈小雅进到蓝顾云的卧室,却空空如也,这才一会儿工夫,他能去哪里?坐在柔软的被褥上,想到上次她来的时候,早早就睡得跟死猪一样,待他洗澡出来后,叫都叫不醒了,幸好他跟保安提早说她会来,早给她留门,不然要她等到他洗完澡,肯定已经睡在保安室了。

隐隐约约听到隔壁有声音,沈小雅想到他在书房,兴冲冲地光着脚丫子跑了过去,推门而入,蓝顾云正凝眉对着电脑谈事,她朝他乖乖一笑,眨了眨睫毛,老老实实地坐到躺椅上,拿起一本财经杂志盖在头上。

蓝顾云看着她乖得像一只小绵羊,面部轮廓柔和了许多,继续谈论着事情。沈小雅悄悄地将杂志拿起,斜眼偷偷地欣赏这个外冷内热的男人,忍不住嘴角勾起一抹甜蜜的笑容,眼睛眯成一条缝,脑子里又飘过保安的那句话:"你是蓝总的女朋友。"

就在她神游自乐的时候,头上的杂志已经被抽走,蓝顾云的

第二章　情不知所起，一往情深

俊脸赫然出现在头顶："你在傻乐什么呢？"

"没，没有啊！"沈小雅不自然地咳嗽了一声，"你的事情谈好了？"蓝顾云冲着她点点头。

蓝顾云回想起刚刚蓝母又打电话过来，说的倒不是沈小雅的事，而是关于郑芙雅的，他对她一点都不感兴趣，正欲挂电话，蓝母从那边幽幽传来一句："我之前答应郑芙雅，只要这次成功偷取陆家竞购华中的承包招标书，就撮合你们在一起，可现在你有了沈小雅，把这一切都打乱了，直到她成功偷取招标书之前，你都别吭声，知道吗？"

蓝顾云冷笑地说了一句："你认为可能性大吗？那是你的意愿不是我的，何必再牵扯上无辜的人。"他也觉得奇怪，怎么郑芙雅会参与，看来是被下了套，"你这边同意这个，那边同意那个，不觉得有失于人吗？到最后什么都做不到。"

"你……反正你别扰乱我的计划。"蓝母的语气不善，蓝顾云嗤笑："那不是我关心的范围，更何况我跟郑芙雅联系得少，懒得说你的事。"估摸是郑芙雅迟迟未偷取成功，蓝母来找他询问消息的，误以为他在中间捣乱了。

沈小雅正在熟睡，他伸手挠了下她发丝，一脸宠溺。

夜深，微凉。

自打沈母昨天跟沈小雅发生口角，天未亮就打了十几个电话过来连锁攻击，逼得沈小雅不得不答应她会去陆氏地产开会，她匆匆忙忙地从床上爬起来。

她探头到衣柜里寻找衣物，她记得上次好像有准备了几套衣服放在这里的，不知道放哪里去了，只搜出一件灰色卡通运动装，不管三七二十一，赶忙将其套上。

出了卧室发现厨房里发出乒乒乓乓的声音，朝里面一看，蓝顾云正一脸正经地拿着锅铲煮荷包蛋，她笑眯了眼："你在做早餐？"

蓝顾云挑眉看到她衣服上的皮卡丘，带着笑意说："这么早就装得这么萌？我以为你还会睡一会儿。"

沈小雅嘟嘴从他背后抱着他，小脸忍不住蹭蹭他厚实的背脊："我妈昨天跟我闹僵，今天一大早就催着我去陆氏地产开会，说是为了分担爸的辛苦。"

他的神情为之一愣，却不留半点痕迹，转过身子让她靠在他结实的胸膛上："吃点早餐再去？"沈小雅原本想点点头，可低头一看手机上的时间就急了，匆匆说了句："不行，我急着去陆氏，你的车子借给我开。你不要老站着，医生说你的腿伤虽然好得差不多了，可还需要休息。"随意抓了一块吐司就朝着门口跑。

陆氏地产会议厅，豪华气派的会议桌上放着几份合同，雪白的天花板上镶嵌着极具创意的蜘蛛状吊灯，股东们有的站在临窗位置窃窃私语、还有的则在位置上静默喝茶。沈小雅一脸傻乎乎地坐在位置上把玩着手机，与周围这一切格格不入。

她自小就不喜欢人多的场合，特别是在这种会议室里，她会感觉到紧张和焦虑。陆子鸣正坐在中间的奢华宽大的黑色皮椅上，跟秘书研讨接下来的事。

过了会儿，秘书走到沈小雅的身边："沈小姐，陆总让你过去商量地皮的规划。"沈小雅感到一阵头皮发麻，站起身子缓缓地朝陆子鸣走去，坐在临近的位置上："什么事？"

"关于地皮的规划你有什么别的意见？"陆子鸣靠近她一些，

第二章 情不知所起，一往情深

让沈小雅不禁手心冒汗，她这是怎么了？以前两个人恨不得天天黏在一起当连体婴，而现在他稍稍接近，她就没由来地冒出一阵隔膜感。不爱了，就连一点细微的举动都会造成反效果吗？她微微往隔壁移了一点，陆子鸣好似感觉到什么，便恢复到原来的距离。

好不容易静下心来："我对于这个倒没什么想法。我并非学建筑出身的，自然对这些一窍不通。"有些不理解陆子鸣怎么会问她这个问题，他朝她点点头，随即毫无厘头地蹦出一句："昨天的蛋糕吃了吗？"

她一怔，昨晚一去蓝顾云那里就已经……哪还来得及吃蛋糕，直接摇摇头，他的脸上飘过失望的神色。

此时，秘书已将仪器准备稳妥，会议开始，众人都整齐地坐到自己的位置上，沈小雅傻傻地望着投影仪上密密麻麻的文字，心不在焉，满脑子都是蓝顾云所烧的早餐，不知道好吃不好吃。

"素闻沈小姐对奢侈品颇有研究，不知道对在这块豪宅社区上构建小型高档奢侈品商店有何看法？"秘书对着沈小雅笑眯眯，这会儿她傻了，瞅了一眼陆子鸣，心中暗忖肯定是他的意思，原来他刚刚所想表达的是这个意思："不知道你所谓的奢侈品商店是什么意思？"

这会儿陆子鸣接话了："A市新区距离市中心还有一段距离，所以每个住户每次购物都需要开车，但是总有要应急的时候，所以这个商店顾名思义就是在小区里，开设便利店但所有商品均为最高品质的。"

"倒是可以一试。"这种模式会比顾优所说的奢侈品城更具有可行性，风险没有这么大，且客户源稳定，"同时也要规划好这种商店最好是一个小区一家，不要过于密集造成互抢生意，毕竟小区的住户就那么一些。"

"沈小姐的看法完全正确，跟大家不谋而合。原本以为沈小姐在美国就读的是服装设计行业，对这块应该不甚了解，后来陆总说沈小姐同时进修奢侈品管理专业，跟我们这个还有很大的联系，再加上国内急速发展，对进口商品的需求尤为多，沈小姐在纽约待了这么多年，相信会给我们很多好点子的。"一个戴着眼镜的股东笑吟吟地说。

"你太客气了，这是应该的。"沈小雅睨了眼陆子鸣，感到疑惑，他怎么知道她进修过奢侈品管理的？她从未提及这事。

蓝顾云准备去书房里看文件，眼尖地瞄到玄关的米色鞋柜上放着一盒包装精致的蛋糕，顺手提到厨房。拿出里面的蛋糕放入冰箱，准备将漂亮盒子扔进垃圾桶里，却发现里面飘出一张类似贺卡的小纸条，上面写：不知道你还记得我们的约定吗？等我们结婚后，天天要去吃三里屯那家的芝士蛋糕，我等着你回来。

他捏着纸条的手不禁加重力道，眸子瞬间变得幽暗冰冷，胸口仿佛暴风雨骤然来袭，里面一片惊涛骇浪。他将纸条撕得粉粹，丢进垃圾桶里。沈小雅是他的，谁都不准抢。他拨了个电话给李叔："喂，帮我查查沈家那块地皮的全部资料。"

"什么时候？"

"越快越好。"

约摸开了两个多小时的陆氏地产会议，沈小雅感觉到屁股都要坐到没知觉了，当陆子鸣说了那一句，"我们下次再继续讨论"。沈小雅的脸上绽放出欣喜的表情，终于可以结束了，她拎起包包迫不及待地想出去。

第二章　情不知所起，一往情深

这时，陆子鸣伸手拦住了她："我们到附近找个餐厅一边吃一边继续讨论？"沈小雅瞪大眼眸，咬唇问了一句："还要讨论什么？"

"这是沈家和陆家地产的合作，你作为沈伯伯的女儿应该事事都清楚。"说完之后，又在沈小雅的耳边轻声说了一句，"你知道沈伯伯这次都投入老本甚至贷了款，如果一个没弄好，可能会倾家荡产。"

沈小雅的脸色微惧，看着陆子鸣严肃的样子，老实地答应了他。

陆子鸣并没有带她去豪华的餐厅，反而将车子开往三里屯老街停下。幽长的石子路，染上了岁月的痕迹，漆黑的瓦檐、古色古香的屋墙，某些小旮旯里滋生出些许的青苔，将江南风味显现得淋漓尽致，这是A市的三里屯，俗称老街，是学生约会的最佳选择，不止是因为景色宜人，更多还是因为这里应有尽有的各式小吃。

沈小雅愣愣地看着眼前走过一对情侣，女孩小鸟依人地靠在男生的肩膀上："我还想吃章鱼烧！"帅气的男孩刮了刮她的鼻子："小吃货，不怕撑死，你刚刚都吃了这么多！"

女孩瞪了他一眼："你买不买？"男孩无奈地哄着："好好好，您说了算，我这就回去买。"

仿佛穿越时空将她拉回到了学生时代，青涩的她穿着学生制服，偷偷约陆子鸣来到三里屯。陆子鸣怕她吃撑着了，不让她吃太多，没想到她蛮得跟头小牛似的，非得吃了一大堆东西，当晚回家就吐得稀里哗啦，直接被沈母发现他俩偷偷逃课，教训了好久。自打她从纽约回来后，两人忙着彼此的事，甚少来到这里。

95

陆子鸣锁好车门："傻愣着干什么？不进去吗？"

沈小雅点头，亦步亦趋地跟在陆子鸣身后，每走一段路记忆就仿佛雪花一般缤纷而至，洒落在她的心口。卖铁板章鱼烧的大妈还是这么年轻，一点都没有变老，热气袅袅上升，香气腾腾的章鱼烧供不应求，一大堆学生在排队等待。

卖炒面的大叔依旧如此热情洋溢，笑得合不拢嘴；还有香气喷喷铁板烧、烤肉脯、手工寿司……一家一家，令她嘴角一笑。

陆子鸣跑到她的面前，原来他趁她不留神之际，就去买了一堆小吃，两个人坐到了木椅上，旁边都是挤挤攘攘的人群，吵闹声从未休止。她忍不住蹙眉，似乎已经不喜欢这样的地方，拉着他跑到远处的石椅上坐下，晃着小腿，欣赏着清澈的湖水。

"你怎么会想到来这里？"沈小雅咬了个炸虾，美味不断地刺激味蕾，陆子鸣盯着她傻笑："昨天来买蛋糕的时候，就特别想带你回来看看。"

沈小雅食不知味，嘴巴机械地咀嚼："我们……都已经是过去式了。"她扇动着睫毛，他们那时候特别天真，就会以为永远一直在一起，什么距离和时间都是无法分离的，可事实并非如此。

如果说陆子鸣和郑芙雅的事让她置身于刀尖，那么蓝顾云应该是救她下来的勇士，他身上散发出一种安全感，让她可以依靠。

刚开始她也在怀疑自己是因为寂寞爱上他，还是被背叛后急需转移目标？越相处越发现，他虽然外表冷冰冰的，可是内心却十分善良，并且有一种保护欲，这跟陆子鸣不大一样，他是骄傲的，虽然愿意顺她的意，却仍旧会闹不少小脾气。

"如果我没有出轨呢？"陆子鸣目光炯炯地看着她，李萌萌正

第二章　情不知所起，一往情深

在极力查这件事，可能会有些转机，沈小雅淡笑："陆哥哥，我觉得很多事，都是那么一瞬间，可能就会擦肩而过，没有什么因果可循，也没什么如果或者是假如，只是因为过去了，就好像我以前喜欢你带我来这里吃东西，那种热闹的感觉让我觉得很舒服，而现在我对于吵闹的地方并不是很喜欢。同时，我也要谢谢你，陆伯母和伯父并没有对我有太多的怨言，肯定是你说了很多好话，才将这件事平息下去的。"

陆子鸣丧气地说了句："如果没有他，情况会不会不一样？"

沈小雅顿了下，没料到他会这么说，抛出一句："我不知道。"但是她一定会爱上蓝顾云，因为她需要一个这样的男人。

"我妈一直都挺相信你的，她觉得是我的问题。"

沈小雅不知道该怎么接下去说，这时，蓝顾云的电话打过来，沈小雅下意识地拒接，回了个短信：谈事，迟点回家。

抬头就对陆子鸣说："如果没有别的事，我想回家了。"朝他调皮一笑："陆哥哥，你是想带我来故地重游才恐吓我的吧？"

"我……"陆子鸣想解释什么，却发现一句也说不出口，沈小雅转移话题："你怎么知道我在纽约曾经进修过奢侈品管理？"

"我一直很关注你的一举一动。"陆子鸣眸子暗沉，无奈地苦笑。沈小雅心口一颤，原来他找人暗地里关注她。

忽然，微风阵阵吹来，老街飘散着桂花香，湖水微波粼粼，不断荡漾荡漾。

蓝顾云站在阳台上眼眸仿佛一潭深水，李叔走到他的身后："沈家地皮的资料比较复杂，一时不好查，不过我却查到另外一件事。"

"说！"

"华中那块地的老板是汪国！"

蓦地，蓝顾云转身眼神如鹰："什么？是汪伯伯？仔细说。"

"太太一直让我留意华中幕后的老板，以便帮助郑小姐偷取承包招标书，我费了九牛二虎之力都没查到。传闻华中的幕后老板神龙见首不见尾，常常四处旅游。直到上次沈小姐去参加慈善晚宴，我才慢慢起了疑心，他从国外赶了回来，不应该只是为了参加太太所举办的晚宴，因为现在太太所做的事，汪国很不认同。那时候恰好是华中集团跟陆氏的第一次接触，虽然汪国并没有出现，但是这么大的工程，他必须得回来，我将两者联系到了一起，特意买通了华中集团的一个职员，他跟我说了实话。"

蓝顾云沉吟了一会儿，汪伯伯藏得好深，这事连他也不知道，不过想来也对，少节外生枝，免得突遭暗算："这件事，切勿对我妈说。"

"这……"李叔犹豫了下，随即点头，"我知道了。"

蓝顾云从监控设备里看到陆子鸣的宝马X6停在保安处，沈小雅从车子上走下来，正向家里走来，他拳头越攥越紧。

沈小雅用手指按了下门，自动就被打开，她喜滋滋地抱着一堆小吃，笑眯眯地对蓝顾云说："我回来了，想我了吗？你看我给你带回来好多好吃的！"

倏地，蓝顾云猛烈地吻上了她娇艳唇瓣，她被吻得有些喘不过气来，手上的东西全部掉落到地上。香气四溢的炒面倒在了地上，她忙不迭地推开他，蹲下身子："掉地上了，这个炒面很好吃的。"

蓝顾云瞅见炒面盒的Logo，面无表情地问了句："三里屯买的？"沈小雅毫无城府地傻笑着："对啊，那里有好多好吃的，下

第二章　情不知所起，一往情深

次我们一块去好不好？"

"跟谁去的？"沈小雅浑身一愣，犹豫着要不要说，"跟陆氏的同事一起去的。"蓝顾云倒是没有拆穿她，还帮着她一起整理。

沈小雅似有察觉到蓝顾云有些不对劲，但想了下估计是他工作上有什么烦心事，并没有多去在意。

陆子鸣急急将车子停在华中集团的楼下，坐上电梯按了下20层，手中拿着的是陆氏集团修改好的承包招标书，在大伙儿日以继夜的操劳下，这回铁定能成功，他信心满满地一扫之前的疲惫，一张薄唇微微勾起，黑色的熨平的西装，穿在他身上，堪比模特。

当他走出电梯的时候，没留意迎面而来的一个戴着鸭舌帽的男人，两人相撞在一起，各自所持的文件都掉落在地上，那人匆匆捡起两份文件，将其中一份递给陆子鸣，怀着歉意地说了句："对不起，我没看到你。"

"没事。"陆子鸣拿起文件急忙往总裁办公室走去，没留意到那个人眼眸中所带的精光，嘴角还有一抹诡谲的笑容，电梯的门缓缓阖上。

郑芙雅焦虑不安地坐在她的车子里，双手不断互相摩挲着，不时看了看手机，忽然，手机短信声响了，显示手机消息：成功！已拿到，马上到！

她暗自窃喜，可左等右等那人还是不来，不由忧心不已，便打了个电话过去，没想到那边居然传来的是："您好！您所拨打的电话已关机。"

她从车子里探出小脑袋，一头长发倾斜到车窗外，仿佛瀑布直流而下，仰头看着这高大雄伟的建筑物。这里面究竟又发生了什么事？那个人到底去了哪儿？难道被陆子鸣抓包了？

大约等了两个小时后，就见陆子鸣从大厦里走出来，坐上车子迅速离去。她不由得蹙眉咬唇，那个人究竟怎么了！

一辆看似破旧的车子停在蓝宅复古铁栅门口。

李叔将戴着鸭舌帽的男人从车里拉出来，那人显得有些慌乱，抖着身子四处张望着，脚下柔软的地毯仿佛是一根根刺，每一步都走得艰难。

蓝母缓步走了出来，怔怔地看了眼李叔："这是怎么回事？"

李叔朝着蓝母说了句："太太，这是蓝总让我给你带来的。"语毕，眼尖地抢走了那人手上的合同，那人急急叫唤："那个是我的东西！你怎么可以！"却在李叔冷眼瞪视下，牢牢地将嘴巴合上，一句话都不敢说。他递给蓝母："蓝总说，这是你想要的，拿到以后请务必完成他想要的。"

蓝母接过文件，随意翻开看了下，笑得合不拢嘴，连连点头："好，既然合约书已经到手，什么事都没问题。"

就在昨晚，鲜少给她打电话的蓝顾云来电，告知可拿到陆氏的承包招标书，但是必须绝了郑芙雅的念头，其次在成功对付陆氏地产和沈家之后，不准伤害沈家人，让他和沈小雅赴往美国。

见自个儿儿子都这么说了，她当然允诺，没想到效率这么高，今儿就把事给办妥了。

李叔将那人送到大门口，拿了几张钞票硬塞到他的手上："记得，不要再让郑芙雅看见你了，否则……"

"你们究竟是谁？"虽然他并不知道发生了什么事，这这这……太匪夷所思了，李叔沉脸："我们是谁不重要，重要的是从今往后你必须消失在你的雇主郑芙雅的面前，不然……"他咧开

第二章 情不知所起，一往情深

一口白牙，停顿半响，那人被吓得冷汗涔涔，"看来不需要我说后果了，走吧，我给你的钱远比郑芙雅给的要多，算是你辛苦的酬劳。"

三天后，陆氏地产人心惶惶，据悉华中的承包招标书谈不拢，居然被竞争对手艾米财团给抢走机会。陆氏本想借由与华中的合作，抬高公司股市趋势走向，以对外搞大声势，从而进行融资，却没有预料到艾米财团正虎视眈眈地窥探着一切。现在华中合作失败，就意味着陆氏招揽不了企业投钱，再加上与沈家合作的豪宅项目，内部资金已经进入万分紧急状态，不止是沈父贷了款，陆父也为了这项目跟银行贷了许多钱。

陆父满脸铁青地踏进陆子鸣的办公室，看见他正颓然望着窗外的景色，一言不发。他猛地上去一拍桌子，玻璃杯受到震动，滚落到地上，发出咣当的一声，清脆刺耳，让人为之一震："这究竟是怎么回事！不是都计划得好好的吗？怎么会突然出现这种问题？"

陆子鸣转过身子，一只手狂抓头发，另外一只手则托着额头，疲惫不堪地说："我也不知道出了什么事，本来都跟华中集团谈得好好的，没想到那边突然传来话，说不与我们合作了。几番查探下才知道，艾米财团开了一些优于我们的条件。不过我实在想不出来，他们是怎么知道陆氏的计划？难道合约书流出去了？"

陆父趔趄了一下，眼角的皱纹犯深："难道公司里有内奸？"

"我正在彻查，很快就会有消息的，爸你先别急！"陆子鸣看着陆父气势汹汹的样子，连忙安抚，陆父大手一摆："好了，等你查出来，我们家也都要债主上门了，再说你查出来又有什么用？"

"那怎么办？"陆子鸣不由慌神，陆父转身背对办公桌，沉思了一会儿，"罢了，只能拖延一段时间，加速与沈家的合作，将豪宅项目做出来，资金才能回笼。"

"爸，那这边……"

秘书急急忙忙推开大门，看到陆父也在："总裁也在？总经理……"

"什么事？"陆子鸣有气无力地问了一句，秘书低头恭敬地说："已经查出艾米财团的副总是蓝顾云，而幕后大股东兼总裁是蓝艾米女士。"

陆子鸣不可置信地睁大眼睛，胸口翻滚着一团火焰："什么！蓝顾云？是他？"忽然，陆父像是站不稳一样，连忙扶住桌脚："你……说总裁是……谁？"

秘书担忧地说了句："是蓝艾米女士。总裁，你怎么了？"

"蓝艾米！"陆父双眼失神，喃喃念叨这名字，她回来了？

永远忘不了她那充满恨意的眼神，仿佛想要吞噬一切光明，时时午夜梦回仿佛梦魇一般折磨着他，当年她一再哭诉表示自己是被冤枉，并没有做对不起他的事，但是在证据确凿的情况下，他无法再去相信她。

从那之后，她彻底消失了，没有人知道她去哪儿了，几番查探无果的情况下，只能放弃，不了了之。令他始料未及的是三年前崛起的艾米财团居然是她的公司，一直以为是巧合的名字，背后暗藏着汹涌的玄机，她沉伏多年，只为这次计划吗？她恨他吗？

"爸，你怎么了？"陆子鸣看到陆父像是被抽空了生命的灵气，一动不动地站在那儿，不由得忧心忡忡。

第二章　情不知所起，一往情深

陆父怔愣地看了眼陆子鸣，摆摆手说了句："没事。"颤巍巍地往门口走去，陆子鸣见原本意气风发的陆父，如今变得毫无生气，心里很不是滋味，大掌猛地朝桌子狠狠拍去。

同一时间，沈父急召沈小雅回到公司开会，她穿着一身简单利落的休闲服急忙进入沈氏会议厅，自然没忽略坐在侧座的顾优，她正在把玩着手上的手机。

沈父像是老了好几岁一样："今天急让大家过来是因为一件事，我们购得新区的地皮无故消失了。"

顷刻间，会议室里纷纷发出抽气声，各股东们交头接耳、不断发问："消失了是什么意思？"

"怎么会消失？"

"到底是什么情况？"

沈小雅不解地看着父亲，地皮会无缘无故消失？难道穿越时空了？沈父见场面把控不住，喊了一句："大家静下！听我把话说完。"

"事实上，我们是遭到了商业欺诈，新区那地皮的公司压根是假冒的，现在真的公司已经转让给第三方，我们根本就等于是买了个空壳公司。"沈父瞄了一眼顾优："这到底是怎么回事！"

顾优面无表情地将手机扔到了会议桌上，优雅起身对上沈父的眼眸："我怎么知道发生了什么事？关于新区的事情不都给你们决定了吗？我可一点不知情。"

"顾小姐，你怎么可以这么说，之前不都是你在谈吗？"一个股东忍不住斥责她。顾优嘴角勾起一抹诡谲的笑容，纤手轻抚发丝："你这话说得对，之前我谈的时候都好好的，怎么轮到你们就出事了？究竟是谁的问题，这就不用我来说了吧？"

沈小雅被说得一股火,忍不住猛地站起来:"顾优!你怎么可以这样?你来到沈氏大家都待你不薄,怎么这时候反咬一口?你太过分了!"

顾优不敢直视沈小雅清澈的眼眸,缓缓别开眼:"沈小雅,你给我闭嘴!别以为你懂一点皮毛就可以在这里发号施令,还轮不到你做主吧?也好,那我就什么都不管了,公司的事情与我无关,你们爱怎么样就怎么样。"

她踩着十几公分的黑色高跟鞋,拿起手机走出会议室。沈小雅见她离去的背影,一鼓作气追了上去。

Part3

"我找不到,我到不了,你所谓的,将来美好。我什么都不要,你知不知道,若你懂我这一秒。我想看到,我在寻找,那所谓的爱情的美好。"

她觉得爱他,就像是在自己的心口砰的一声,开了一枪。

汩汩鲜血,直流而下。

沈小雅追到地下车库一把抓住了顾优的胳膊:"你别走,把话说清楚。"顾优被迫停下来,双手交叉抱胸:"还有别的什么事吗?"

"我真不相信你是这种人。"在她的印象里,顾优虽然做了很多对不起沈氏的事,但她是有良心的,现在变得越来越不像她,

第二章　情不知所起，一往情深

这中间到底发生了什么事？怎么会变化这么快？难道以前的她都是伪装的吗？

顾优兀自往前走："我不想回答你。"沈小雅又追上，顾优伸手正欲开车门，她一下子拦在顾优的面前。

"你怎么这么烦人？"

"是你做的手脚吗？"沈小雅站成一个大的姿势，不让顾优进入车内，"你……随便你怎么想，你给我让开！"

"不让！除非你说清楚！"顾优精致的妆容上显露出无可奈何，不由得叹了一口气，"沈小雅，说你傻乎乎你还真的傻乎乎，你觉得你这样做就能改变现在的情况吗？很多事大局已定，如果你想解决事情，根本不是来这儿问我，而是立马回到沈氏商量对策，你看你爸就淡定多了，找各个股东商量对策。不过就现在的情况看，沈氏够悬的了，很难找出对策解决现在的困境，你们自己好自为之。"

沈小雅傻愣在那儿一动不动，顾优趁机将她推到旁边，径自打开车门，启动发动机，倒车出来，扬长而去。

沈小雅的脚就像是被黏了502一样，一动不能动重如千斤，脑子里不断回放着顾优所说的话。偶有几辆车倒车出来，从她身边驶过，好奇地看着她呆若木鸡的模样。

沈母神情紧张地赶到陆家。

陆母见她到来，连忙从木质躺椅上站了起来，快步走到她的面前："你可算来了，我都等你好久了。"

"你着急喊我过来有什么事？"沈母迷迷糊糊就过来了，陆母蹙眉说："你还不知道吧？蓝艾米回来了！她跟远山竞争华中集团的承包，陆氏被她击垮了！"

"啊！她怎么回来了？她不是！这……"沈母有些讶然，"她不是早早就消失不见了，怎么时隔这么多年又冒出来？你不会搞错了吧？"

陆母凝重地点点头，忍不住咬嘴唇："我更怕当年的事被她揭露出来，那我……"沈母刚想说什么，手机就响了："喂？什么！"

沈母接电话的手僵在空中，砰的一声，手机掉到了地上，她表情愣得跟木鱼一样，陆母紧张地问："怎么了？"沈母嘴巴机械式地说了几个字："沈家地皮没了，我们遭遇商业欺诈！"

陆母顿时面如土色，仿佛灵魂被抽走一样。

沈小雅回到办公室泪如雨下，现在那块地皮没有了，沈家将面临追债，这可怎么办？此时的她六神无主，像是一只孤独无助的小猫。沈父走到她跟前，蹲下身子与之平视，忍不住笑了出来，阳光照进来将他的影子拖得老长，不断地在晃动。

沈小雅吸了吸鼻子，不解地看着沈父："爸，这个时候你怎么还笑得出来，我们家很有可能就此完蛋。"

沈父揉了揉沈小雅的小脑袋："傻丫头，还记得爸爸在医院里说过什么话吗？人这辈子真的不能做错事，一旦错了，可能就无法挽回，兜兜转转总是会回来的。"他慈爱的笑容让沈小雅更为心酸，豆大的泪水滑落下来。

"爸，究竟发生了什么事？"沈小雅哽咽地问，这一切发生得让她应接不暇，她是不是太软弱无能了？什么都不知道，就像是一个傻子一样！

沈父瞅着自己的影子，摇了摇头："不管发生什么事，爸爸都希望你开心，所以不告诉是为了你考虑，放心吧，自有办法解

第二章　情不知所起，一往情深

决。"沈父握住沈小雅的手，他手中的老茧摩挲得沈小雅极为难过，"还记得在你小时候流泪的时候，爸爸就会陪你玩手影游戏吗？"

沈小雅不知道沈父怎么突然转移话题了，却也顺应着点头。"那我们再玩一次好不好？"沈父在空中伸出两个指头，在光线的照射下，黑影里变成了一只兔子的形状，"你看，一只小兔子正在蹦蹦跳跳。"

沈小雅心口痛得无法呼吸，却也微颤地伸出两个指头："又一只小兔子出来了，这是小兔宝宝。"

两个黑影的兔子靠在了一起，沈父的手指微微向下一勾，影子里的兔子就像是动了一下耳朵："小兔爸爸说，希望小兔子永远开心幸福地生活，不管遇到什么……"

这句话还没说完，沈小雅感觉到一个巨大的身躯向她扑来，反射性地一抱，抬眼一看，沈父嘴唇发白毫无血色："爸爸，你怎么了？你不要吓我！"

医院内，沈小雅木然地坐在抢救病房的门口，急救灯亮得通红，仿佛将沈小雅放入油锅里煎炸一样，红通通的眼睛肿得跟金鱼眼似的，全身像是打了一剂麻药，毫无知觉。不知过了多久，沈母的声音由远至近传来，气喘吁吁地说："小雅，你爸发生什么事了？"

沈小雅用手背磨蹭着额头，双眼无神地看着纯白的瓷地板："爸被气得心脏病再度发作，医生正在全力抢救中。"

"啊……怎么会这样！上次医生就说他不能再受到刺激了！天哪！怎么会这样，我们家究竟招了什么啊？"沈母全身都气得发抖，"都是蓝家人害的，搞得我们成这样！"

沈母提到蓝家令沈小雅猛地抬头："妈，你说什么？什么蓝家人害的？"

沈母气愤地继续说："还有你这丫头，被那个男人迷昏了脑子，我刚刚才从陆家知道，原来他是蓝艾米的儿子，艾米财团的副总。我就说上次看他眉宇之间总有种熟悉感，你看你都干了什么好事？你知道吗？就是他害得陆家和华中合作不成的，沈家的事情绝对与他脱不了干系。"

上次蓝顾云送沈小雅回来，被沈母看见后，她并不知道那个男人是谁，只觉得沈小雅应该是与陆子鸣在一起，所以跟陆母合计着将两人撮合到一起。万万没有想到，他居然是蓝艾米的儿子，真是千算万算唯有这点算不到。

沈小雅捂住嘴巴，眼泪又凝聚在眼眶里，颤抖地说："妈，你是骗人的吧，蓝顾云他是静安古楼的股东之一，他跟艾米财团能有什么关系？不可能的，绝对不可能！"

她脑子里开始浮现出与蓝顾云在一起相处的画面。忽然，她的脑子里闪出一个可怕的念头：难道是顾优引她去C市，借由蓝顾云拖住她，从而转移沈父的注意力，从而窃取公司的股份？所以他们是一伙儿的？可是为什么蓝顾云又在股东大会上帮助她呢？这是为什么？

蓦地，她的脑海中闪过一幅画面，难怪他对于她所有事都不闻不问却了如指掌，在A市慈善晚宴和国粹餐厅还有蓝宅里都有共同的一样东西，那就是五彩斑斓的热带鱼！刚开始她以为是流行这种设计，可是越想越不对劲，除了这三个地方之外，并没有看到哪里还有这样的设计。

慈善晚会上，喇叭里清清楚楚传来的声音是：由艾米财团所举办的慈善义卖活动正式开始，先由我们的总裁蓝艾米女士

第二章 情不知所起，一往情深

致词。

国粹餐厅、龙湾国际公寓楼都是隶属于艾米财团旗下的公司，服务员、保安对蓝顾云的态度毕恭毕敬，不像是对普通客人。

李叔曾经对她说过，蓝母年轻的时候是个特别单纯善良的女孩，直到受到一些伤害以后，她性格才大变，与之前迥异。难道她和爸爸还有陆伯伯之间有什么过节？为什么她要这么报复沈、陆两家！

她闭着眼睛抱着脑袋，头痛欲裂，这些画面不断地在她的脑海里播放，无法按下暂停键，蓝顾云真的是蓝艾米的儿子？那个女人就是蓝艾米？蓝顾云居然是艾米财团的副总？他说他还做风险投资，艾米财团不就是以风险投资而出名的吗？她怎么会这么傻？早在顾优对付沈家的时候，她就应该有所察觉，而不是等到现在才后知后觉。

她迅速站起身子，眼神里衍生出决然的神态，晃着脑袋说："我要找他问清楚！"

出了医院大门，发现外面下起了倾盆大雨，雨滴落到地上溅起层层水花，轰隆一声，一道耀眼的闪电划过灰暗的天空。

沈小雅全身湿漉漉地从出租车上下来，保安看见她这副模样，担忧地问了句："沈小姐，你怎么了？我给你拿一把雨伞吧！"她不理会保安的话，径自在雨中往前走着，到了蓝顾云的家里，发现屋内漆黑一片。他还没有回来。她又走了几步，全身无力地瘫在沙发上，湿透了的发丝贴在脸庞，衣服湿答答地黏在她的身上，脑子里不断地在回忆着所发生的种种，而此时这些对她已经不重要了。

几个小时后,蓝顾云的车子缓缓地在大门口停了下来,保安看见蓝顾云急急忙忙对他说了句:"沈小姐刚刚来了,看她的表情似乎不对劲,你赶快回去看看,免得出什么事!"蓝顾云听到保安的话之后,冷眼一眯,心往下沉几分,握紧方向盘。

蓝顾云一回到家,就发现屋内漆黑一片,暗自心忖,她人去哪里了?四处环视下,才瞄见沙发上躺着一个黑影,快步向前走去,惊觉沈小雅双眼紧闭,全身被雨淋得湿透,一动不动地躺在沙发上,就像是一个失去生命力的木偶娃娃,他将她抱在了怀里,他的手下意识地摸上她的额头就被那灼热温度给吓到了,轻声喊:"小雅!你怎么了?你怎么发烧了!这究竟发生了什么事?"

他慌慌张张地抱起她娇小的身体,开车往医院方向驶去。

蓝顾云心急如焚地坐在洁白的病床上,轻柔地掖好被角,双眉紧蹙地瞅着她,沈小雅面如纸色,一点都没有平时的活力,原本湿漉漉的发丝已经被他用毛巾拭干,她的小手上正插着一根细长的针管,药液一滴一滴缓缓地注入她的体内。

雨已停,云雾渐渐散去,护士不知道在什么时候将窗户打开,隐约之间感到徐徐微风,一股混合着泥土的清香味在病房内弥漫着。

不知道过了多久,沈小雅的眼皮微微在动,纤细的五指并拢了下,蓝顾云一扫脸上的疲惫,欣喜地说:"你醒了?"

沈小雅缓慢地睁开眼睛,茫然地看着四周,眼前一片模糊,又合眼睁开几次,才将眼前看得清晰,蓝顾云焦急的脸庞,他浓郁的大刀眉皱成一团,她忍不住将手握成拳头,敲了额头几下。

一下子所有断片的事情倾数袭来,她心跳加快几分,脸色难

第二章　情不知所起，一往情深

看得像是一根苦瓜，眼睛瞪大地看着蓝顾云，咬住惨白的嘴唇。蓦地，她伸手紧紧地抓住他的衣角，激动地大声问："你告诉我，你是不是艾米财团的副总！陆氏地产的事跟你有没有关系？沈家在新区的地皮是不是你搞的鬼！"

蓝顾云眼眸一黯，眼中闪过一抹诧异，正欲脱口而出什么，却并没有说出来，反倒说了句："是的，我不想骗你。"

沈小雅顿时脸色煞白，从胸中漫溢出来了一股苦得令人发涩的东西，双眸泪水接连不断地滑下，纤长的睫毛不停地瑟瑟抖动，仿佛浸泡在水里一样，牙齿狠狠地咬住嘴唇，好似要将鲜血挤压而出。

蓝顾云心疼地说："别咬，很痛。"大手抚上她的唇瓣，却被沈小雅猛地甩开："蓝顾云，是我沈小雅傻才会被你一步步设计，我妈说得对，就是我笨我好骗才会让你忽悠得团团转。现在你开心了？陆家和沈家都完蛋了！我们到底跟你有什么仇，你要这么对付我们？难道上辈子欠你的吗？"

"小雅，你还会相信我吗？这一切不是你想象的那样，我们……"蓝顾云正想解释，却又不知道该怎么说清楚。

"够了！我不想再听你说一句谎话！"沈小雅喘着气决然地抛出一句，"你妈究竟跟沈、陆两家有什么仇恨？你知道吗，我爸都已经被气得进医院了！他本来身体就不好，现在都还不知道怎么样，蓝顾云你忍心吗？"

沈小雅早已哭得跟泪人似的，她现在根本就听不进去任何话，拿起枕头砸到蓝顾云的身上："你走！你走！我不想看见你！"

"你别太激动了，好好好，我走了，你注意身体。"蓝顾云见沈小雅好像要崩溃了，又担忧又无可奈何，只能慢慢站起身体，消失在病房门口。

　　沈小雅看到他走出去后，再也忍不住心中悲愤的情绪，开始号啕大哭，似乎想要将所有堵在心口上的东西都给发泄出来，将头藏于双膝之间，泪水湿濡了干净的病服，上面的水渍越来越多。

　　蓝顾云坐在医院的回廊上，表情呆愣地看着来来往往的人群，心中烦乱不已，脑海中不断地放映着她哭得梨花带雨的模样，感到揪心之疼。

　　这时，李叔大步走到了他的身边："蓝总，是的，她一早就算准了沈家的地皮，等待陆家的承包招标书，从而一石二鸟，将两家同时击溃。"

　　蓝顾云眼神中闪烁着怒气："看来是被她算准了。"

　　李叔忧心忡忡地说："沈小姐没事吧？现在我们该怎么办？"

　　"看来不能轻举妄动，我们得要静观其变，小雅现在情绪不稳定，我也不知道该拿她怎么办。看来是我太天真了，以为将陆家的招标书给她，她就会放弃对付沈家，万万没想到她是想两家一起对付。现在的情势对我们特别不利，所有的矛头都指向我们。妈的意思是想让我就此再帮她继续对付沈、陆两家。唉……小雅会恨死我的。"

　　他上次也准备搜集沈家地皮的资料，没想到什么都查不到，那时候就应该起疑心，不可能普普通通的地皮被藏得这么隐秘，原来是蓝母搞的鬼。

　　"优小姐那边也麻烦，自打发生这件事，她的情绪也不是特别稳定。"李叔叹了一口气，连连摇头，这倒是让蓝顾云灵光一闪，悄悄地在李叔耳边轻轻地说了几个字，李叔听完后，脸上露

第二章 情不知所起，一往情深

出欣然的笑容，"还是蓝总有办法。"

在沈小雅住院期间，蓝顾云天天都会送一些补身体的药品过来，可每次都会被沈小雅无情地扔出去。这令蓝顾云有些颓然，她的性子虽然软弱，但一旦被伤害过度就会倔强得让人无以亲近，好似他做什么都是错的。

可就算是如此，他仍然天天这么做，一点不敢怠慢。这些事并没有谁对谁错之分，只能说他们俩的立场从一开始就是对立的，所以导致了今日这样的局面。沈小雅已经认定了是他与顾优合伙一起对付沈家的，他百口莫辩。

李叔见蓝顾云几次三番被拒，便自己做了清粥配上一些小菜，来到沈小雅的病房门口，伸手敲了敲门。沈小雅以为是蓝顾云，脸色一僵本想让他滚，却看见李叔慈祥的笑容，脸上的表情缓和许多："李叔，怎么是你？"

李叔将东西搁到她床头的柜子上："身体好些了没？我来看看你。"

沈小雅苦笑了下："好多了，本想去看看爸爸，他在市医院养病，可医生说我暂时不能下床，所以只能在这里。"

"你这孩子也挺可怜的。"听到李叔无缘无故冒出一句这样的话，沈小雅的泪水瞬间飙出来，连忙用手擦擦，哽咽地说："我倒没事，只是爸爸那边，我都不知道该怎么办才好。"

倏地，她像是想起了什么："李叔，你究竟是谁？应该不止是静安古楼的保安这么简单吧。"

见沈小雅这么问起，李叔倒也就实话实说："我是蓝总家的管家，自小看着蓝总长大。我承认我们为了这次的事，做了很多对不起你的事，但是绝对想不到会演变成今天这样。你误会蓝总了，他只是听太太的话，让他在C市留住你，让顾优成功拿到股份而已，绝对没有伤害你们家的意思，蓝总的心里也特别不好受。"

原来，连李叔都是骗子，沈小雅不由得嗤笑了下，眼神空洞无神，盯着雪白的天花板，自嘲地说了句："所以我是最傻的那一个，被你们一个个耍得团团转。是不是人善被人欺，人都是喜欢捏软柿子的对吗？是我活该对不对？可蓝顾云也不能欺骗我感情，拿这个作为筹码伤害沈家。"

"蓝总并没有欺骗你的感情，他当初的确是要将你留在C市，没有想到居然你们之间会产生感情，这个我可以证明！"李叔急急给蓝顾云辩解，却遭到了沈小雅的冷笑，她直勾勾地盯着李叔，眼神锋利得让他心惊。她讽刺道："证明？你拿什么证明？李叔，在这件事情里，你也在不断地欺骗我，你让我拿什么来相信你？"

"这……不是你想象的那样……"李叔万分痛心沈小雅现在的状态，无论他说什么，她都不想去相信，又或者说她在遭受这么多的欺骗之后，很难再去相信身边人所说的话。沈小雅伸手一摆，正色道："好了，谢谢你过来看我，不过我想休息了。"

她说完话之后就立马躺下身子，将被子盖在了头上，李叔无奈地摇摇头，将门轻轻带上。

在听到门吱嘎一声，沈小雅的小脑袋从被窝里钻出来，眼眶里凝聚着即将宣泄的泪水，她从包包里掏出一面带着可爱图案的小镜子，打开后，看着自己一脸泪痕，用手指轻轻按压睛明穴，想要止住眼泪，嘴里小声地念："你还哭，还哭，就是因为你这么没用，这么会哭，所以大家都要来欺负你！沈小雅，你什么时候才能聪明点？以后不准哭，你一定要慢慢强大起来，不要让任何人欺负你，保护好沈家每一个人。"

她脑海里突然出现了沈父跟她玩的手影游戏，她对着自己说："爸爸无论遇到什么事都一直在保护我，可是现在已经超出他的极限了，还要安慰我，要是我再这么软弱下去的话，我会拖累全家的。"

每天护士小姐都会准时过来给她输液，沈小雅一脸慵懒地躺在洁白的病床上，在病房内都要无聊得不行，连连打着哈欠，指着前方挂在墙上液晶荧幕的黑色电视，她对护士小姐说了一句："你去把电视打开给我看看。"

"这……"正在收拾器具的护士小姐，微微低下头，似有难言之隐地说："沈小姐，我们医院的电视机顶盒在维修中，现在暂时没有办法观看。"

沈小雅瞄了她一眼："那你把今天的报纸拿给我看看吧，在这医院里除了吃就是睡。"还有就是每天都会看到蓝顾云的影子，虽然嘴巴上还是装硬没一句好话，可内心又在不由自主地偏移，甚至想相信李叔所说的话。每想到这里，她就忍不住咒骂自己，难道还被骗得不够惨吗？

"那我待会儿给你去拿，不过因为沈小姐并没有预订报纸，很有可能已经被人拿走了。楼下的小花园里景色不错，你可以下去走走。"护士小姐面带歉意地笑笑，沈小雅倒也没怎么在意和计较："没事，我在医院太无聊了，手机又无缘无故不见了，所以才找点事情做做。"

沈小雅转头望着外面阳光灿烂，但却没有平时那般燥热，想来天气也快转凉了。

这说来也古怪，就在前两天，手机不翼而飞了。她极为纳闷，在这么高档的医院里也会出现这种事？所以这些天她就好像与外界断了联系一样。蓝顾云倒是极为体贴地问她，要不要买个新手机送给她，但是她一直在赌气，所以自然就拒绝了。

待护士小姐离开后，沈小雅站起身子，略感头昏，有些轻微的摇摇晃晃，大概是在床上睡太久的缘故，双脚踩在干净的瓷地板砖上，迈着小步走向楼下。

路经走廊的时候，听到有几个护士拿着报纸低头窃窃私语，小声地在说："报纸上说艾米财团正在极力收购沈家和陆氏地产，这两家一出事情，艾米财团就开始有所行动，看来这回十有八九是可以合并成功了。"

"你说艾米财团是不是故意的？"

"人家的商业斗争，我们就不要乱猜了，没准只是恰好。"

"现在沈、陆两家股市大跌，情势岌岌可危，很有可能会破产的。"

"我们医院就住着沈家千金，她……"

"她怎么……"

"你怎么说一半？"

沈小雅神情极为震惊地抢过护士手上的报纸，斗大的几个字映入眼帘：艾米财团急欲收购沈、陆两家，迅速扩张成企业帝国。

她往后踉跄了下，失神地松开报纸，它在空中缓缓地落到地上。沈小雅嘴角露出悲怆的笑容，步履维艰地往前走，四周来来往往的人都好似与她无关，她目光呆滞地盯着正前方，却仿佛什么都看不见了一样。

有一个年轻的女孩看到沈小雅这番模样，上前担心地问：

第二章　情不知所起，一往情深

"小姐，你怎么了？"沈小雅一言不发地往前走着，视若无睹。

向前又走了几步，咚的一声，她直直地倒在地上，毫无知觉。

盛锐广场人潮拥挤，U形大厦的门口往来不绝，地摊上纷纷摆出夏季清仓的牌子，引得路人上前争相购买，发传单的年轻小女孩个个面带笑容地忙活着，顾优穿着一双平底鞋，面色憔悴地四处张望，头发乱糟糟的，瞅见蓝顾云的黑色BMW，急忙挥了挥手，待车子停下后，迅速坐上了副驾驶座。

蓝顾云手握方向盘，瞅了她一眼："李叔联系你了？"

"大哥，妈这件事搞得有点过分了，在我什么都不知道的情况下，就给沈、陆两家搞了这么大一个事。他都说不想再看见我了，骂我是心机狠毒的女人。"

说到这里，顾优情绪有些不稳，先是沈小雅误会她，后是张文章对她的不谅解。这么多年她所有的努力都是为了他，因为他是她生命中不可企及的一个人。打从她第一眼在T大看到他的时候，就被他深深吸引，为他拼命减肥、为他拼命变美、为他拼命读书、为他拼命让自己更加自信，只为能够站在他的身边，而这一切都被他否决了，因他们陆家与蓝家立场不同，她被迫听任蓝母的指示。

蓝顾云苦笑了下："我还不是一样？小雅都已经把我视为仇人了。不过以我对文章的了解，他也就嘴巴上这么说说，不会对你不管不顾，毕竟你们也认识这么多年了。小雅现在倔得跟什么似的，什么乱七八糟的事情都往我身上说，再解释都没用。"

"小雅她应该很好哄吧？"以她对沈小雅多年的认识，觉得她不是那种记仇很久的人，蓝顾云不禁摇摇头："难说，你看她对陆子鸣的态度就知道,她是最不能忍受欺骗的人,信你的时候可以是百分之百的,但是不相信的时候,什么都不是了,不说这个了,谈正事。"

特别是想到沈小雅赶他出病房的画面,顿时心里一揪,大手不禁握紧方向盘。

"艾米财团已经派人去沈家和陆氏地产谈收购事宜,但两家执意都不同意,妈不知道会想出什么办法来对付,同时我们俩背黑锅了,所有的矛头都指向我们,如果我们接下来稳住沈家或者陆氏地产,只是治标不治本的,她还是会执意对付。"

"那……怎么办?"顾优蹙眉,咬唇道,"不知道上一代究竟有什么恩恩怨怨。"蓝母从未提及过曾经发生了什么事,只是大致知道她和陆远山有一段过往,所以极其憎恨他,口口声声说沈万豪是帮凶,甚至连蓝顾云也不知道其中的细节,只是知道一个大概。她虽然一直都在A市,但保密工作做得极其好,一直都没有让任何人发现她是当年的蓝艾米。

"为今之计,你去调查清楚事情的始末,这件事才会有转机,心结需用心药医,否则无论我们怎么做,都是没有任何效果的,有可能还会引致更大的矛盾。"

顾优点点头:"可是关于上一代的事,都已经几十年过去了,这还能查得到吗?"当年的重要人物是陆父、沈父,但是这两个人现在都不能接触过密,免得被蓝母发现,在这种情况下,实在很难调查。

就在这个时候,蓝顾云醇厚的嗓音吐出几个字:"汪伯伯!"紧接着又说:"当年他无缘无故地四处旅游,肯定和这些事脱不了干系。这件事大致应该是,汪伯伯喜欢妈,但是妈爱上了陆远山,至于沈万豪是帮凶,至今很难理解,但肯定是陆远山负了

第二章　情不知所起，一往情深

妈。"

此时，顾优猛地一抬头："大哥，难道说你是陆远山的儿子？"

蓝顾云身躯一震，脑子里一片空白。

记得在他小时候，他仰头天真地问蓝母："妈妈，我爸爸是谁？"蓝母每次都是面无表情地说："你爸去世了，别再提他了，你现在有爸爸，不准再喊叔叔了。"

所以在他根深蒂固的想法里，他爸爸早就去世了，只是将陆远山当成是妈妈的一个旧情人。

"不可能，我爸早去世了，这种事不能瞎猜测，必须得有证据，你去仔细查查上一代的恩怨。"

顾优慎重地点头。

此时，李叔打了一个电话给蓝顾云，他接了起来："喂？什么？怎么会这样？我马上回来。"

"怎么了？"顾优不解地望着蓝顾云手足无措的模样，从小到大蓝顾云都是冷冰冰且对外界事物并不上心，很少能有什么事，能够让他的情绪起伏波动如此之大，可近来他却频频如此。

他心急火燎地说："小雅发现报纸上的新闻，知道艾米财团要收购沈家和陆氏地产，气得晕倒了。"

"大哥，你难道都是一直封锁外界消息的吗？可是封锁得了一时，她以后还是会发现的，倒不如让她知道为妙。"如果让沈小雅提早知道的话，可能情况还没有这么糟糕，而现在这个情势，她肯定会当成是刻意隐瞒，蓝顾云就真被误解了，两个人之间的矛盾会越演越烈。

"我只是不想她再受到刺激了，这么多事情纷纷而来，她会承受不住的。"

他将车子急速掉头，朝着新区医院方向驶去。顾优对着玻璃窗户，叹了一口气，关心则乱，她也好不到哪里去。张文章的事折腾得她已经好几天没睡好觉，失去了平时的光彩，仿佛全世界崩塌了一样。

蓝顾云和顾优一起匆匆地赶到了沈小雅的病房，一进门就见她蜷着身子，头发凌乱不堪，眼神直勾勾地盯着前方。

蓝顾云走到她的身边，轻轻地揽住她虚弱的身子，心疼地在她的太阳穴上一吻，沈小雅并没有反抗，反而任由他的行为。

沈小雅这副苤弱的模样，让蓝顾云不由得揽得更紧，她微不可闻地说了一句："放开！"凉风徐徐吹到他的面颊，却异常的冰冷，一颗心仿佛被藏进了千年寒冰里，他的手臂微微松开，她立马与他隔开，面若冰霜。

余光瞄到站在一旁的顾优，不由得嗤笑："你是来看我的笑话吗？"顾优眼眸黯然："不是这样的，我……"

"我不想看见你们。"泪珠随着这句话缓缓流下，哽咽地说，"故意瞒着我算什么意思？当我是傻瓜吗？"

"小雅，你别这样！"蓝顾云蹙眉看着她又笑又哭的样子，沈小雅带着恨意盯着他看："你们都给我出去！"

蓝顾云一语不发地起身，拽着满脸担忧的顾优一同出去。

沈小雅全身好像虚脱了一样，倒在被褥上，眼角的泪水滴落在枕头上，窗外阳光灿烂，而病房内贯穿着阴冷的气息。她摸到床头柜上的水杯，眼神凌厉地盯着前方，嘴角缓缓地勾起一抹具有讽刺意味的笑容。

是夜，医院内静寂无声，走廊空荡荡，偶尔有几个护士轻步

第二章　情不知所起，一往情深

路过。沈小雅身着简单的运动服，蹑手蹑脚地走出病房，路过询问总台时，俯着身子悄悄溜过去，心脏漏跳几拍，暗自窃喜地冲向电梯。

一辆白色奥迪停在医院正大门，一脸睡意的李萌萌坐在车子上瞅着时间，心中暗忖她不会被发现了吧？据说蓝顾云安排医院的护士全天都盯着她，唯有这个点护士交班，才可以趁机溜走。不过就怕被总台的护士给看见。想到这里，他迅速将车窗打开，就瞅见沈小雅已经走出来，他朝她挥了挥手，沈小雅坐上车子，扬长而去。

李萌萌见沈小雅面容憔悴："身体怎么样？"

沈小雅一言不发地摇摇头，手肘抵着窗户，不停按压着太阳穴："我没事，现在情况怎么样了？"

"你爸爸还在医院。艾米财团已经派人跟沈家谈收购的条件，不少股东觉得可行，毕竟沈家已经无力支持下去，还不如将这个烂摊子交给他们。另外陆氏也处于焦头烂额的情况。小鸭子，我猜测当初陆大哥可能是被他们设计的，目的只是让你们的婚宴办不成，从而转移沈父和陆大哥的注意力，各个击破，我觉得你应该跟陆大哥联手。"

沈小雅的手攥成拳头，低头沉吟半晌："我知道了。"

"那……"李萌萌试探性地问了一句，沈小雅脸色阴沉地说："现在情况不明，任何猜测都只是个人想法而已，等查清楚再说也不迟。"也许，在她的心里已经没有他了，所以关于他的事，不想再多去碰触，没有感情的时候，就切勿再去害人害己。

"嗯，也好。"李萌萌微微一笑，"亲爱的小鸭子，我们现在去哪儿？沈家吗？"

他接到沈小雅的电话还吓了一大跳，她都消失了好久，打她手机也打不通，没想到居然用座机给他打了个电话。

"嗯。"

沈小雅一踏进沈宅大门，就感觉到一丝冷意扑面而来，倏地，保姆出来巡视看见沈小雅回来了，不禁笑逐颜开："沈小姐，你终于回来了，大家都在找你呢。"

"我妈呢？"

花园里的草坪有些杂乱，似乎很久没有修剪，按照沈母的性格，肯定不能忍受，她身体里某些因子存在偏执，喜欢将它整理得整整齐齐。

"沈太太在大厅。"

大厅内，沈母坐在欧式紫色沙发上，脸上忧心忡忡，眼睑下黑眼圈清晰可见。

听到女儿回来后，手一抖，茶杯直直地往下掉，洒到了米白色的地毯上，清晰可见一摊水渍。

沈小雅一脸憔悴地踏上黑纹大理石地板，缓步走到沈母的前面，沈母睨她一眼，就在迅雷不及掩耳之际，一巴掌打得她白皙的脸庞瞬间潮红。

她久久不能回神，傻傻愣在那里，捂着脸蛋。

"你爸出事，你还跑到姓蓝的那里去，你以为我不知道吗？"沈母凌厉的声音在大厅内回响，沈小雅沉默不语，长长的睫毛微微眨动。

沈小雅冰冷地说了一句："说够了吗？说够了我去休息了。"

"你这是什么态度！"沈母气得不轻，脸涨得通红，沈小雅径自走到楼梯口回头冷语道："妈，我想现在不是教训我的时候吧？如果这件事没处理好，你我都要流落街头。我想你应该去找

第二章　情不知所起，一往情深

找陆伯母商量对策。"

沈母恼羞成怒，不禁呵斥："这是你对妈妈应该有的态度吗？"

沈小雅仿佛没有听到，扭头上楼。她走到二楼的时候，并没有伸手开灯，眼前黑幽幽一片，窗外微弱的灯光照进来，她茫然地瞅了下，脑子里跳出她打小怕黑的事，总是捂头躲到沈父宽厚的怀抱里，寻找温暖和安全感，依稀耳边回荡着她稚嫩嬉笑的声音："爸爸，我怕黑。""嘻嘻，有爸爸在就不怕了。""爸爸，我睡觉了，你别走开。"

而今，她低头怔愣地看着自己手掌，产生一种错觉，仿佛置身于黑暗中，不断沉沦下去，犹如一颗璀璨的明珠掉入一潭黑水中，沉至底，只看得见汹涌溅起的水滴，不断地荡漾着。

蓝顾云匆忙赶到医院，迎接他的是空荡荡的病房。她离开他了。她绝望的神情就像是在掏空他的心。

"蓝总，沈小姐是在交接班的时候溜走的，我们……"

"我知道了。"蓝顾云失神地走出病房，"静观其变。"他吩咐顾优彻查当年的事，指望能有头绪。只是以现在这种情况，还能挽回一切吗？他以她昏倒为由，将她留在医院，不愿意让她面对外面的风风雨雨，隔断一切有关沈家的消息，却没有想到总归被她发现。想到这里他气愤地捏成拳头往洁白的墙壁一捶。李叔担忧地问："蓝总，你没事吧。"

他额头抵着墙壁，喃喃地说："都怪我，当初只当是一件小事，没想到酿成今天的局面。"他一直知道蓝母怨恨沈陆两家，只是他性子颇冷，并不在意和理会这些，蓝母让他想办法留住沈小雅的那一刻，他就已经走出了一步错棋。

| 爱情从未离开过 |

"蓝总,这不能怪你,太太的确跟沈、陆两家有仇,你身为她的儿子,虽然不认同她的做法,但是站在她那边帮助她也是情理之中的事,只是没有想到你会爱上沈小姐。"

沈小雅手捏报纸,今日头条居然是沈氏股票大跌,即将面临破产,而且地方电视台关于沈家的负面新闻越来越多,沈氏上下人心惶惶,各股东都纷纷表示愿意抛售,这个时候艾米财团就可乘虚而入,情势相当紧急。

保姆端了刚出锅的荷包蛋,瞧见沈小雅脸色凝重,吓了一大跳,她从来是一副嘻嘻哈哈的样子:"沈小姐,你没事吧?"

沈小雅无力地摇摇头:"张文章今天在律师楼吗?"

"刚刚打电话询问过了,张律师在办公室里等小姐。"

第三章 若你我已成陌路

世界上最远的距离，不是我不能说我爱你，而是想你痛彻心脾，却只能深埋心底。
世界上最远的距离，不是我不能说我想你，而是，彼此相爱，却不能够在一起。

——泰戈尔

第三章 若你我已成陌路

Part1

"不痛,我笑一笑从容,不痛我转过身就能懂,不痛,人越寂寞越容易纵容,纵容自己给你宽松。"

她的伤口只为他而流血,却只能自愈。

张文章的律师楼坐落在A市中心,外观建筑为现代化全玻璃幕墙,环境舒适优雅,桌子上的小雏菊正朝着太阳灿烂绽放。他起身去饮水机里倒了一杯水,往它身上浇。这时,办公室门口就响起了沈小雅促狭的声音:"学长好兴致,居然也会在办公室里养些花花草草。"

张文章是她高中时代的学长,在学校里从来都是课业第一名,招来无数老师的喜爱,而沈小雅之所以熟悉他,全都是因为陆子鸣,因为他是陆子鸣的亲表哥。

"你就别嘲笑我了。"他扭头一看沈小雅,仍旧是当年学生妹的装扮,简单T恤和牛仔裤,只是脸色略显苍白,"你倒是一点没变,还是这么大条的装扮,一点都没女人味。"

"你懂什么,这叫自然美。"

张文章淡笑不语,脑海里闪过顾优穿着细高跟的模样,一抹红唇极为撩人,在他的耳边轻声说:"宝宝,女人味这种东西,是每个女人所必须拥有的,不然活着多没意思,一定要将风情发挥到极致。"

一想到她,他就烦躁不安,一屁股坐到黑色的皮椅上,抽出一根香烟点燃。沈小雅没理会他的此举："沈家和陆家的事，你应该略有所闻吧？"

"不是略有所闻，是铺天盖地的宣传，不想知道也难。"A市所有的媒体，都朝着这件事齐齐开火，连路边的扫地大妈都已知晓了吧。

沈小雅颓然地坐在椅子上，痴痴地望着窗外："有解决的办法吗？"张文章叹了一口气，闭眼摇摇头："陆家是属于商业竞争失利，而沈家情况比较复杂。你们为什么不去找政府的地皮，而选择一家已经被人买下的地皮，虽然他们对外宣称资金出现问题，将地产公司出售，由你们接管，但是此类情况必须得小心。你们不仅不小心，而且还签错了公司，很明显是被人下了连环套。"

当初沈氏和陆氏地产准备合作一个豪宅项目，但是没决定好究竟是在什么位置，恰巧顾优说她熟悉……原来这一切的事情，她都已经计划好了。

"我已经看不懂她是什么人了。"

张文章知道她说的是谁："如今只有出售公司股份，你们才得以保全，艾米财团是有备而来的，倘若你们不出售股份，可能后续的攻击会更为强烈。子鸣是我的表弟，我不可能眼睁睁看着你们出事的，但是现在不是意气用事的时候，一定要为大局着想。"

沈小雅忍不住一直在咬唇，张文章又继续说："如果你们要起诉他们，根本没有任何证据，后果很可能是赔了夫人又折兵。"

"我知道了。"沈小雅眼眸无神点点头。

张文章担心沈小雅的状态，想挽留她一起吃饭，沈小雅却拒

第三章　若你我已成陌路

绝了，表示她还有事情。沈小雅独自开着车来到龙湾国际公寓楼下，保安立马就认出了车上的沈小雅，热情地跟她打招呼："沈小姐好久没来了，是不是很忙？"

沈小雅点头不语，车子驶进小区，她脸上露出嘲讽的笑容，视线盯着花圃里开得娇艳欲滴的玫瑰花，现在想来她真的是傻子，龙湾国际公寓楼不就是艾米财团旗下的地产项目吗？

她拿出手机，拨通蓝顾云的电话："喂？你好？"

"喂？喂？你是？怎么不说话？"

由于沈小雅的手机被蓝顾云给藏了起来，她回家后换了个手机，他自然不晓得她的手机号码。

"是我。"

"小雅！你在哪儿？"

"你家楼下。你能回来吗？"

"你等我！"

蓝顾云匆匆放下手头上的文件，按下内线电话，秘书恭敬地进来："蓝总，怎么了？"蓝顾云起身整理公文包："我临时有事先走了，下午的会议由你主持召开，反正总裁也在，我就不过去了。"

蓝顾云跟秘书交代了几句之后，就立马开车回家，脑子里都是沈小雅柔弱哭泣的模样，他多少次深夜里想给她打电话，找寻到关于她的点点滴滴，可无奈不知道她的手机号，QQ号也好久没上，只能忍住等待。

他远远地看见沈小雅站在公寓楼下的大门口等他，连忙将车在她旁边停下，迅速下车："小雅，你怎么不上去等？"

蓝顾云心疼地抬起她的下颔，几日未见，她又瘦了许多，她却别开脸:"这是你家。"

他的心底有一股酸楚冒了出来:"我们上去吧。"

客厅内熟悉的摆件令沈小雅觉得刺眼,那个男人在厨房里给她做饭,好像是昨天的事,但是他们的转变却像是隔了一个世纪。

那些都是两个人美好的过去,如今却笼罩了一层阴谋的气息。蓦地,沈小雅闭眼转身吻上了他的厚唇,纤细的手臂勾上他的脖子,他根本没有想到她会这么做,心里洋溢着一股喜悦。

蓝顾云将她娇柔的身子贴紧,气息粗重地说:"宝贝,我爱你。"

"你还当我是你宝贝吗?"沈小雅一下子冷下脸,极力抑制住燥热的身子,将他推开,蓝顾云不解她怎么突然一百八十度大转弯:"你生气了?"

"对,我很生气,气你为什么一直都在欺骗我、设计我、陷害我。你折腾我也就算了,为什么要害我家人?他们究竟跟你有什么深仇大恨?"沈小雅眼角含泪,一口咬上他胸口的肌肉,蓝顾云闷哼一声,轻柔地抚上她的发丝。

沈小雅眼眶湿润地抬头看他:"你干吗不推开我?"蓝顾云的眉头缓和下来,嘴角扯出一抹苦笑,伸手擦去她眼角的泪珠:"别哭,只要你心情能好点,我无所谓。"

她的心口缓缓地流过一股暖流,却又忍不住告诉自己,你不能心软!他害得沈氏和陆氏地产那么惨,别被他的甜言蜜语给欺骗。她揪住他衬衫的领口,哽咽地说:"我求求你放过沈家和陆家吧,把他们的错误都报复到我身上,我不想再看到大家受到伤

第三章　若你我已成陌路

害……"

沈小雅哭得撕心裂肺,上气不接下气,蓝顾云蹙眉不舍地将她抱到了沙发上,轻柔地抚摸着她的背脊,过了一会儿,她情绪没有刚刚那么激动了,就像是一只小猫一般,在他的胸口低泣。他仿佛下了什么决心似的,坚定地说:"好,我尽力。"

倏地,沈小雅抬起来,不可置信地问:"真的?"

蓝顾云在她的唇上落下了一个蜻蜓点水般的吻:"很多事,我没有办法跟你解释清楚,但是我会尽全力保全沈家的。"

上一代的恩怨都还没查清楚,不能让她知道得太多,免得又让她的小脑子胡思乱想,他不想再让她受到任何的伤害了。

沈小雅听到后,心中的一颗大石落下来,红肿的眼皮越发沉重:"困……"

"困就睡吧,我会一直在你身边的。"他低头看她,发现她早已熟睡,心中一阵疼痛,她肯定好久没有好好休息过了。

沈小雅穿着一身干练的职业装,上身是纯白的衬衫,配上一条黑色的 A 字裙,踩着细跟高跟鞋,手中抱着从沈父那儿拿来的文件,双眸呆呆地瞅着电梯内的透明玻璃,映出她的红嫩的唇。

她从蓝顾云家出来后,就立刻赶往医院,沈父的情况不是很乐观,她决定硬着头皮接手这些事,既然蓝顾云已经允诺不会对付沈氏,那么接下来的情况应该不会这么糟糕,她应该可以应付得过去。

昨天从张文章的办公室离开,她就知道一件事,那就是沈家真的没办法了,她只能拉下脸去找蓝顾云,无论用什么办法,必须要让他心软。她用力地咬着唇,什么时候她也变成了这样?是不是随着岁月的洗礼,我们终将会变成自己所讨厌的那个人,却也无可奈何。

她走到了总裁办公室门口，看着上面金光闪闪的字迹，心中发冷，现在当真是知道什么叫物是人非，刚刚几个股东瞧见她，纷纷视若无睹，想起早先哈腰点头，真可谓是天壤之别。

将文件放置桌上，坐到柔软的皮椅上，低头将电脑开启，发现上面染上一层厚厚的灰尘，伸手拿了一张餐巾纸，轻轻擦拭着。

她十岁的时候，调皮地在办公室里玩遥控飞机，误将玻璃水杯打翻，倒到电脑的主机上，将电脑里一份很重要的档案给弄没了，气得沈父在她的小屁股上一顿好打。

电脑正在自行启动，她抬起头望着落地窗，阳光暖暖地照在暗灰色的地毯上，朦胧之间好像看见一个十几岁的小女孩，正在无忧无虑地嬉笑着，她玩累了就在地板上滚来滚去，沈父总是教训她："不许躺地上，多脏！"她总是不听劝阻，每次沈父都无奈地叫保洁阿姨认真打扫几次。

一阵敲门声将她拉回到了现实，她清了清喉咙："进来！"

秘书满脸惊慌失措地走进来："艾米财团的陈经理又来找我们谈收购的事了。"沈小雅猛地起身："什么？"

他不是答应过她的吗？难道她上当受骗了！

沈小雅沉吟了会儿说："让他进来吧。"

过了几秒钟，就见一个西装革履的男人带着轻佻的神情走进来，高高的鼻梁下架一副金丝边眼镜，嘴角微扬似在挑逗，仿佛不像是来谈判的，倒像是在猎艳。

沈小雅的脸色阴沉了几分，拉下脸说："是陈经理吗？请坐吧。"

陈怀安带着邪笑瞅了她几分钟，惹得沈小雅不快，加重语气：“陈经理是来谈判的吗？如果是的话，那么请坐下，不然你站这么高，让我很有压力感，还是你想让我也站起来跟你一同谈判？"

"这么凶……不知道云云那小子喜欢你什么？"他嘴角咧开，落座，跷起了二郎腿。

云云？他指的是蓝顾云吗？她指甲狠狠嵌入肉里，不禁冷笑：“是他让你来谈收购的事情吗？"

"你猜？"陈怀安故作可爱地眨眨眼睛，沈小雅不回应他的话，"有话快说，没有事的话就离开吧，我还有事情，没心情陪你玩猜谜游戏。"

陈怀安无辜地撇撇嘴巴，脱下厚重的西装外套，透过纯白衬衫隐约可见结实的肌肉。沈小雅闻到他身上传来的古龙水的味道，在心中暗忖，艾米财团怎么会把收购的事情交给这样一个人，是看低沈氏和陆氏地产吗？

"好吧，我们言归正传，沈总裁手上捏有40%的股份，不知道以什么样的价格出售给我们呢？现在的情况对沈家非常不利，即便你们不出售股份，我们仍可以收集散股，继而控股沈氏。所以抛售股份是明智之举。"陈怀安换了一副表情，目光如炬地瞅着她。

沈小雅手心渗汗，这个男人果真深不可测，他的不正经全都是装出来的吧，实则心思敏锐，懂得分寸。

"如果我不同意呢？"

忽然，他逼近沈小雅的脸蛋，她下意识地往后靠："你干吗？"

陈怀安忍不住哧哧地笑了："那就不同意吧，我回去报告了，真不好玩，你这女人严肃得要死，一点都没有幽默细胞，再配上云云那冰人,你们是要相敬如宾吗?"

他晃悠着身躯,走到门口:"对于沈氏,我们势在必得,即使你们不愿意,也只是在苟延残喘。死法有很多种,但是最痛苦的莫过于折磨致死,你可以考虑下一刀了断,我们给沈家的提出的价格足以让你们衣食无忧。"

沈小雅瘫坐在皮椅上,忽然,她站起身子将办公桌上的文件全部扫到地上,激动地大喊:"啊……"

秘书听到办公室里的声音,急匆匆地跑进来:"沈小姐,你怎么了?"

沈小雅面无表情地瞅着地上一片凌乱,头也不抬地说:"出去!"

蓝顾云走进了蓝母的办公室,此时蓝母正靠在豪华的皮质沙发上休息:"妈,我有事找你。"

蓝母并没有张开眼眸,只是静静地发出一句:"什么事?"

他看到办公室里刚换的壁画,竟是Lix的那一幅画,瞬间眼眸黯然,这是在警告他吗?"别再对付沈家了,你的目的是陆远山,而不是沈万豪,你这么伤及无辜,实在令人看不下去。"

蓝母发出了轻笑声:"我这儿子是越来越通情达理了,你从来都不关注他人的死活,怎么突然开始怜悯别人?我并没有把沈万豪怎么样,他还是好好的。再说了,我只是要收购沈家,他们拿了钱之后,照样活得潇洒自由,只不过是现在比较难堪而已。媒体就是喜欢捕风捉影,等过了这一段就好了,谁还会记得沈家的事。乖儿子,等到沈家的事情一解决,你就可以跟沈小雅一起去美国了,这不正是你想要的结果吗?你不应该来这儿找妈,而是该去劝沈小雅和沈家放弃股份。"

第三章 若你我已成陌路

他蹙眉看着沈母,"我想不通你为什么要拿到沈氏。你对陆氏的恨情有可原,可是沈家不亏欠你,顶多只是算个帮凶而已,你做人何必这么绝情!"

蓝母沉默了半响:"听妈的话,劝沈小雅放弃股份,跟你一块去美国。你爱跟谁在一起就跟谁在一起,妈不阻止你,但是你也别阻止妈的事,这次的事情,我势在必得。"

她永远不会忘记沈万豪明明知道她是被冤枉的,却还跟陆远山说:"没错,我亲眼看见她跟一个男人在床上。"

沈万豪啊沈万豪!看他老老实实的一个人说起谎话来眼睛都不眨下,说得真有其事一样。她一直以为讨厌她的是他老婆,处处针对她,没想到他居然也是如此,亏她这么相信他,发生任何事都会跟他说,没想到倒打一耙的也是他。

她在雨里苦苦哀求他,希望他能跟陆远山说清楚事情的真相,没想到他无视她,甚至叫保姆赶她走,任凭她怎么求助,他就是视若无睹。

每次想到这里,她都会气得全身痉挛,那种孤立无援的感觉,不断地在折磨她。就因为她没有背景,不是出身名门,就要被这些人玩弄于股掌之间?沈万豪不是拿沈氏当命根子一样看待吗,那她就要让他尝尝这种痛苦,被欺骗的感觉不好受吧。

"一旦毁了沈氏,她还会轻易跟我去美国吗?她现在对我都只有误会和仇恨。"蓝顾云忍不住阖上眼眸,蓝母站起身子,缓缓地走到他的身边:"这个主要看你怎么看待这个问题,妈曾经说过,你带她去美国以后,两个人相处久了,自然就会感动她,加上以后她怀孕生子,她还能恨你吗?"

语毕,她靠近蓝顾云的耳畔:"妈不会害你的,我是女人自然了解女人。"

"你的意思是不会轻易放过沈氏吗?"蓝顾云脸色阴沉,蓝母嗤笑了下:"我这儿子的心已经跟着那女人跑了,也罢,妈给你两个选择。第一妈放弃沈氏,你必须娶郑芙雅,第二你帮忙对付沈氏,妈让你和沈小雅一起。你很清楚一件事,一旦妈放弃了沈氏,要想彻底将陆家击垮就有难度了,倒是可以借助郑家的势力。"

蓝顾云面色铁青,咬牙切齿地说:"如果我两个都不同意呢?"他没想到母亲会提出这种无理的要求。

"别忘记一件事,你现在所拥有的一切都是妈辛辛苦苦得到的。"蓝母眼眸瞬间锋利,倒了一杯花茶,轻轻啜了一口,"你自己考虑看看。"

蓝顾云怒气冲天,拳头上的青筋直冒:"妈……"

就在这个时候,陈怀安满面春风地推门而入,感觉到办公室内凝滞的气氛,咳嗽了一下:"姨妈,你跟云云谈论什么事啊?这么激烈?"

"没什么。"蓝顾云撇头,转身正欲离去,就听到蓝母在背后说:"你自个儿好好想想,不要再左右摇摆了。"

蓝顾云头也不回地走人,陈怀安连忙追上去。

将他拦在走廊,透明玻璃映出两人的身影,陈怀安满脸笑嘻嘻地说:"云云,你家女人真不是一般的冷。"

蓝顾云表情一怔:"你见过她了。"

这句话不是疑问句,陈怀安不由得挑眉:"云云表哥是越来越厉害了,这都能猜得出来。"

他不愿意接手沈氏与陆氏地产的收购事宜,蓝母自然会找个可信任的人,思前想后也就非陈怀安莫属。

他是蓝母妹妹蓝艾琪的儿子,艾米财团的人事部经理,本来

第三章 若你我已成陌路

不应该做人事的去谈收购事情,但是他深谙人性,且大学专业为应用心理学,几层关系之下,让他去谈判更为妥当。再者沈小雅开始接管家里的事业了,他俩碰面应该在情理之中。

"姨妈是不是让你劝沈小雅放弃沈氏的股份?她说得也没错,沈家本来就岌岌可危,即使整顿也需要更多的资金投入,倒不如卖给我们。"

蓝顾云冷笑了一下,视线转向窗外,夕阳红映满天空:"连你也在帮她说话吗?"

"不是的,根据现在的情势来说。"陈怀安笑眯眯地说。

蓝顾云盯着他看了会儿,一字一句地说:"无论从道德感和感情方面出发,我都不会站在妈那边,就是这么简单,你替我转告她,这个位置我不要也罢。"

沈小雅满脸颓然地站在落地窗前,夕阳的余晖映在她脸颊上。她手心紧紧捏着手机,过了一会儿,她拨通蓝顾云的电话:"喂?"

"你下班了吗?"那边传来蓝顾云的声音,令沈小雅忍不住沉默了会儿,"怎么了?怎么不说话?"

沈小雅声音略带沙哑:"晚上来接我下班吗?"

"可以啊,你想吃什么?去吃法国菜?"

"随便,等你。"

沈小雅切断电话,嘴角勾起一抹苦笑,他永远都是一副波澜不惊的模样,曾经她会觉得很安心,而现在则是刺骨寒心,他老早就已经算计好一切,等待她入局,此时已退无可退,就像是罐子里的蛐蛐,敌人亦非敌人,却只能战斗。

沈小雅站在沈氏办公楼下,此时刚好是下班的点,马路两旁人来人往,她四处张望着等待他,脸颊微微冒汗,一不留神之际,她被人猛地撞了一下腰部,细长的高跟鞋向内一崴,令她摔到了地上,吃痛地叫了一声:"哎呀……"

那人戴着一顶鸭舌帽,看不清面容。他连忙扶起在地上的沈小雅:"没事吧?"

沈小雅站起身来,脚踝崴了下,好不容易保持平衡:"没事了。"

她尝试着往前走一步,右脚却疼痛不已,眼见她又要摔倒了,就在这时,她被抱进了一个熟悉的胸膛:"怎么了?"

沈小雅抬头就看见蓝顾云担忧的眼神,摇摇头说:"没事,就是被撞了一下。"

蓝顾云冷眸一扫,就看见一个戴着鸭舌帽的男人,眼睛一眯,震怒地说:"还不快走!傻愣着干吗?"

那人被吓得打了个寒战,以迅雷不及掩耳之势快速溜走,蓝顾云瞅着戴着鸭舌帽的男人的背影,眼中闪过了一丝惊吓,却转瞬即逝,沈小雅不解她瞅着蓝顾云,很少有见他发过这么大的脾气,他遇到任何事情都不会有过度的反应。

就在她思绪纷乱之际,他大手一把抱起了她,沈小雅忍不住惊呼:"啊……"

蓝顾云亲昵地蹭了蹭她的小脑袋,"嘘!"轻柔地将她抱到车子里,一路上的行人在行注目礼。

她不由得羞红脸,将脸蛋低头藏于他的胸膛,无视于外面的目光。

坐在副驾驶座上的沈小雅看着后视镜上的自己,脸蛋红彤彤的跟苹果似的,在心中暗暗骂自己没用,这么豆大点的事情,都

第三章　若你我已成陌路

承受不住，将来可怎么办？

蓝顾云缓缓地启动车子，看着沈小雅照镜子的样子，面带宠溺地说："再照也就是那样，成不了大美人。"

沈小雅斜眼"哼"了一声："不会啊，我觉得我挺漂亮的。"还特自恋地顺手拨弄了下短发。蓝顾云将她从下到上打量了下，咻咻地笑了："这副样子倒是挺职业的，比起之前学生妹的装扮显得成熟干练多了。"

车子开入了A市知名的法国餐厅门口，两侧的法式梧桐树颇有一番味道，硕大的碧绿树叶堆满了树梢。沈小雅从车内伸出头从下朝上看，可见到光线稀稀拉拉地照进来，颇有扒开绿叶见光芒的感觉，蓝顾云将车子停在了一棵梧桐树下，他正欲将她抱下来，沈小雅却一脸娇羞地推开他，轻声说了一句："我自己走。"

蓝顾云笑了出来："好，我扶你。"

沈小雅老实地点点头，蓝顾云小心翼翼地扶着她，两人一同走在梧桐树下，偶尔有几片落叶随风在空中旋转了几圈，慢慢地飘落到地上，四周弥漫着青草香，她舒服地闭上眼睛感受此刻的幸福。如果时光能够停留，那该多好？

一走到餐厅门口，就见服务员迎上来，恭恭敬敬地对蓝顾云说："蓝总，这边请。"

餐厅的每一处角落都经过了精心布置，每一张餐桌上都悬挂着一盏地中海田园风格欧式吊灯，灯罩是由彩色玻璃制成的，从内发出橙色的光芒，烘托得氛围特别温馨。服务员将他们带到了靠近吧台的位置，蓝顾云将沈小雅扶到位置上后，自己坐在她的对面。

沈小雅转悠着眼眸四处欣赏，忽然，她看到吧台后侧的墙壁被掏空，灌入清水养着许许多多的小鱼，脸色有些难看，仿佛记忆的匣子都被打开。慈善晚宴、蓝宅、国粹餐厅，还有这里，都有同样的装饰品，这意味着一件事，那就是这家餐厅也是属于艾米财团旗下的。

沈小雅沉下心，装作毫不在意地问："后面怎么会有这么多鱼？"

蓝顾云转头看了下，想到刚刚沈小雅大变的脸色，心中隐约猜到几分："这是艾米财团旗下的餐厅。我妈特别喜欢各式各类的小鱼，所以她在每个属于她的地方，都挖空了墙壁，将鱼放入其中。其实我也不明白她怎么会有这个爱好。"

见她的表情缓和了，他微微地松了一口气。沈小雅又仔细地看了眼透明玻璃后的小鱼，突然想起陆父也很喜欢小鱼。每当她去陆家的时候，总能看见院子里的水池和他房间里的水缸都是一群群色彩斑斓的小鱼。

"这事，你倒是坦白。"沈小雅眼瞅菜单，不由得冒出这么一句，让蓝顾云为之一愣。他沉默了一下，不想接话，不说话可能会比说句狡辩的话来得更为妥当。

沈小雅随意点了几个菜，回头面朝蓝顾云，两个人久久凝视，谁都没有开口说一句话，空气中弥漫着一股异样的气息。

"云云！你也在这里吃饭？"两人不约而同地扭头一看，就见陈怀安身穿休闲装，脖子上挂着一副新潮的耳机，脸上一副揶揄的表情站在他们面前。他看了眼沈小雅震惊的样子，又回头朝着蓝顾云笑眯眯，而他身边站着优雅的蓝母，蓝色碎花旗袍将她的气质体现得淋漓尽致，头发被随意绾起。

这是沈小雅第二次见到蓝母，第一次是在不知情的情况下，还以为她是个非常和蔼可亲的伯母，现在再见蓝母却让她不觉感到一丝丝冷意，全身冒起了鸡皮疙瘩，她下意识地抚摸了手臂，

第三章　若你我已成陌路

朝着蓝顾云看了眼，只见他面无表情。

蓝母走近了几步，面带微笑地说："小雅，不认识我了吗？"

沈小雅怔愣地点点头，蓝母身上仿佛带着一股奇异的魔力，明明是如此和善的问候，却带着疏远感。蓝母悠悠地坐在她的身边，瞬间沈小雅感觉身上压着千斤，连呼吸都感到紧促，陈怀安准备贴着蓝顾云坐，却被他冷眼一瞄，脸上的笑容僵硬，坐到了外侧椅角落。

气氛僵得仿佛在冰窖里一般，蓝母倒是一点都不生疏："怎么都不说话？小雅，以后等你和云云结婚后，就去美国生活，这样妈也就安心了。至于国内的风风雨雨，你们就别再掺和，本来嘛，多么简单的一件事，等咱们几家企业合并了之后，前途无可限量，妈还指望着你能给蓝家多生几个孩子。"

沈小雅砰的一声将叉子摔到了花式瓷盘上，气愤地说："蓝伯母！你不觉得自己做得很过分吗？虽然我不清楚到底发生了什么事，但是沈氏和陆氏地产都是几代人辛辛苦苦创立的，承载了太多的心血，一夕之间都被毁于一旦，你情何以堪！"

正在进餐的一些客人纷纷抬头瞅着沈小雅，蓝母冷笑了一声："小女孩家家，不懂就不要瞎说话，伯母体谅你心情不好，就不怪你了。"

"你们慢慢吃，我先走了。"沈小雅面若冰霜地起身，忍着脚疼匆匆离开。

蓝顾云瞪了蓝母一眼："够了吧！你明知道她的心情已经很糟糕了，还说这些话来刺激她。"

他说完之后，对着陈怀安冷哼了一声，心急如焚地追了上去。

夜晚的街道人来人往，远处高楼的霓虹灯在闪耀，不时有汽车鸣笛声传入耳中，她黯然失神地停留在一个橱窗面前，里面展示着一件艳红色的晚礼服。她靠在玻璃窗上，想起和蓝顾云一起去选购晚礼服，不觉感叹物是人非事事休，究竟什么时候才能到头，双眼缓缓阖上，睫毛轻颤。

蓝顾云四处紧张地寻觅沈小雅的身影，无奈来来往往的行人太多，每个人脸上展露出不同的表情，令他眼花缭乱，一件件迥异的衣服在眼前一晃而过，他一路走一路看。蓦地，他停下了急促的脚步，不远处一个穿着职业装的女人，正靠在橱窗玻璃上，他赶忙走到了她的面前。

沈小雅一睁开眼就看见眼前的庞然大物，眼神中流露着冷意："你来干什么？"

"我……"

她猛地推了他结实的身躯，气得双眼通红："你害得我不够惨吗？如果不是你的出现，我们家根本不会遭遇这样的事，如果不是你的出现，我爸爸根本不会进医院，如果不是你的出现，沈氏不会面临破产的境地，蓝顾云，我沈小雅不欠你的！为什么要这样对我？"他明明答应过她不再对付沈氏，却还是让陈怀安来谈判，晚上蓝母和陈怀安的一起出现是在警告她吗？让她放弃沈氏的股份，乖乖听话做个木偶人吗？

蓝顾云双手紧紧地捏着沈小雅的肩膀，大声地说："你清醒点好吗？这些事情的发展根本不是你我可以预料的，我答应你，一定不会让沈氏被收购的。"

沈小雅一双眸子狠狠地瞪着他："你答应？你拿什么答应？陈经理都来跟我们谈收购事宜了，你还要再继续欺骗我到什么时候！"

"那是我妈的意思，不是我的想法，我也不知道他已经来

第三章　若你我已成陌路

过。你一定要相信我，我是不会伤害你的，我一定会保你们家周全！"蓝顾云一下子全都明白了，难怪她一下子会变得这么激动。

她忍住眼眶里的湿润，一把推开他的身躯，转过身子："我再也不会相信你了，你就是个彻头彻尾的骗子！"所有的事情，都已经无法挽回，她冲向人潮汹涌的马路边，拦了一辆出租车，泪珠滑下脸颊，头也不回地坐上车子。

泪水早已模糊她的眼眶，她使劲想睁开眼，就是止不住眼泪流出，司机回头看了她一眼："小姐，去哪儿啊？"

"随便！"沈小雅脑子一片空白，全身瘫软无力，靠在玻璃车窗上，纯白色的衬衫上沾染上滴滴水渍，司机忍不住蹙眉："你总要说个地方！年轻人失恋是小事，别想不开。"

沈小雅瞅到不远处灯红酒绿、五光十色的灯光不停地闪烁，便对司机说："前面就停下。"

"这……"司机瞅了瞅前面，正是A市小有名气的娱乐城，传说里面出入的人群非富即贵，沈小雅继续说："我没事了，你停下吧。"她拿出一张纸巾，小心地擦拭着脸上的泪水，不让妆容变花。

车子缓缓地在巴菲娱乐城门口停下，沈小雅小心翼翼地下车，发觉脚踝舒服多了，并没有刚刚的刺痛感，不过不能走快，只能慢慢向前小步走去。

她一踏进就闻到空气中弥漫着烟酒混合的味道，劲爆音乐简直是震耳欲聋，台下男男女女则是不断地扭腰摆臀。

沈小雅蹙眉看着这一切，找了个位置坐下，随意点了瓶啤酒，径自喝起来。

Part2

"越挣扎就越无法摆脱这强大的旋涡,在时间里面慢慢下落,你要我怎么做?"

心口崩塌的声音,远远超过了负荷。

陈怀安的车缓缓地在巴菲娱乐城门口停下,保安一看到他的车子,立马恭敬地上前:"陈先生,我帮您停车。"

陈怀安将车子熄火,将钥匙拔下来递给保安,走到一楼的保安处,一个个小屏幕显示着娱乐城内各个方位的动向,巴菲娱乐城是艾米财团旗下一个娱乐场所,它的地理位置极佳,生意特别火爆,但也因为如此,所以必须谨慎场子内的安全设施,免得惹上不该惹的人。

他眯着眼看到一个女人正在跟一群男人发生口角,命令保安:"把这个镜头调大,我看看清楚!"

保安点头,按下几个键盘,沈小雅的脸蛋赫然出现在监视器里,她好像跟几个男人发生冲突了,他在心中暗忖,她不是跟蓝顾云一起跑了吗?怎么一个人出现在这里?

想到这里,他迈开步伐往场子里奔去,保安还以为身后的陈怀安还在,说了一句:"陈先生,这事咱们还是别管了,你看那几个人大有来头,再说了,深夜混在这种地方的女人也不是什么好女人,当没看见就算了。"

见身后没声响,扭头一看,人早已消失不见。

第三章　若你我已成陌路

陈怀安一眼就瞅见沈小雅跟几个男人正在吵闹，她脸色泛红，身子有些摇摇晃晃，估计是喝了不少的酒，而其中一个高大壮硕的男人一把抓住她细小的手臂："死女人，别给你脸不要脸，我们老大找你喝酒是你的荣幸，居然还口出狂言，你还要不要命了？"

沈小雅挣扎着想拽开他的大手，却因女人的力气天生就不如男人，脸越发红了，手臂被抓得通红，忍不住喊了出来："姑奶奶就是不赏脸怎么了？你以为你是谁啊？不就是个臭流氓嘛，有什么牛的，给我滚！"

陈怀安促狭地挑眉，眼眸里流转着诧异，没想到这小妞的脾气还挺辣，真看不出来骂人还挺有能耐。那人一听更为火大，在地上吐了一口唾沫："什么？你敢这么说我们老大！今天不把你给整死，我就不在这个圈子里混了。"

眼看她就要被强制拉出去，陈怀安上前去到一个看似野蛮粗横的男人身边，他强壮的胳膊上刺着青龙图案，让人看了不由得心生畏意，他悄悄地说了几句话，那人点点头，跟身边的小喽啰轻声说了一下。染着黄毛的小喽啰一溜烟地跑到沈小雅面前："老大说了，今天还有事，就不跟你计较了，你好自为之，阿宽！走了！别闹出事！"

就在这时，沈小雅趁其不备狠狠地咬住了拉着她的那只大掌，那大块头吃痛地喊了一声："啊……你这贱女人，你居然咬我！"立马松开了手掌，右手捂着左手被咬过的地方。

"好了好了，走了，别再惹是生非！"

小喽啰拽拉大个子男人，半推半扯将他弄走，惹得他不快，怒目切齿地抛出一句："这回算你走运！"

沈小雅不甘示弱地哼了一声。

陈怀安刚打发好那帮兄弟，就看见她红着小脸蛋，还死撑着。缓步走到她面前，言语戏谑："哟哟哟，真看不出来你还倔得可以？誓死要与恶势力做斗争，不怕等下就尸骨无存吗？"

她不由得一愣，怎么是他？还让他看见她现在这副模样！她下意识地微微低头，她稳住摇摇晃晃的身子，目光里盈满厌恶："这与你无关！"

此时，DJ将音乐调到最大分贝，灯光闪烁的速度加快，以秒数在移动着，一时间整个场子里的人都在迷离狂乱舞动着。

沈小雅感到一阵恶心，再看了一眼流里流气的陈怀安，难怪总觉得他身上有一股放荡不羁的气质，原来都是在这种场合里混久了衍生出来的。

撑着沉重的身子，面色绯红，她一双白玉小手撑住额头，从陈怀安身边穿行而过，他的黑眸中闪烁着不解，看她这副模样，连回家都困难，还是跟上去看看，好人做到底，免得又出什么事。

沈小雅刚走到门口，就被地上的小石子给绊了一跤，整个人失重跌到了地上，"哎哟……"她索性将脚上的高跟鞋脱下，光着脚丫站起来，深深松了一口气，好险没二度轻伤，她并不适合穿这类鞋。

等到陈怀安冲到门口的时候，就看见她赤脚走在草砖上，食指钩着黑色高跟鞋，微风轻轻吹拂一旁的杨柳，细长的藤枝在空中摆动，将她的影子遮过大半，心中闪过异样的情愫，小跑着追了上去："我送你吧。"

沈小雅迷蒙的眼神渐渐清晰："不用！"她并不想与艾米财团的人接触过多，特别是他这种看似无害，实际心机颇深的人，更

第三章　若你我已成陌路

需谨慎为好。

"别这么拒人于千里之外,如果我有坏心,刚刚早就让你被那几个人带走了,哪还跑来救你?你说对不对呢?"陈怀安伸手想抓着她的前臂,沈小雅下意识地往后一甩,力道没掌握好,身体向左一斜,撞到身边一位大叔的身体,大叔捧着花瓶的手一松,直直地往地下掉,咣当一声,刺入耳中,随即沈小雅发出一声尖叫:"啊,好痛……"

沈小雅倒在碎片堆里,嫩白的腿上渗出大片的血迹,看起来触目惊心,陈怀安有些慌神了,连忙将她抱在怀里冲向车子,却阻止不了鲜血湿淋淋地往下滴,一路上她咬住唇瓣,不让痛苦的声音倾泻而出,额头上冷汗直冒。

陈怀安对着保安大喊:"车呢?赶紧开上来!"

保安一看到沈小雅大腿上满是鲜血,急忙说:"我马上去开!"

时间一分一秒地过去,沈小雅忍不住疼痛哼了一声:"痛……"陈怀安紧张地看着她的脸蛋扭曲,轻声哄:"忍忍,我马上带你去医院。"

他索性抱着她跑到了马路上拦了一辆出租车,连忙赶往医院。

好在沈小雅伤的只是皮肉,不是伤筋动骨的大毛病,护士给她清理了下伤口,便包扎起来,却急得陈怀安哇哇大叫,对着专科医生大吼大叫:"就这样就完了?你们有没有医德,她流了好多的血!"

陈怀安想到出租车的后座椅上染上的大片的血渍,以及他手上全都是血迹,不禁心有余悸,上了年纪的专科医生推了推老花眼镜，一脸不满地说："你是医生还是我是医生？她这个只是玻璃片扎肉里了，所以才会流这么多血。"

沈小雅听到门外陈怀安和医生的对话，微微蹙眉，他究竟是敌是友？鼻子里充斥着属于医院的消毒水味道，嘴角勾起一抹苦笑，她跟医院实在太有缘分，不停地转悠着，是不是应该去拜拜菩萨。

陈怀安一踏进病房就看见她在笑着，犹不知这抹笑容背后是由多少无奈组成的。"亏你还笑得出来，都见血了！云云要是知道了，肯定会拿刀砍死我的。"

沈小雅听到蓝顾云的名字，心中一凛，脸色登时沉下，陈怀安坐到她床铺上，叽里呱啦地继续念着："我发现你这人不像是传说中的害羞内敛，倒是一股子小牛蛮冲的脾气，你是金牛座的吧？"

她听到他这么无厘头的一句话，扑哧一声笑了出来："陈经理，想不到你倒是挺风趣幽默的，难道你是双子座的？"

"沈小雅小姐，容许我自我介绍下，我叫陈怀安，别陈经理陈经理这么叫，怪生疏的。"陈怀安纠正她的说法。

他让沈小雅想到一个人，李萌萌，两人颇有异曲同工之妙，都是彻头彻尾的双面人，不同之处在于她和李萌萌打小一起长大，小心思可一猜就透，而他则是玩世不恭的外表下隐藏着一颗老狐狸的心，她到现在都搞不懂，上一秒还在想尽办法劝她放弃沈氏股份的人，下一秒居然能在巴菲娱乐城救她，并且跟她谈得如此和谐。

巴菲娱乐城吗？她睫毛一垂，眼中闪过明了，这是属于艾米财团旗下的娱乐城，看来他的出现倒不是意外，却也在情理之中："嗯，我累了，今天谢谢你的照顾。"

第三章　若你我已成陌路

面对沈小雅忽如其来的逐客令，陈怀安摊手："好吧，你好好休息，明天我再来看你。"

艾米财团办公大楼上，灯光被熄灭，一根针掉到地上都可以听到声音，月光照射到光洁的白色瓷砖板上，显得静谧而又幽暗。副总裁办公室的大门微开，里面竟有一丝丝亮光从罅隙里透出，柔软的米色地毯上，蓝顾云面色潮红，神情颓废地坐着，旁边满是倒在地上的啤酒罐子，刺啦一声，他又拿了一罐，一打开就闭眼猛地灌入，喉结不停地上下浮动，"哈……"没过几分钟，一罐子啤酒倾数下肚，手劲微微加重，将罐子捏成扭曲状，狠狠地往墙上扔去。

头靠在墙边，脑海里浮现沈小雅决然的神情，仿佛在他的心上放了一把刀不停地厮磨绞痛，手机不停地响个没完没了，他装作没有听到，就像是一只受伤的狮子正在独自疗伤。

李叔和顾优一同进门，就看见蓝顾云这副要死不活的模样，李叔担忧地走到蓝顾云的身边，扶着他的身子："蓝总，你没事吧？打你电话都不接，我还以为你出了什么大事！"

蓝顾云一把甩开了李叔的手："别管我！你们该干吗干吗去！别在这里碍眼！"

顾优给李叔使了个眼色，一脸无辜地娇声说："大哥，我都找到一些眉目了，本来想跟你分享的，既然你都这么不在意，那我们就走了。"

倏地，蓝顾云的眼睛睁开，眼珠子通红，一把抓住了顾优纤细的胳膊："什么眉目？你找到了什么？"

顾优对李叔点点头，李叔立马明白，动手将满身酒气的蓝顾云扛到了沙发上，随即顾优站在蓝顾云的面前说："我几次三番去找汪叔都吃了闭门羹，他总是说往事不堪回首，不想再提了。没办法只能跟文章两人使出苦肉计，才从他的嘴巴里撬出一点消息。原来汪叔、沈万豪和陆远山三个人曾经是铁哥们儿，妈与陆远山相恋以后，才认识了汪叔和沈万豪，汪叔却爱上了妈，却又不断地徘徊在兄弟情谊上，只能隐藏他的爱意，默默地对妈好。Lix的画是他送给妈的生日礼物，后来妈和陆远山产生了误会，两人被迫分开，汪叔想再续前缘，可是妈却消失得无影无踪，直到几年前，在艾米财团的慈善捐款活动上，汪叔才找到了妈，却发现妈已经变了好多，不再是当年的蓝艾米，汪叔就说了这些，他是刻意隐瞒了妈和陆远山的曾经，以及和沈万豪之间的恩怨，不过文章还在想尽办法找，需要些时间。"

蓝顾云视线呆滞地盯着木质办公桌，他记得是在几年前遇见的汪国，当时汪国对他一见如故，特别疼爱他，只不过他的性子一向冷，倒是没有特别在意这些事："也许，我可以去查查看，汪伯伯对我还不错，应该还会多说一些关于当年的事。"

"也行，这边就交给你，那我和文章去探探陆家的事，毕竟陆远山是他姨丈，希望能找到一些蛛丝马迹。"

"他原谅你了？"忽然，蓝顾云冒出这么一句话，顾优叹了一口气点点头，眼眸中闪烁着无奈："为了取得他的谅解，我可吃了不少的苦头。"

"不知道她什么时候会原谅我……"

陈怀安走出医院大门，站在昏暗的路灯下，从兜里抽出一根高档香烟，却惊讶地发现裤子上血迹斑斑，应该是刚刚留下的，难怪这个叫沈小雅的女人叫姨妈这么头疼，连他都有些招架不住她晴转多云的情绪。

第三章 若你我已成陌路

双手夹烟,烟圈在空气中渐隐消散,他眼神迷离地瞅着正前方花圃里娇艳的花蕊,仿佛看见了一位身着白纱裙的妙龄少女在冲着他笑,笑颜如花,但却看不清她的面容,只有浅浅的轮廓。忽然,他口袋里的手机振动,拿出来一看,重重叹了一口气,将烟头扔到了地上,脚踩熄灭,咳嗽了一声:"喂,姨妈怎么了?"

"沈氏的事情你盯紧点,一定要绝了沈小雅的念头。这女孩看起来傻乎乎的,我看没这么简单,你得提防着,虽然势在必得,不过也得小心为上。"

"好了,我知道了!绝对没问题,沈氏就是你囊中之物,陆家那边你好好想想怎么对付他们。"陈怀安说了一句,蓝母继续说:"那我就放心了,你留意下你表哥,以防他做出什么事。"

陈怀安沉默了一下:"云云表哥那边倒是没事,他固然聪明,但是现在一门心思扑在沈小雅身上,完全被感情冲昏头脑了,应该不会出什么问题。"他很能理解蓝顾云的处境,因为当年他也是这么过来的,比起来蓝顾云已经幸运多了,起码沈小雅也是出身好,可以被认可的,而她……唉……

蓝顾云发现汪国是铁了心不说当年的事,连他都拒之门外,不管他怎么追问,嘴巴就像是上了一道防盗锁,怎么都撬不开,还叫保姆把他请出去。在汪家铁锁门门口,他傻乎乎地站了一会儿,深感无奈地驱车离去。

汪国站在二楼的阳台上,手中端着一杯西湖龙井茶,一双利眼一眨不眨地看着蓝顾云车子离去的方向,嘴角不禁勾起一抹苦笑。现在的情况混乱得可以,一群人都在为了自己的利益而拼命,谁设计谁,谁都猜测不出来,打从陆家的合同被撤下,他就已经不能自扫门前雪了,现在的情势难分,蓝小子如此轻举妄动，确实是不智之举。

蓝顾云手握方向盘，思绪一片凌乱，就在他的车子在红绿灯停下的时候，手机响起，他接起电话："喂？"

那边传来柔柔的声音："蓝大哥，我是芙雅。"

蓝顾云听到郑芙雅的声音不禁微微蹙眉："有什么事吗？"

"蓝大哥，听说沈伯伯住进医院了，你能跟我一起去看看他吗？我觉得之前做了好多错事，伤害小雅和沈家挺多的，心里觉得非常过意不去，想去医院看看沈伯伯，毕竟他曾经对我这么好，但是我一个人不敢去，你可以跟我一起去吗？"

听到郑芙雅说得这么诚恳，蓝顾云便一口应允，况且他也想去看看沈父，一方面是探望他的病情，而另外一方面则是想打听上一代的恩怨，既然汪国那里无从入手，那么沈父这边兴许是可以探得一些消息，沈小雅的事情已经让他非常头疼了。

无论他怎么打她电话，她都不接。他每天都会发一些短消息给她，都是一些琐碎的小事情，比如说：你吃了没？我今天吃的是三里屯的山粉糊。你晚饭在哪儿吃？我在办公楼里。看到一些东西有感而发，也会给她发送消息，好像都是他一个人在自言自语，令他非常怀疑她手机换号了，不过，每次拨通电话被挂掉，就令他稍稍安心。不过，无论她回不回消息，他总是会每天给她发消息，抑或他自己也渐渐习惯了。

拥有的时候，从未去珍惜她的聒噪，直到失去之后，才渐渐明白，那是一种幸福。

郑芙雅一见到蓝顾云的黑色BMW车，便笑吟吟地坐上去，蓝顾云斜视她一眼，粗粗一略，无视她精心打扮过的模样，这让原本精神奕奕的郑芙雅有些挫败。

第三章　若你我已成陌路

　　两个人在车子里一言不发，偶尔郑芙雅会找一些话题跟他聊，却被蓝顾云的冷脸给冻住，要不他就是不作声，要不就是以单字结束对话。

　　蓝顾云将车子停好，就与郑芙雅一同去一楼咨询处询问沈父住在哪个病房。两人进入电梯内，按下四楼的按钮。电梯门缓缓阖上，郑芙雅的脸上闪过愧疚，以及一抹难以言喻的失望。同一时间，另一电梯门打开，陆子鸣满脸惊慌失措地从里面走出来，一只手扶着电梯内墙壁，满脸冷汗缓缓滑下，走出电梯后，由于地面打扫得过于光滑，他险些摔倒，一位身体微胖的清洁阿姨担心地说："小伙子，你没事吧？"

　　陆子鸣害怕地瞅了她一眼，身体抖得就跟秋天的落叶，一句话都不说，朝外面跑去。

　　清洁阿姨嘟囔道："现在的年轻人，怎么都这么毛毛躁躁？"

　　蓝顾云在前急步走着，敲了敲房门，见里面没人答应，伸手轻轻地推了下冰凉的金属把手，没想到门压根就没阖上，就这样被打开了，里面黑蒙蒙一片，窗帘已被拉上，不见一丝光线透进来，蓝顾云四处张望："沈叔叔？你在吗？"

　　见没人回答，不禁在嘴里喃喃自语："难道搬到别的病房去了？"

　　大步走向窗边，一把拉开白色窗帘，阳光迅速刺透进来，惹得他将眼一遮，待慢慢适应后，才将手拿开，看见沈父静静地躺在病床上，毫无声息！

　　当下他心中有不好的预感，手指颤抖地探了下他的鼻息，踉跄地往后退了几步，不可置信地喊："沈叔叔，你怎么了？你说句话？你……"

他迅速地按下医院的紧急按钮,而就在此时,沈小雅站在门口,一脸震惊地看着他,又缓缓地望着沈父,快步走到他的病床前,抖着娇弱的身子,将手探向他的鼻翼,眼泪滚落而下,边哭边喊:"爸,您怎么了?"

"您睡着了吗?你起来看看我,好吗?爸……不可能的!绝对不可能!"沈小雅激动地抓着蓝顾云的白色衬衫,扭成一团,面目狰狞:"你刚刚做了什么?你对我爸做了什么?蓝顾云,我恨死你了!你究竟还想做什么?"

蓝顾云一把抓住她肩胛:"你冷静点好不好!"

"我爸都这样了!你还让我怎么冷静,你这个杀人凶手!"沈小雅像是一只发狂的泼猫,不停地往蓝顾云身上扑去。

几个护士匆匆忙忙地赶到病房内,就看见沈小雅抓狂地往蓝顾云身上扑。两个护士连忙将他们拉开,沈小雅早已哭成泪人,蓝顾云的白色衬衫被她折腾得不成形,上面沾染了一堆泪渍。他不舍地看着沈小雅,心如刀绞。

一个护士探了沈父的鼻息,又摸了下他的心脏部位,小声地跟为首的护士轻声说了几句,过了会儿几个护士面面相觑,立马驱离沈小雅和蓝顾云:"病人马上要抢救,你们都出去。"

沈小雅颓然地倒在椅子上,双眼直勾勾地盯着红色的急救灯,蓝顾云满脸担忧地过来搂住她:"没事的。"

这会儿沈小雅倒也没推开他,只是静静地让他拥住,兴许她也知道,怎么做都无济于事,只能暗自祈祷爸爸能够好起来,想到这里,她闭眼靠在他结实的胸膛上,泪水缓缓地流出。

好不容易等她腿无大碍的时候,准备来看爸爸,居然就撞到了这一幕,这是造化弄人吗?她天天看着蓝顾云的短信,不停地挂断他的骚扰电话,原本坚决的恨意,被折腾得摇摆不定,没想

第三章　若你我已成陌路

到他又给她重重一击，将她原本就已经千疮百孔的心，再狠狠地捏碎，流出汩汩鲜血。

她是活该欠他的吗？

蓝顾云抵着她的小脑袋，轻柔地抚摸着她的发丝，嗅着属于她的味道。

郑芙雅手里拿着两瓶矿泉水走了过来，看见蓝顾云拥抱着沈小雅，心里颇不是滋味，原本只是听说而已，现在亲眼见到，令她的心底不断地冒酸水。他眼神温柔如水，这是她从未看见过的，她一直觉得他都是冷冰冰的，没有任何的喜怒哀乐。

小手捏着矿泉水瓶的力道加重，眼神里充斥着嫉妒，一口闷气憋得她无法呼吸，她一直以为只要在他身边不停地转悠，他总有一天会看到她，从大学她就一直迷恋他到现在，为他可以放弃一切，只要他能够回头看她一眼，为什么是沈小雅？他们才认识多久？更重要的在于她样样都不如她，凭什么能够博得他的爱？

她平复了内心的躁动，面带微笑地走上前去："蓝大哥，我去楼下买了瓶水。咦，小雅也在啊？"

听到熟悉柔弱的女声，沈小雅猛地抬起头，就对上了郑芙雅带着笑意的眼眸，她的眼中闪过诧异以及不可思议，郑芙雅怎么会出现在这里？她的大脑一下子刷白，不明所以地瞅着她，蓝顾云也盯着郑芙雅，难道她是故意的？在心里埋下了个问号，她不是一直在帮蓝母的吗？如果沈父的事情跟她有关系，那她绝对不是在帮蓝母这边，因为一旦沈家出了大事，沈小雅势必更加咬着股份不放，依她的性格，很有可能拼死背水一战。

郑芙雅被蓝顾云看得心里发毛，心中暗忖他不会发现了什么，手指不禁微微颤抖，脸上仍旧僵笑："是这样的，蓝大哥是我大学学长，他人特别好，而且功课在班上都是数一数二的，毕业之后，我就到了他们家公司蓝图杂志社工作。"

蓝图是蓝顾云的公司？没准郑芙雅和他们还是一伙的，不然怎么会无缘无故出现在这里？

沈小雅不可置信地扭头看他一眼，蓝顾云想伸手握住她的手，却被她一把甩开。她垂头不语，全身冰冷，按着心脏位置，感受着跳跃，好像有一双黑色的手，正在慢慢收紧，让她疼得死去活来，终于体会到什么叫钻心般撕痛。

郑芙雅还想继续说些什么："小雅……"蓝顾云火冒三丈地站了起来，呵斥："够了！你走吧，小雅她不想看见你，沈叔叔现在正在抢救中，你要还有良心的话，就别在这了。"

蓝顾云严厉的话语，惹得郑芙雅眼眶湿红，吸了吸鼻子："好，我走。"

就在她转身的那一刻，她的眼眸中充满了恨意，仿佛想要将眼前的东西摧毁掉，十指紧捏矿泉水瓶，走到拐角的垃圾桶旁，气恼地扔进桶内。

"你也走吧。"沈小雅无力地说道。蓝顾云上前坚定地看着她："我不走，我陪你。"

沈小雅嘴角勾起一抹苦笑，眼神迷茫地看着白炽灯："走吧，我不需要你了，忘了过去吧，从今往后，你我再无瓜葛。"

蓝顾云呆若木鸡，没想到沈小雅会这么说，抓着她冰冷的小手："你听我解释，我是被冤枉的，我到的时候沈叔叔就已经这样了……我……"

"可是我累了，不想再继续，我觉得好辛苦好累好难受。有时候，我也会想我们能不能回到过去，可是一次次的事情让我措手不及，时时刻刻都在提醒我，已经回不去了，你不是那个静安古楼的老板，而我也不是那个逃婚的可怜虫。有句话说得非常

第三章　若你我已成陌路

好，相濡以沫不如相忘于江湖，曾经拥有过就好，现在我也不想再去奢望什么，只求安心地过好每一天就好。是安心，你懂吗？有家有爸妈有饭吃，一家人和和睦睦就好。"

沈小雅的话等于给他们的感情判了死刑。蓝顾云的黑眸直直地瞅着她虚弱的脸庞，当初在静安古楼遇见她的时候，就是一个无忧无虑的傻女孩，什么事情都莽莽撞撞，只知道按照自己的喜好走，她现在的样子仿佛苍老了十岁，人也越发世故，他不想要这样，可是却阻止不了。他攥紧拳头："不管怎么样，我永远不会放弃你。"

沈小雅的心底有一股暖意缓缓流过，她不禁暗自骂自己，真的太没用了！居然还会对这些话产生期望，希望有一天时光能够回溯重返过去，有可能吗？她不禁嘲讽地笑了出来，看得蓝顾云直皱眉，他不希望她变成这样。

他猛地上前去抱住她的身子，吻上她冰冷的唇瓣。沈小雅一下子没缓过神来，似乎没有料到蓝顾云会在大庭广众之下做出这种事情，他的气息充斥着她的鼻尖，让她沉迷于其中，不过这回意志力战胜了意乱情迷，沈小雅咬了他一口，蓝顾云猛地分开："唔……"

他吃痛地捂着嘴巴，沈小雅气恼地看了他一眼："色狼！"

蓝顾云倒也不发怒，嘴里吐出惊人之语："我也就对你色而已，你应该拿着鞭炮出去庆祝一下。"

沈小雅怒目圆睁，一双圆溜溜的眼睛煞是可爱，惹得蓝顾云宠溺一笑，她嘴里喃喃着："有病！"

"对，我是有病，你有药？你能医？"

"神经病！"

"神经病都是为了你得的，心病还须心药医。"

"你你你……流氓……"

"你不是就喜欢我流氓吗?"

两人一来二往地PK着,沈小雅被他堵得一句话都说不出来,索性翻脸不理,蓝顾云不禁讪笑着,伸手将她揽进自己的怀里,刚开始她不停地挣扎着,后来就随他去了,反正也拗不过他,蓝顾云见她心情变得好多了,稍稍安心了。

就在打闹之际,急救灯灭了,他俩立马站起身来,看着穿白大褂的医生走出来,沈小雅急忙问:"怎么样了?我爸是不是好了?"

医生闭眼摇摇头:"准备后事吧。"

沈小雅一下子傻愣在那里,久久不能回神,沈父跟她玩手影游戏的模样依稀就在昨日,他总是慈爱地看着她,要把她保护在他的羽翼下,不让她受到任何伤害。

"你看,一只小兔子正在蹦蹦跳跳。"

"又一只小兔子出来了,这是小兔宝宝。"

……怎么会这样?不可能的!她不相信!沈小雅揪着蓝顾云的衬衫,神色慌张地说:"不可能的对不对!他是在骗我的对不对?爸爸怎么可能会走?他答应过要陪我的,他不会轻易离开我的,他不会的……不会的……我不相信……啊……"

蓝顾云将她紧紧地搂在怀里,轻轻地拍着她的肩膀,柔声说:"乖!沈叔叔肯定是去天堂了,听说那里没有纷争,没有算计,也没有烦恼,每一个人都相处融洽,每天都是笑眯眯的,他在那里会开心的。"

沈小雅不知道那天是怎么过来的,只记得自己哭得撕心裂肺,仿佛天崩地裂了一般,特别是看到爸爸紧闭双眼静静地躺在

第三章　若你我已成陌路

床上，她感到置身于冰窖之中，冷得连脚指头都蜷起来，眼前一片黑暗直至昏厥，模糊之中好像看见蓝顾云慌张的模样。她想就此沉浸于那片幽黑中，不想再面对是是非非。

不过事与愿违，两天后她依旧醒来，只不过不愿意再说一句话，只会呆呆地远望花花草草，不知道在看些什么。

在沈父的葬礼上，沈小雅就像是一个木头人一样站在那里，周围宾客来来往往，她视若无睹。沈父躺在透明棺材里，四肢冰凉，仿佛正在安详地沉睡。玻璃上面放着沈父平日最爱吃的粽子。沈母哭得泣不成声，满脸泪水："你怎么就这么走了？留下我们俩可怎么是好啊？"

陆母眼角含泪地拥着沈母："以后我们陆家也会好好照顾你们的。"陆父连忙点点头："万豪是我的好兄弟，只要能帮到的一定帮。"

沈小雅嗤笑地走到一个花圈面前，拨弄着上面的纸花，陆氏地产也岌岌可危，还能帮到沈家什么？她不能看到沈父现在的模样，生怕忍不住又泪流不止，她必须要学会坚强，不能再懦弱下去，只怕今天之后，债主会纷纷上门，令她不禁咬唇，无论怎么样，都不可以被打败。

沈小雅看着爸爸的身体被推进火化炉火化，顿时，她的心已千疮百孔，像是过去的回忆都一同被烧毁了。人为什么要死亡？她痛得难以自拔，连呼吸都感到困难。

沈小雅将爸爸的骨灰葬于新区的公墓，那边花朵茂盛，环境静幽。沈小雅的手颤抖地抚上"沈万豪之墓"这几个字，她到现在都不敢相信这一切是真真切切地发生了，脑子里总是幻想着他会不会有一天会回来。然而真相让她心碎绝望。她轻声喃喃道：

"爸爸，放心吧，就算毁了我，也要保住你的心血，不让沈家毁于一旦。"

仪式结束以后，沈小雅独自一个人走向马路，蓝顾云的车子早已在那等候多时，她一坐上车，蓝顾云紧张地瞅着她苍白的脸颊，不舍地伸手抚摸："是不是不舒服？你最近老是无缘无故晕倒，要不要去医院看看？"

沈小雅一言不发地别过头看着玻璃窗，痴痴傻傻地盯着马路上的几个小萝莉，有一个梳着五股辫笑靥如花的女孩，正美滋滋地吃着手上的冰糖葫芦，蓝顾云顺着她的视线看去，嘴角勾起一抹笑："这么喜欢小孩，我们以后可以生一个？"

沈小雅仍旧一句话都没说，这让蓝顾云有些沮丧，自打她醒来以后，就像是一个任人摆布的洋娃娃，毫无一丝生气。要不是怕被沈母轰出来，他刚刚真的想陪她一起进去。他好担心她，虽然他无法阻拦这一切事情的发生，但他会一直陪着她，不管遇到什么事都会。

一到蓝顾云的公寓楼里，他急急忙忙地问她："你要吃什么吗？我给你做，还是点外卖？"沈小雅一言不发地坐在沙发上，低头瞅着一朵朵五彩斑斓的小花，蓝顾云知道她喜欢各式各样的小花朵，所以特意换上的。

她眼眸中闪过一抹精光，猛地抬起头望着他，蓝顾云被她看得有些不明所以，忽然，她站起身子，一双柔若无骨的纤手钩上他的脖子，吐气如兰，她的脸蛋缓缓地靠近他，感受着彼此的气息在四周围绕，蓝顾云忍不住吻上她柔嫩的嘴唇。

沈小雅的小脑袋蹭了蹭他的胸膛，一只小手在他的胸膛打圈圈，声音略带委屈地说："我怕……"

第三章 若你我已成陌路

蓝顾云抬起她脸,让两人对视,"怕什么?"她瘪了瘪小嘴巴,一脸哭丧地说:"爸爸走了,家里只剩下妈和我,沈家为了豪宅项目借了高额的贷款,过几天追债的人肯定会过来,我都不知道该怎么办。"

沈小雅说到这里,眼泪止不住地流下来,蓝顾云怜惜地吻上她一颗颗泪珠:"乖,不怕,我记得沈氏的那几个追债的人跟艾米财团有合作,我让他们卖给我一个人情。"

"那以后呢?以后怎么办?"沈小雅激动地在他脖间低低哭泣,蓝顾云轻声哄她:"以后的事情我们从长计议。"

她低头失神地点点头。

Part3

"我也想地老天荒,像从没爱过一样,那种天真很早就遗忘。"

我爱你,我恨你。

清晨,沈小雅从睡梦中醒来,看着身旁的蓝顾云熟睡的模样,俊朗的五官不似平时冷漠,清晰可见修长的睫毛,沈小雅起身掖好被角,轻轻地拿起桌子上的手机,悄悄地溜进厕所。

本想打电话,却又在拨出去那一刻挂断,随即发了一条短信给陆子鸣:明天下午三点,老地方见。发完之后呼了一口气,将手机发信息记录给删掉。她必须得借由蓝顾云拖住债主,才有时间缓住沈家的债务,只不过下一步该怎么走,还特别难定,唯一可预知的是陆家跟沈家都遭遇了艾米财团的设计，所以两家联手应该还有扭转的机会。

想到这里沈小雅不禁紧握拳头，蓝家做了这么多对不起沈家的事，她不会轻易罢手的，绝对不会。

"小雅，你在里面吗？"

沈小雅听到敲门声，拳头微微松开，对着镜子笑笑："嗯，我在里面，你等等……"

陆子鸣收到短信后，感到极为诧异，却也赶往惠安高中的食堂等她。

惠安高中是A市数一数二的知名高中，就读于此校的学生大多数都会出国留学或者就读于国内名牌大学。沈小雅算是走了好运，刚好卡在分数线上，才进来的。

校内一共有十二个食堂，沈小雅特别喜欢这家餐厅的糖醋鱼。她总说她喜欢吃甜的酸的东西，所以如果他早些下课就会跑到这里给她排长队买，每次看到她吃得美滋滋的模样，他便感到十分满足。

他坐在当年的食堂里，看着一排排熟悉的蓝色塑料椅子，来来往往的高中男生、女生，心中一乐，一个女孩排队排累了，就对着男生说："我好累。"男生体贴地冲她一笑："累了就去休息。"女孩悄声地说："不要，盛菜的大妈脾气很坏，你又不懂怎么凶，等下给她欺负了怎么办？"

陆子鸣看到这幅场景不禁怀念起当年，沈小雅那怕事的性格，这个也不敢说那个也不敢说，有一次她明明点的是鱼香茄子，那大妈非说是鱼香肉丝，她也没有办法，只能闷着气端走倒掉。

第三章　若你我已成陌路

　　沈小雅的性格因子里有懦弱却带着坚韧不拔的偏执，就好像是水滴石穿这个词的水滴，看似柔弱无用，待时机成熟以后必有一番作为。他一直都对她这么说，但她从来都认为自己是个做什么都做不好的人，自卑心过于严重，或许是沈母多年给予的压力，恨铁不成钢。

　　陆子鸣眼尖地看见老远稳步走来的沈小雅，穿着一件无袖黑色的贴身裙，脚上是一双高跟漆皮单鞋，锁骨位置镶嵌着几颗玻璃石，在阳光的照耀下，熠熠生辉，就是脖子上突兀的黑色丝巾令人有些丈二和尚摸不着头脑，身侧来来往往的高中生，时有几个停下来瞅她的，脸上露出惊艳的神情。

　　他看着她走来，就像是当年他在食堂等她一般，只不过那时候，她是一双简单的帆布鞋和T恤，脸上带着灿烂的笑容，而今则是这番面貌，不觉感到时光匆匆，苍老了人的年华和外貌，早已今非昔比。

　　就在他晃神之际，沈小雅已走到他的跟前，缓缓地坐下："等了很久吧？"

　　陆子鸣摇摇头："没……没有……"视线停留在丝巾上打量，沈小雅惊觉他目光所投射位置，双颊飞上一抹淡淡的红晕，轻轻咳嗽一声："看什么呢？摆正你的视线。"

　　这句话让他急急收回视线，立马转移话题："你要喝些什么东西吗？还是要吃饭？"沈小雅笑着摆摆手："不用了，我已经吃过了，不然你去拿些吃的，我去买点果汁就好。"

　　"我也吃过了，我去买果汁吧。"陆子鸣立马站起身快步走到食堂的小卖部拿了两瓶果粒橙，沈小雅沉着脸看着他的背影，心里忍不住打鼓，按照陆子鸣的性格来说，应当是会同意她的建议。

"我记得你喜欢喝这个！"陆子鸣递了一瓶给沈小雅，她接过后淡然一笑搁在一旁："我今天找你来是有事情跟你商量的，之所以选在这里是希望你能够顾念旧情。现在沈、陆两家情况非常危急，我希望两家能够联手对付艾米财团。"

"我觉得你说得非常正确，我也是这么想的。只不过艾米财团不是泛泛之辈，我们联手后必须得想个法子，你应该知道沈氏和陆氏地产的股票大跌吧？这对我们造成了巨大的影响，必须挽回这些，才能够力挽狂澜。"陆子鸣的话，令沈小雅眉头一皱，他说的的确没错，只不过现在大家都束手无策！

陆子鸣看出了沈小雅的困窘，连忙说了一句："我倒是有个办法……"

他富有深意地看了她一眼，沈小雅急忙问："你有什么办法？"

"之前关于沈、陆两家的联姻闹得沸沸扬扬，以及两家准备启动的豪宅项目都让我们的股市大涨，只不过后来虽然没有成功，但是我们可以借鉴这个，继续联姻，对外宣称合并成一个公司，并力推新的项目。虽然沈氏已经处于空虚状态了，但是合并成新公司，应该还是没有问题的。"

"什么新项目？"沈小雅波澜不惊地问，她很明白陆子鸣的意思，就是让她再次嫁给他，两家被艾米财团打得虚脱的公司进行合资，投资一个新项目，以此赢利。

"华中土建工程承包。"

陆子鸣的这句话一下子把沈小雅给震愣了："陆氏不是没有谈成功吗？已签给了艾米财团了。"

陆子鸣眸光一闪，嘴角染上一抹苦涩的笑容，"对，上次是我大意，才输给他们的，不过华中已经在政府那儿拿下华南的地皮，

第三章 若你我已成陌路

正准备新建豪宅,也就是我们之前准备合作的项目,这次他们是大手笔的,我想由我们的新公司进行承包,这回我绝对不会被艾米财团给抢走先机,之前那只是小菜,而现在才是真正的主菜。"

沈小雅感到头昏,用手轻轻抚摸额头,无力地说:"如果这次失败呢?那我们可就一无所有了,是真的要流落街头的呀。"按照情况来分析,如果沈氏单枪匹马竞争,肯定是以卵击石,本来想让陆家一起,不过陆子鸣提出的这个风险实在太大,一个不小心就会倾家荡产,往后退一步说,本来沈家拥有的40%的股份是可以变卖给艾米财团的,这么一整可能就完全没了。

"这个主要看你怎么选择,是背水一战还是举手投降。"陆子鸣双眸直勾勾地盯着她,"你就甘心让你爸这么白白走了吗?这一切都是艾米财团害的,如果不是他们,我们根本不会落到这个局面!"

这句话刚好戳中沈小雅的心,沈父的死亡仿佛历历在目,令她忍不住闭上双眼,不愿再去想到这些事:"别说了,我回去考虑下,到时候再给你答复。"

陆子鸣又继续说了一句:"小雅,我知道你的情绪,可是我要告诉你,沈伯母现在住在陆家,我妈一直在安慰她,她的心情比你更加糟糕。你要有心的话,就回去看看她。关于联姻的事情,你自己好好考虑下。对,我承认自己也有私心,但是如果你不愿意,我绝对不会勉强你的,这都是为了我们两家的未来,难道你愿意沈伯父的心血付诸东流吗?"

她稳住了自己的心神,转眼朝他一笑:"我明白了,晚上去陆家看妈妈。至于你的提议,我考虑下吧,不会拖很久的,毕竟沈家和陆家也拖不起这个时间。"

陆子鸣看着她离去的背影,一双眼眸冒着一簇异样的火光,他并不是傻子，曾经也拥有过几个女人，纯粹泄欲的，自然明白她脖子上的丝巾代表什么意思，隐约之间还可以看到淡淡的红紫色。蓝顾云的胆子真大，他心心念念保护的女人，不敢有一丝僭越，只限于亲吻，居然被他给夺走了。

沈小雅走在惠安高中的林荫大道上，两旁的大树枝叶茂密，用木头盖成的栅栏里黄色花骨朵开得何其娇艳，底下翠绿的青草生气勃勃地生长，不时有车子来来往往缓慢驶过，毕竟是在校园内，明确规定要限速行驶。

她面色苍白地向前走着，胃里一股翻腾，"呕……"她冲到一棵大树旁，抱着粗壮的树干，猛地吐了出来，仿佛要将今早吃下去的东西都要吐出来，她拿出纸巾一擦，却又抵挡不住胃里的翻滚，没完没了地吐着，刚刚已将胃里的东西吐完，现在只能呕酸水，她难受地靠在大树上，喘着气，看着稠密的树叶渐渐地模糊，一只手敲了敲小脑袋，她最近是怎么了？不是晕倒就是呕吐，难道是因为压力太大了吗？全身虚脱无力，下意识地拨打了蓝顾云的电话："在哪儿？有空过来吗？我不舒服，怕开不回去，能来接我吗？在惠安高中。"

"好，我马上过来，我刚好在这附近谈事情，你等等我……"蓝顾云挂下电话，对汪国说："小雅好像不舒服，我去看看她，下次再来找你。"

"咳咳咳……蓝小子，你们真是越发的甜蜜，羡煞我这孤家寡人。你说的华南地皮，我也觉得给你们做比较恰当，艾米财团的确是有这个实力的。再加上上次合作得比较愉快，回头我跟股东们谈一下，走个形式应该没问题，只不过沈氏那边，你准备怎么办？"

第三章　若你我已成陌路

蓝顾云眼眸中透着犀利："我会带她去美国，远离这一切的纷扰。由我出面收购股份，到时候还是沈小雅的，这样妈那边也好交代，先击败陆氏地产，然后股份再还给小雅。对了，你帮我查下沈叔叔为什么会无缘无故猝死，而且那天十分怪异，窗帘紧闭，郑芙雅怎么会无缘无故找我一起去？不过仔细想想可能是意外，因为她一向忠于我妈，不可能会做出什么事，但是我总觉得有一丝说不出来的古怪。"

汪国靠在藤椅上，一手抽着香烟，气吐云烟："但愿都能完美结束。郑家那丫头人还不错，只不过心思太多了，纯粹是因为过于爱你吧，这个你应该知道，她从来都对你紧追不舍，我也想不出来她会做出什么伤天害理的事。回头我让他们给你查，应该会查出一些蛛丝马迹，这件事令我也感到颇有玄机，怎么会这么巧，按照你的说法，很显然是故意的行为。还有你家丫头经历了这么多事，也不容易，你好好哄哄她，想象得出来她内心要承受多大的压力，况且沈家走到这种地步，很大一部分都是艾米财团所为，她不恨死你就不错了，这是你欠她的，虽然不是你做的，但是跟你也脱不了干系。"

"嗯，我明白，我不会让她再受到任何伤害。"

"好了，我也不留你了，免得她等急了。"汪国笑眯眯地看着他，蓝顾云看了腕表上的时间，连忙说："那我过去了，谢谢汪伯伯的提点。"蓝顾云知道汪国虽然只字不提当年的事情，却对他关照有加，无论任何事都会倾尽全力帮他。

沈小雅仰着头靠在木椅上，脑子有一阵没一阵地晕眩，闭上眼睛依旧感觉到阳光的光芒，细细碎碎地淋在身上。忽然，好像有一个人影在她头上，缓缓地睁开眼睛："你来了？"

蓝顾云紧张地坐到她的身侧，伸手探探她的额头，忍不住蹙眉，"你最近身体状态不是很好，要不要去医院看看？"

"不要，不想去。"沈小雅靠在他的身上，感受他所散发出来的安稳感，就像是小鹿斑比一样，"自打爸走了以后，我看见医院都觉得害怕。"

午夜梦回之际，她时常惶惧不安。一大片白色的云雾笼罩着的医院，朦朦胧胧得看不到前方的路途，她紧张地四处张望，却怎么都看不清楚，过了一会儿，沈父出现了，他一动不动地躺在病床上，她想跑过去，可是身体仿佛被凝固住了，怎么也动不了，只能眼睁睁地看着沈父消失在眼前。

蓝顾云轻吻她的发梢，一只手温柔地梳理着她散落的碎发别到耳后，轻哄："好好好，不去就别去了，你怎么会想到来这里？"心中琢磨着要不要请私人医生到家里来看看。

"这是我的高中，我想过来看看。"沈小雅憨笑地说，蓝顾云怔愣了一会儿："这是你的高中？我怎么不知道。"

资料上从未显示她就读于惠安高中，只是模糊地提到她大学是在纽约就读的，她黯然地低下脑袋，睫毛一敛："我妈觉得我读书太差了，不好意思让媒体知道这些事。我大学还是经过轮番补习之后，再找熟人才能够去美国读书。一直以来我都不是特别聪明的人，只会冲着一件事死磕。"大学期间拼命念书，希望能够达到沈母的要求，直到她双修成功之后，沈母才勉强夸她。不像陆子鸣，他从来都是品学兼优的尖子生，就读于国内知名大学，从来都是金光闪闪的人物。

的确是这样的，沈小雅并未被A市的媒体报道过多，在与陆子鸣的婚宴之后，才渐渐地受到媒体关注："我晚上去看看妈，她去陆家了。"

第三章　若你我已成陌路

蓝顾云眸光一闪，不动声色地说了一句："也是，你都很久没有回去了，什么时候回来？"

沈小雅斜着小脑袋想了会儿，在他耳边轻轻地说："很快，亲亲。"猛地，她吻上他的唇瓣，他嘴角勾起一抹笑意，将她搂得更紧，手轻轻地摸上她如同软滑透明凝乳的脖颈。

不远处，一辆宝马X6缓缓地启动，朝着反方向行驶，陆子鸣的表情狰狞万分，在车上拨了一个电话给郑芙雅："计划加快行动，你注意点。"

"不要，我不想再伤害任何人了，我累了，什么都不想要了。"

"郑芙雅，你喜欢他这么久了，眼睁睁地看着他跟别人走，你愿意吗？还有沈伯伯的事情，你也脱不了干系，你希望他以此怨恨你吗？"

"我……好，我就做到这里，以后我什么都不想做。"

"放心，这一波结束之后，大家都能收获自己想要的。"

Part4

"夜已深，还有什么人，让你这样醒着数伤痕。"

爱情本就是一种沉沦，虽然用无数华丽的辞藻来描述，却仍旧挡不住现实的凌厉。

沈小雅将车子停在了陆宅门口，走到木门侧面的土黄色的石砖上，轻轻按下红色按钮，顿时心如擂鼓，手心微微泛汗，保姆将大红色木门打开,令她一下子回神,脸上挂着一丝僵笑。

保姆笑吟吟地说:"沈太太和大太太在园子里,沈小姐跟我来。"

路过回廊的时候,看着脚下素雅的白色仿古石砖,沈小雅脑子里闪过一道灵光,想到了在静安古楼所看到的那幅画,上面注明是远山,她不禁捂住嘴巴,不会是陆伯伯吧?陆父、沈父年轻的时候都挚爱创作油画,陆父所描绘的图,都是以线条细腻为主的,难道真的有这么巧的事情?那图上的女子隐隐约约有种熟悉感,对了,不就是年轻时候的蓝母吗?

这么说起来的话,她倒是真的想起来,不对,这幅画之前应该不在静安古楼,而是在陆父的藏宝阁里,对,是在那里。

陆宅的藏宝阁其实是一个藏书藏画的地方,上面摆放着各式各样的书籍,从藏书室进去到内阁是藏画室,里面所珍藏的都是各名家的画作,当然也有陆父的作品。还记得那年她只有十二岁的时候,跟陆子鸣误入藏画室,她新奇地拿起这个看看,那个摸摸,各式各样的画框都忍不住上前去捏捏,咯咯地直笑:"这里东西好多,我们也来画画吧。"

语毕,就准备拽着陆子鸣跟她一起在图纸上勾勾画画,就在这时,陆父急匆匆地进来,满脸严肃地告诫他们:"不可以随意动这里任何东西,特别是那幅画。"

一向随和的陆父,一下子变得这么严厉,令他们无所适从,沈小雅模模糊糊地看到一幅一个女人抱着小孩的画,咂咂嘴,点点头,乖巧地拽着陆子鸣走出藏画室,不时回头看见陆父失神地对着油画喃喃自语:"你还好吗?"

天真的沈小雅悄悄地跟陆子鸣说:"陆伯伯怎么了?"陆子鸣嘟嘴,"我爸最喜欢那幅画了,当宝贝一样看待,我妈却特别讨

第三章　若你我已成陌路

厌它，说是要把它扔掉，不过每次都没有成功，因为我爸说要扔掉就连他一起扔掉。所以，我爸爸肯定爱画成痴了，而且是他自己画的，肯定更加喜欢。"

由于时间过去好几年了，再者是小时候的匆匆一睹，她都快忘记了，上次看到的时候都没想起来，这不就是静安古楼的藏画吗？陆父的油画挂在静安古楼？

这两者究竟有什么联系？难道跟沈家和陆家遭遇艾米财团的陷害有关吗？他们究竟发生了什么事？

思绪乱作一团，就在这个时候，保姆已经将她带到了园子里，所见之处皆是大红灯笼高高挂，里面不似当年的蜡烛，早已换成了灯芯。沈母和陆母两人坐在精致的梨花木椅上，陆母优雅地摇着扇子，一见到沈小雅便笑得特温柔："小雅来了，来坐这儿。"

沈小雅四肢僵硬地坐到了椅子上，惴惴不安地看着沈母，颤颤地叫了一句："妈，我……"沈母没好气地看了她一眼，"你还有底气叫我妈，不是早已是跟艾米财团的那些人狼狈为奸了吗？想窃取沈氏的股份，可怜你爸一直蒙在鼓里。"

"我没有……"沈小雅想反驳，陆母接了一句："我能理解小雅的处境，她毕竟是小女孩，很容易被感情冲昏脑子，你责怪她干什么，我们年轻的时候还不是被感情绕得团团转。"

沈小雅感激地看了眼陆母，陆母朝她会心一笑："不过，小雅，我要提醒你，感情的确重要，但是道德底线同样很重要，你不能吃了感情这碗饭就什么都不管不顾了，家比感情更重要。"

"我……"沈小雅低头，沈母立马接了一句："她懂什么啊，她要是懂的话，也不可能跟姓蓝的一起对付我们家了。唉……胳膊肘向外拐啊，你对得起你爸爸吗？"

这句话说得沈小雅瞬间暴怒了:"妈,我要跟蓝家合伙的话,我早就卖了沈氏的股份,还能拖到今天吗?"

"小雅,你妈并不是不相信你,只是我们身处于这样一团乱的环境,难免就看不清。我想现在的情况你也是比较清楚的,沈家和陆家面临着极大的危机,艾米财团就像是掐住了我们的喉咙,它想捏断就捏断,我们只能苟延残喘着,没有任何办法。沈氏是你爸的心血,他这一辈子辛辛苦苦所建立的。沈氏曾经也是一个传奇,五年努力创造了业内传奇。由于他特别讲究诚信二字,在业内风评特别好,慢慢地从承包发展到餐饮和娱乐项目,可以说都是白手起家的,一点一滴地攒起来,非常不容易。我记得有一次,那时候你还没出生,他连续工作了三天累倒,躺在医院里,他清清楚楚地跟远山说,想给你一个好的环境,不想让你跟他一样,什么都没有,遭受旁人的冷眼,你和沈氏都是他最宝贵的东西。"陆母语重心长地对她说道。沈小雅早已哭得跟一个泪人似的,不停地哽咽着。

"爸……他这么不容易。"她从来都不知道这些事,爸爸也没有提及过,打从她一出生就活在无忧无虑的环境里,原来爸爸还有这么一段辛酸的过去。

陆母搭上沈小雅颤抖的肩膀,忍不住眼角含泪,用左手轻轻擦拭:"伯母可以体谅你的无奈,但是你也要想想现在的情况,今非昔比,倘若现在沈氏和陆氏地产一点都没有经济上的危机,你可以要跟谁就跟谁,我们绝对不会阻拦,但是现在沈氏的重担都压在你身上,你要考虑清楚,一个不小心就完了。"

沈母重重地叹了口气,接了一句:"你陆伯母说得对,妈也不是狠心的人,怎么会不考虑你的幸福呢?现在局势这么糟糕,唉……"

第三章 若你我已成陌路

兴许是在撮合他们,他就不信这些年顾清羽不想旧情复燃,只不过都是嘴硬的人,才兜兜转转地越走越远。

沈氏办公大楼里,沈小雅顶着两个黑眼圈在茶水间倒咖啡,顺手打开化妆包里的小镜盒,用指腹轻轻按压,不断地在心中暗忖,再这样下去,她要成国宝级动物熊猫了,只不过这么多的烦心事,怎么可能说不想就不想呢?

来了两三个女职员,看见沈小雅的模样,忍不住上前问:"沈小姐,你怎么了?是不是昨晚没睡好?"

"唉,我们也知道沈氏的情况不好,不过你也别操劳过度,身体比较重要。"

"对呀,身体是革命的本钱,女人就要对自己好一点,其他的都是浮云!"

冲着她们点头微笑,随即端着瓷杯回到办公室,在关上玻璃门的那一霎,她背靠在上面虚弱地干呕,仿佛要将肚子里所有东西都吐出来,可是她早上压根没有吃什么东西,自然也吐不出什么。

身子缓缓往下蹲下,全身累得蜷成一团,静寂的办公室只能听见她虚弱的喘息声,就在这时,一阵敲门声惊得她立即站了起来:"沈小姐,我是王秘书。"

沈小雅匆匆忙忙地站了起来,赶忙拨弄下发丝,清了清喉咙便说:"进来吧。"

秘书缓缓地推开门,就看见沈小雅背对着她,好像在看窗外的怡人景色:"沈小姐,陈经理又来了。"沈小雅听到这句话,险些全身虚软,硬是撑出了一句:"那让他进来吧。"

"还有……工地上的工人情绪不是很稳定,都怕拿不到工资，都在工地上闹，我已经命人先过去稳住了，就怕他们撒手不管了，那我们这个工程也就无法按时完工了。"

"嗯，我知道了，先跟陈经理谈，谈完我去工地看看。"沈小雅勉强稳住心神，从嘴巴里挤出这几个字，顿时觉得肩上压着千斤重担，快要喘不过气来了。

沈小雅坐到了皮椅上，满面愁容地按压太阳穴，她不能自乱阵脚，即使心底的不安就像是梦魇，也不能表现到脸上，不能让公司里的人失去信心，只是还能坚持下去多久？再这样下去，很有可能会宣告破产，看来她要立即做个决定，不能再慢慢吞吞的，沈氏现下的情况也不容许了。

陈怀安面露笑意地走进偌大的办公室，仍旧是一副痞子样，看了不禁令人感叹，这世上怎么会有此等妖孽？好好的一套严肃的西装，穿在他身上总有种古怪的感觉，看来并不是所有人都适合西装。

"陈经理请坐。"沈小雅正色地让陈怀安坐下，只见他眉毛一挑，饶有兴趣地说了一句："你就是这么对待你的救命恩人？"

沈小雅渐渐习惯了他千变万化的个性，自上次她腿伤之后，两个人再无任何交集，兴许是性子问题，她不大喜欢陈怀安的性格，虽然知道他不会做出什么伤天害理的事，但是就是没办法卸下心防，像普通朋友一样好好交谈。

她笑眯眯地说："在公司不谈私事，出了公司的大门，请客吃饭随意，但是现在我们这样的立场，似乎不适合打哈哈，你还是坐好，我们谈谈吧。"

陈怀安打了一个哈欠，面露倦意地靠在椅子上，跷着二郎腿，时而摇晃不停，沈小雅不禁提醒了一句："注意形象。"

第三章　若你我已成陌路

沈小雅泪流满面地盯着前方一个显眼的大红灯笼，四周吸引了许许多多的小蚊虫不断地飞舞着。保姆端着紫砂茶壶慢慢走来，没留神到眼前的一颗小石头，"砰"的一声，茶壶摔在地上，满地尽是碎片。清脆的声音令她浑身一震，霎时，爸爸躺在病床上奄奄一息的模样清晰出现在脑海，她闭眼沉下气息，缓和情绪。

抬眸，就看见陆母柔柔地说："怎么这么不小心，赶紧理好下去。"

近来，她的心变得异常敏感，一点风吹草动都能乱了心神，必须极力将负面情绪控制住，不然她都不知道会爆发成什么样。

"陆伯母，我可以问一件事吗？艾米财团为什么这么对付我们？我们究竟跟他们有什么仇恨？蓝艾米并不是一个无缘无故花费力气乱对付对手公司的人，虽然陆氏跟她有生意上的竞争，单凭这点不构成她会过来陷害我们的动机。"她必须要将事情搞清楚些，不能无厘头地乱撞，这样只会造成更大的误会，蓝顾云口口声声说他是被误会的，可信度也就一半一半，她没有办法完全信任他，因为事实就在眼前，也没有办法完全否认他，因为她还爱着他，她相信他的人品，从来都是勇于承认的，要么就闭嘴不说，从来没有刻意去欺瞒她。

陆母幽幽地叹了一口气，哀伤的眼眸望着不远处的假山："告诉你也没关系，这本来是我们上一代人的恩恩怨怨，不想让你知道，没想到她又回来了，将我们两家人搞成这样。这是你陆伯伯年轻时候的风流韵事，他读大学的时候爱上了蓝艾米，但是那时候他爸爸并不喜欢蓝艾米。一是她并非出身名门，二则是她并不具备陆家需要的商业头脑，没有办法辅助远山处理公司的事。远山为了她离家出走，一起私奔到C市，惹得陆家上下乱成一锅粥,没想到那个女人趁着远山出去工作上班,又勾搭上别人,并且生下一个孩子,远山气得不行,让她离开了。他回家继续接管陆氏,后来就娶了我。可能她心有不甘吧,我记得那天她离开的时候,就说过一定会回来,没想到她真的回来了,而且还想毁了沈、陆两家。"

沈小雅蹙眉听完这段恩怨,没想到蓝艾米跟陆家居然有这么深的羁绊:"不过这跟沈家有什么关系?我们沈家没有招惹她啊。"

沈母黑着一张脸,冷哼了一声:"她还恬不知耻地跑来跟万豪说,要给她作证!你一直知道你爸爸是凭良心做事的,自然不会答应她这种事,她为此怀恨在心,现在就来报复我们了。"

"她怎么可以这样!"沈母的话令沈小雅有些愤愤不平,"明明是她出轨还来报复我们两家,这也太过分了吧!"

陆母疲惫地揉了揉眉心:"你也别太怪她,同样是女人,我明白她的心情,可能她误会我抢了远山,但是远山的的确确是因为她出轨了,悲痛万分跟我在一起的。原本不想让你掺和到上一代的事情里去,只不过现在看来……唉……造化弄人,接下来该怎么走才是最重要的。"

沈小雅沉默了一会儿,点点头。

晚上,她听了陆母的话,便在陆宅里住下。将头靠在柔软的被褥上,天蚕丝空调被盖至小腿,无视竹纤维凉席上的手机不断地在振动。手机振了几次之后,就进入休息状态,她才拿起一看,发现已有十几通未接电话,都是蓝顾云打过来的,心中某个地方迅速下陷,不由自主地发了一条短信回去:刚刚在洗澡,现在我妈的房间里,不能给你回电话,我明天就回来。

第三章　若你我已成陌路

　　几秒后，她就收到了他的回复：好好照顾自己，我还以为你出什么事了，没事就好。

　　看完短信后，她将手机扔至一旁，不由自主地流出眼泪，将头靠在双膝上，眼前一片黑暗，她不想说谎的，心里几千几万个不想，她觉得要被撕扯成两半了，明明知道他是错的人，不应该在一起，却仍旧不由自主地想着他。

　　这一夜，沈小雅翻来覆去就是睡不着觉，脑子里不断地想着所发生的事情，陆子鸣的提议、蓝顾云的感情以及这段恩怨情仇，仿佛一只只小虫子在脑子里啃咬着细胞，沉溺于其中真的好痛苦，嘴里喃喃："爸爸，我该怎么办？该怎么办？怎么办？"

　　此时，陈怀安的私人公寓里灯火通明，蓝顾云坐在欧式长椅上，悠然自得地喝咖啡，一双鹰眼不断地打量着陈怀安，他被蓝顾云看得一身鸡皮疙瘩都冒出来了："云云表哥，不要这么看着我了，我会害羞的。"

　　陈怀安叹了一口气转身往黑色真皮沙发上一靠，大手摸到沙发缝隙间的电视遥控器，一个接一个地换台。蓝顾云嘴角勾起一抹诡谲的笑容，恰巧被陈怀安看见，他立马说了一句："云云，你看我冒了好多的鸡皮疙瘩。"

　　"沈氏的收购一直是你在谈吧？"蓝顾云话锋一转，陈怀安眼眸闪过一丝明了，笑着起身走到蓝顾云的身边，搭着他厚实的肩膀说："看来我云云表哥已经想到了两全其美的办法。"

　　蓝顾云缓缓地将咖啡杯放下，白色的瓷杯上印有几滴咖啡渍："沈氏照样收购，只不过不是给艾米财团，而是给我。"

　　陈怀安不禁蹙眉："你是想给沈氏一条后路吗？"

　　"对，这件事由你去说，毕竟是你在谈这件事的，我想她一定会同意的，毕竟她一定不会希望自己将来的媳妇视她为仇人。"他不便再在这件事情上掺和，已经被误会得洗不清了，再搞下去，沈小雅肯定不会理他了。

"云云，我可以说No吗？你也知道姨妈的性格，虽然她会同意，但是从此之后，肯定会提防着我，怀疑我是你的眼线。"蓝母疑心病很重。

在这种环境下的他们，一言一行都是受到长辈们的关注，甚至是背后的指指点点。

"可以。"蓝顾云轻易的应允让陈怀安蹙眉，"表哥……"

"那我就不告诉你顾清羽的行踪了。"蓝顾云坏心一笑，惹得陈怀安满脸紧张地拽着他的衣角说："你找到她了？她在哪儿？"

"天机不可泄露。"

"云云表哥，我错了！我什么都做！哪怕是上刀山下油锅也在所不辞，只是在临死之前能够让我看她一眼。"陈怀安一脸虔诚地说。

蓝顾云咳嗽了一声："别这样，搞得我好像在欺负你，你把我的事情办好了，自然就告诉你。"

陈怀安瞬间石化，久久不能恢复正常，蓝顾云拿起玻璃桌上的车钥匙，拍了一下他的肩膀，看他完全没有任何反应，嘴角不禁淡淡地笑着，男人啊一遇到爱情就像是二愣子一样。

走出陈怀安的公寓楼，蓝顾云才回想起顾清羽哭丧着脸，千叮咛万嘱咐："你绝对绝对不要跟陈怀安那贱人说我的下落，不然我做鬼都不会放过你的！"

他记得那时候轻轻地哼了一个："嗯"。

这算不算是违背诺言呢？

不算。

第三章 若你我已成陌路

兴许是在撮合他们,他就不信这些年顾清羽不想旧情复燃,只不过都是嘴硬的人,才兜兜转转地越走越远。

沈氏办公大楼里,沈小雅顶着两个黑眼圈在茶水间倒咖啡,顺手打开化妆包里的小镜盒,用指腹轻轻按压,不断地在心中暗忖,再这样下去,她要成国宝级动物熊猫了,只不过这么多的烦心事,怎么可能说不想就不想呢?

来了两三个女职员,看见沈小雅的模样,忍不住上前问:"沈小姐,你怎么了?是不是昨晚没睡好?"

"唉,我们也知道沈氏的情况不好,不过你也别操劳过度,身体比较重要。"

"对呀,身体是革命的本钱,女人就要对自己好一点,其他的都是浮云!"

冲着她们点头微笑,随即端着瓷杯回到办公室,在关上玻璃门的那一霎,她背靠在上面虚弱地干呕,仿佛要将肚子里所有东西都吐出来,可是她早上压根没有吃什么东西,自然也吐不出什么。

身子缓缓往下蹲下,全身累得蜷成一团,静寂的办公室只能听见她虚弱的喘息声,就在这时,一阵敲门声惊得她立即站了起来:"沈小姐,我是王秘书。"

沈小雅匆匆忙忙地站了起来,赶忙拨弄下发丝,清了清喉咙便说:"进来吧。"

秘书缓缓地推开门,就看见沈小雅背对着她,好像在看窗外的怡人景色:"沈小姐,陈经理又来了。"沈小雅听到这句话,险些全身虚软,硬是撑出了一句:"那让他进来吧。"

"还有……工地上的工人情绪不是很稳定,都怕拿不到工资，都在工地上闹，我已经命人先过去稳住了，就怕他们撒手不管了，那我们这个工程也就无法按时完工了。"

"嗯，我知道了，先跟陈经理谈，谈完我去工地看看。"沈小雅勉强稳住心神，从嘴巴里挤出这几个字，顿时觉得肩上压着千斤重担，快要喘不过气来了。

沈小雅坐到了皮椅上，满面愁容地按压太阳穴，她不能自乱阵脚，即使心底的不安就像是梦魇，也不能表现到脸上，不能让公司里的人失去信心，只是还能坚持下去多久？再这样下去，很有可能会宣告破产，看来她要立即做个决定，不能再慢慢吞吞的，沈氏现下的情况也不容许了。

陈怀安面露笑意地走进偌大的办公室，仍旧是一副痞子样，看了不禁令人感叹，这世上怎么会有此等妖孽？好好的一套严肃的西装，穿在他身上总有种古怪的感觉，看来并不是所有人都适合西装。

"陈经理请坐。"沈小雅正色地让陈怀安坐下，只见他眉毛一挑，饶有兴趣地说了一句："你就是这么对待你的救命恩人？"

沈小雅渐渐习惯了他千变万化的个性，自上次她腿伤之后，两个人再无任何交集，兴许是性子问题，她不大喜欢陈怀安的性格，虽然知道他不会做出什么伤天害理的事，但是就是没办法卸下心防，像普通朋友一样好好交谈。

她笑眯眯地说："在公司不谈私事，出了公司的大门，请客吃饭随意，但是现在我们这样的立场，似乎不适合打哈哈，你还是坐好，我们谈谈吧。"

陈怀安打了一个哈欠，面露倦意地靠在椅子上，跷着二郎腿，时而摇晃不停，沈小雅不禁提醒了一句："注意形象。"

第三章　若你我已成陌路

"云云表嫂，我觉得你很像一个人。"陈怀安表情严肃地看了她一眼，搞得沈小雅有些摸不着头脑，只听他继续说，"像一个抛弃我的女人。"

这真的是冥冥之中自有定数吗？沈小雅某些时候的几分神韵，特别像顾清羽。在蓝母一而再再而三的要求下，他并没有听从指示，还是希望她能够将沈氏坚持下去的，不掺杂任何感情。只是特别想念那个女人，想念到她受过的伤害，便不忍再去伤害其他人，昨晚，蓝顾云的出现刚好也解决了他这一阵所烦恼的事。

"……别耍宝了。"从他进来到坐下，压根就没有说一句靠谱的话。

"好吧，还是上次的要求，沈氏已经快撑不下去了，我想你已经没有任何理由拒绝这份合同给你带来的收益吧？明眼人早就知道该怎么去选择，难道你真的想等到沈氏一无所有的时候，才后悔当初没有尽早签了这份合约吗？"

陈怀安从黑色公文包里拿出一份文件，递到沈小雅的面前，她并没有伸手接过，只见面色凝重，轻轻咬着唇瓣，陈怀安顺势一说："你就看看吧，反正又没让你马上签，这里面的条约对你绝对是百利而无一害的。"

他将合同扔到了桌子上，嘴巴勾起一抹笑："反反复复为了这件事纠结也没必要，你爽快点把合同签了，将沈氏这个烂摊子扔给我们，我们负责将你的公司运营起来，你想去哪里玩就去哪里玩，多轻松的一件事，这种事是我梦寐以求的，求都求不来，你要懂得选择。"

沈小雅拿起合约书，面无表情地说："那我先把合约看了，如果觉得都可以的话，自然会让秘书通知你过来，你等我消息吧。"

陈怀安见沈小雅已经开始松口了，心中暗暗雀跃："那我就等大嫂的好结果了。"

待陈怀安走后，沈小雅随意扫了一眼合同上的条款，嘴角勾起一抹冷笑，转身走到垃圾桶旁，将合同撕得粉碎，掌心缓缓摊开，就见小碎片仿佛雪花一样飘洒而下，有几片散落在地毯上。

沈氏是沈父的心血，她是断然不会贸然地送出去，总得要最后一拼，不然她怎么对得起养育多年的沈父。

拨下公司内线，秘书急急地走进来："沈小姐，有什么事吗？"

"工地的情况怎么样了？"沈小雅走到灰色的铁柜旁，脱下黑色高跟单鞋，换上简单舒适的运动鞋，蹲在地上系鞋带。

"还在调解中，可好像没多大效果。"秘书重重叹了一口气。

她慢慢地站起身子，拎起在桌子上的 Gucci 经典渐变色包："我去看看，如果公司有大事的话，就打电话找我。"

"是。"

沈小雅快步走到电梯口，恰好刚开门，迅速挤了进去。秘书推了推眼镜，在心中感叹，公司上上下下都觉得沈小雅不易，刚刚丧父就接管公司里的事，忙得心力交瘁，希望这一切都能够顺利。

沈小雅坐着电梯到达车库，刚从里面出来，就感到身后似乎跟着一个人，不禁心里发怵，迅速扭头一看，陆子鸣双手交叉抱在胸前靠在电梯旁咧嘴对她笑："警惕性倒是提高了不少。"

沈小雅走到他的面前，才缓缓地开口："陆哥哥，这人吓人

第三章　若你我已成陌路

会吓死人的，难道你不知道吗？"

陆子鸣装作听话地点点头："你这丫头越发地伶牙俐齿，我都快接不上了。"

"来找我的吗？我赶着去忙，有什么事吗？"沈小雅想赶紧把陆子鸣弄走，她现在心乱如麻，都不知道该怎么办，要等她把所有的事情理清楚，才能决定接下来该怎么走。

陆子鸣勾起一抹苦笑，心里涩得就像是咬到了一个压根就未成熟的果子："是关于艾米财团收购背后的事，难道你不想听听吗？"

她急急地问："是什么情况？"

陆子鸣摇了摇车钥匙，悄悄地凑到她耳边："这里不宜说话，上车吧，我们慢慢聊。"

陆子鸣的宝马X6迅速消失在车库里，郑芙雅从自己车子里慢慢地走出来。素来喜欢披着头发的她，此时却梳成了一个利落的马尾辫。她左手捏着一个手机，用指尖轻触画面，赫然出现了陆子鸣正在沈小雅耳边说话的那一幕，在相片上所呈现的画面是陆子鸣正在亲吻着沈小雅，而沈小雅则是一脸羞涩。

"对不起，但是为了我的爱情，只能牺牲你了，我会好好爱他的，我真的比你爱他一千倍一万倍，小雅……对不起。"

女人偏执的爱是一种无法自拔的毒，它时时刻刻地渗入到四肢里，麻痹原有的神经，蛊惑着她做一些压根就毫无理性可言的事。

她并不是刻意出现在这里的，原来是想来沈氏探探消息，没想到让她看到了这一幕，灵机一动立马就拍下了照片。

她搜到了蓝顾云的微信，将图片发送给他，嘴里喃喃地念着:"小雅,对不起。"但是她就是不甘心,爱了他这么多年,愿意为了他做任何事情,到头来仍旧是一场空。谁抢走他都无话可说,唯独不能是沈小雅,她只是一个迷糊虫,怎么能配得上蓝顾云。

会议厅里,蓝顾云正听着财务总监在分析这一期的财务报表,手机轻轻振动了下,他以为是沈小雅发的短信,急忙打开一看,是郑芙雅微信传来的图片,顿时眼睛一眯,轻点小图,等待了几分钟,一张沈小雅和陆子鸣亲密的画面出现在眼前。登时,他的脸色黑得吓人,好像想吃人的模样。

财务总监被他的脸色给吓到,忍不住吞咽了几口口水,小心地问:"蓝总,我讲的有什么不对吗?"

蓝顾云看了他一眼,严肃的表情令众人冷气一抽,吐出几个冰冷的字:"继续说!"

财务总监擦了擦脸上的汗,咳嗽了一声,转眼偷觑了下蓝顾云,好像没有刚刚那么生气了,不过,他没有注意到的是蓝顾云的手狠狠地攥成拳头,另一只手迅速将照片删除,然后回了几个字给郑芙雅:我相信她,你不要再做挑拨离间的事了,那样只会让我越来越讨厌你。

"冷气关低些。"沈小雅坐在车子上,冒了一手臂的鸡皮疙瘩,陆子鸣略带诧异地说:"我记得你以前很怕热,最近怎么了?是不是不舒服?"以前沈小雅坐在他的车子里,还哇哇大叫好热好热,非得让他开得特别低,弄得他每次都不得不穿上薄外套。

"可能最近比较累,就怕冷了些,你到底想说些什么?"沈小

第三章　若你我已成陌路

雅蹙眉揉揉眉心。

陆子鸣转向后座，伸手拿起一件白衬衫盖到沈小雅的身上："别着凉了，我也是刚刚才知道的，原来收购沈氏的不是艾米财团，而是蓝顾云本人。"

猛地，她揪住衬衫的一角不可置信地说："你说什么？不可能！"白衬衫与红艳的蔻丹形成了鲜明的对比，被她抓得皱成一团。

"我不会骗你的，不信你去问萌萌，就是他查到的。小雅，不是我要怎么样，而是蓝顾云太咄咄逼人了，他无时无刻不在设计沈、陆两家，你还被蒙在鼓里，什么都不知道。"陆子鸣的话令沈小雅感到一阵晕眩，她直勾勾地盯着他说："我不相信，我要找他问清楚！放我下车！"

"你先别激动，那我问你，如果他真的做了这些事，你要怎么办？"陆子鸣柔声地问。沈小雅沉默了一会儿："该怎么样还得怎么样，这不是我能控制的。我能做到的是在发现这些事之后，尽力地挽回一切，如果没有办法，我又能够怎么样？我忽然发现人很莫名其妙，为什么要做这些看起来无聊的斗争，大家就不能好好地相处吗？赢了又怎么样？输了又会怎么样？到最后还不是一场空。"

陆子鸣将方向盘打了个大转弯，趁着前方没有车子，快速穿过人行道绕道左侧。这时，他才开口："你去跟他问清楚，我不阻拦，免得你又误会我了。人活在这世界上，本就在追逐一些东西，你不想要的，不代表别人不想要，你可能会成为别人的踏脚板，但是慢慢地，你会懂得其中的奥妙，不甘心于一直如此，然后去踩着别人往上爬，有句话说得非常好，只有死鱼才会随波逐流，而活鱼都是在逆流而上。"

车子缓缓地开到了艾米财团的办公大楼下，陆子鸣停下后，沈小雅才惊觉："你怎么开到这里来了？"

"你不是想找他问清楚吗？我带你过来找他。"陆子鸣目光如炬地瞅着她，沈小雅低头沉吟了会儿，慢慢将车门打开，轻声地吐出一句："好。"

她像蜗牛一样往前走，听到了背后传来车子启动的声音，心中暗忖陆子鸣应该走了，走了几步以后，坐到花圃外围的水泥凳上。太阳把水泥凳晒得一阵滚烫，她心中却是冰冷得仿佛在冰窖里一般。

其实陆子鸣说得一点都没错，这人跟人之间不就是如此吗？她拿起手机打了一个电话给蓝顾云，那边传来他阴冷的声音："怎么了？"

"我在你办公楼下，能陪我聊聊吗？"

"嗯，我也想找你聊聊，马上下去。"

挂下电话的那一刻，沈小雅明显感觉到蓝顾云的语气不善，心中越发地气恼，这明明是他的问题，怎么搞得好像是她的错一样。

没过片刻，就看见蓝顾云就从大楼里下来，一身西装衬托出他身材挺拔，他缓缓地走向沈小雅，阳光斜照着他的影子，沈小雅怔怔地看着他的影子来到她的身边。

两个影子合并成一个，缓慢地移动着。

两个人一句话都没有说，朝着不远处的湖边走去，波光粼粼。左侧全是修剪整齐的草坪，几棵老槐树在微风的吹动下，发出了"哗哗哗"的声音，似乎在见证着岁月变迁的痕迹。

空气中荡漾着一丝异样的气氛，沈小雅将两只手放在了围栏

第三章　若你我已成陌路

上，看着远方的湖水，轻呼了一口气:"是不是你要收购沈氏，而不是艾米财团？"

蓝顾云黑眸中闪烁着怒气，铿锵有力地说:"是！"

蓦地，沈小雅转过身脸色难看地看着他，大概是没想到蓝顾云会承认得这么干脆:"你怎么能这么做，我一直都以为是艾米财团要对付沈氏，没想到居然是你。你跟沈氏无冤无仇，为什么要这么做！"

他冷哼一声:"我一直以为全心全意对你，你能够感受到，原来你什么都不懂。"

"你的全心全意就是收购沈氏对吗？你把我当傻子了吗？"沈小雅不似平常那样平和，激动地大喊。蓝顾云忍不住提高声音:"对，我就是当你是傻子，你开心了吧？没想到傻的是我。"

"蓝顾云！你不要太过分了！"她不敢相信一向没凶过她的蓝顾云，此时就像是一只暴怒的狮子。他气急败坏地说:"我过分还是你过分？我问你，你是不是还跟陆子鸣有联系？你既然跟我在一起了，干吗跑去跟他有牵扯？你是以为我不发火，就可以任你随意妄为了是不是？"

沈小雅瞪大了眼眸，直直地瞅着他:"你跟踪我？你有什么资格跟踪我？对，我是跟他见面了，可是什么都没发生。虽然沈、陆两家关系这么近，我都是尽量避开的，不说起是不想让你想太多。"

"呵……那这照片代表什么？"蓝顾云从手机里翻出郑芙雅发给他的照片，他是已经删掉了，不过恰好沈小雅在楼下，他又把照片找出来，想找她对质。不相信沈小雅会背叛他，做出脚踩两只船的事。

沈小雅接过手机看到上面的两个人瞬间呆愣，这不就是刚刚拍的吗？这是谁拍的？

"你相信这照片上所代表的？"

"你的解释呢？"蓝顾云黑眸里掺杂着复杂的情愫，内心就像是喝了一杯酸甜苦辣咸俱全的汤水，沈小雅忍不住冷笑出来："解释？为什么一直要我给你解释？艾米财团对付沈家的事情，你给我一个解释吗？过去的种种，你有解释过给我听吗？你把我当成什么了？为什么我做一件事，你就要我给你解释，而你呢？千千万万个错误，你一句话都不说，还要我一次次原谅你，凭什么？蓝顾云，我是上辈子欠你的吗？这辈子活该给你骗对吗？"

"你别转移话题！"蓝顾云有些担忧沈小雅不稳的情绪，却又拉不下脸给她一句暖言，沈小雅怒火中烧地说："我不想转移话题，我们也别继续下去了，不断地互相折磨我已经受够了！"

"你每次都要闹分手，有考虑过我的感受吗？算了！你要分就分吧！"蓝顾云被她的话激得火冒三丈，一张脸上充斥着怒气，想到她如此轻易地放弃两个人的感情，不觉心中一痛，像是几千根小针在心口刺着。

"好！"沈小雅眼角含泪地望了他一眼，心疼如刀绞，拔腿就匆匆跑走，她慢慢地停下来，颓然地靠在一旁的矮树上，眼泪顺着脸颊滑下，嘴角不停地微笑："你开心了吧？他终于跟你分手了？这回你就不用再威胁他了。"

就这样结束了吗？好像一场梦境，忽然就醒了，发现身边没有任何人，只有她一个，想找个依靠都找不到，只剩下她一个，缓缓地抬起手背，遮住那一抹阳光，从此之后，她又要一个人独自承受无边的黑暗，也好。

蓝顾云远望沈小雅离去的背影，疲惫地侧身靠在围栏上，失神地问自己："你傻了吗？为什么不告诉她真相，让她一直误会

第三章 若你我已成陌路

你？搞成今天这种局面，都是你的错！"

他想打电话给沈小雅，却又放下了手机，罢了！她现在情绪不稳定，再多的解释也听不进去，再缓个几天，等她气消了，慢慢跟她说，肯定会听进去的。

沈小雅独自一个人穿梭在街道，不停地四处乱走，她不知道接下去的方向在哪里，不知道怎么样才能将沈氏维持得下去，但是不管怎么样，她都不可以从心底认输，在一个红绿灯前停下，看到不远处一栋房子，忽然想起了沈父曾经说过的话，"我的希望是让每一个家庭都能够享受到幸福的氛围，一家人能够和和睦睦地相处"。

想到这里，顿时泪流如注，她不可以再把私人的感情放在首位，在蓝顾云和沈氏之间不断地烦恼，分开了也好，不需要再去心烦这些，只需要专心面对艾米财团，曾经她天真地以为不跟蓝顾云关系闹僵也可以对付艾米财团，她甚至还想过，让蓝顾云帮她挽回沈氏，然而她真的大错特错，一旦有了感情怎么可能还会理智地决定一切？这不是很扯吗？

如果蓝顾云不是艾米财团的副总裁，他们一定会很恩爱。

这段感情一早就是一个错误，两个身份完全敌对的人，在一起也不会有多少幸福可言，对！她的决定是正确的，不要再怀疑了！可为什么感觉心好像被什么东西剥开了，鲜血汩汩地流着。

这时，一辆车子出现在她的面前。沈小雅失神地抬起头，就看见陆子鸣将玻璃车窗缓缓落下，冲她微微一笑："上来吧。"

沈小雅呆愣了一会儿，并没有想上去，陆子鸣又说了一句："你别忘了，现在你担负沈氏重要的责任，你就算不为你自己考虑也要为你妈为沈氏考虑。"

她一声不吭地拉开车门坐上车子，陆子鸣迅速踩下油门，飞驰而去。她全身无力地靠在柔软的副驾驶座上："陆哥哥，我发现你越来越聪明了，知道抓住要害，我就无计可施了。"

"你这话我听着可真酸。我可绝对没做什么害你的事，这么多年来，你应该了解我的心。"陆子鸣一手拍着胸膛，像是宣誓一样。

"得了，我不想听了，开去陆家，我们几个讨论接下来该怎么办。"沈小雅倒也没多少心思听他讲这些，心乱得就像是一团麻花一样，怎么揪都揪不开。

陆家的会客厅内，黄铜檀香炉上袅袅升起，沈小雅坐在沉香木椅上，一双眼眸四处打量着，不禁问了一句："最近怎么都没看见陆伯伯？"

陆母微微叹了一口气，"你陆伯伯最近也不知道去哪儿了，老是看不见人影，估计是为了家里的事情四处奔波，每次看到他都满脸愁容。"

沈母按捺不住地火大，嘴里一直在咒骂蓝艾米这个不好那样不好，听得沈小雅一阵蹙眉。蓝艾米如果什么都不好，她怎么可能在短短几年内接手艾米财团，并且发展成今天这样强大？她能力应该不会差到哪里去，起码就修养来说，她应该是属于不错的，还记得她第一次见到蓝艾米的时候，蓝艾米对她笑脸相迎别提有多热络了，即使到后来，她已经发现了蓝艾米的真实身份，对方依旧是波澜不惊地跟她东拉西扯。

"好了，别说了，我们这不是来讨论接下来该怎么做的吗？你骂几百遍蓝艾米也没用，她根本就听不见，妈，难道你不知道

第三章 若你我已成陌路

恨人比较痛苦吗？可被人恨的人压根就没有任何感觉。"

沈小雅的话语激怒了沈母："你这丫头还教训我，白白辛苦了我养育你多年！"

"沈伯母，小雅的脾气很直你又不是不知道，她就是想说什么就说什么的。"陆子鸣连忙帮沈小雅解围，沈小雅在一旁沉着脸，不理会沈母的冷言冷语，这么多年来，她早已习惯了。

"我同意陆哥哥之前的提议，结婚然后合并成一个新公司，以此来夺得华中的承包书。"沈小雅一下子冒出这句话，惹得几个人的脸色纷纷转为傻愣。过了一会儿，陆子鸣欣喜地看着她，沈母虽然错愕，但是表情看得出来也是开心的。

陆母咳嗽了一下开口："能有你这样的媳妇，伯母很开心。"

沈小雅轻轻地"嗯"了一声，她脸上却没半点表情慢慢地站起身子，转头看着陆子鸣："妈，陆伯母，我和陆哥哥出去说点事，你们俩先聊着。"

"哎，有事怎么不在这里说。"沈母皱眉出声。陆母面带微笑地说："你就给他们点私人空间说悄悄话。"

沈小雅和陆子鸣沿着碎石子路走到园子里，她坐到了一棵香樟树下，抬头一望就看见被雨水洗刷过的叶子，上面染上了许多晶莹剔透的露珠，闪闪发光。

小时候，经常跟陆子鸣两人在树下做游戏，两个人喜欢数几只蚂蚁，会为此而争论不休。只不过究竟是几只谁都不知道吧，因为蚂蚁会动来动去，怎么数都数不清。现在想来怎么会有这么幼稚的游戏呢？不过小时候却玩得津津有味。

"你说的是真的？"陆子鸣面带笑意地看着她，沈小雅仔细地看了他一眼，心中却感到一丝悲凉，这就是所谓的造化弄人吗？

两个原本青梅竹马的人，到现在弄到这番田地，即使以前多么要好，而今她却没有一丝感觉："是真的，不过我们俩只是假结婚而已，这也就是我让你出来私下讨论的原因。"

陆子鸣眼中闪过一丝怒意，却转瞬即逝，仍旧是一脸笑意："我想也是，你现在还喜欢着他，心底自然对我有所抗拒，我可以理解。你放心吧，婚后我们只在公事上有所交集，私下的话，还是各过各的，可以吗？"

沈小雅没想到陆子鸣会这么通情达理，万分感激地说："对不起，你能理解就好。"

"可是，你嫁给我之后，就等于是我的老婆了，你跟他就很难走到一起了，你也知道A市的媒体是有多八卦，这件事你得慎重考虑。"

"我明白，家族利益重要，其他的走一步算一步，你呢？你以后倘若想娶个真心的人，只怕也需要一番口舌解释清楚吧，跟郑芙雅怎么样了？"她不可以让沈氏倒了，哪怕赔上她自己也在所不惜，与蓝顾云终究是有缘无分，不应过于强求。想到陆子鸣的宽宏大量，她不觉心有愧疚，倒也把他跟郑芙雅的事给抛之脑后了。

当在意一个人的时候，哪怕他有任何细微的情感外泄，都是不被允许的，倘若心底没有那个人了，无论他做什么事，都觉得是可以谅解且被原谅的。

"不管你信不信我，我可以向你保证，我跟郑芙雅是绝对没有任何可能的。"陆子鸣目光炯炯地看着她，沈小雅淡然一笑："没事，她能理解就好。"

微风徐徐吹拂香樟树，叶子上的水滴跌落到她白皙的脸蛋上，天边一阵轰隆隆的雷鸣声："我们进去吧，可能又要下雨。"

第三章 若你我已成陌路

沈小雅踩着石子路大步往前走,陆子鸣跟在身后,眸光幽暗地看着她的背影,看到身旁灌木丛中的月季花梗,愤然伸手一折,扭成好几段扔到了草丛里。

"宝宝,打雷了,我怕。"顾优娇声地往张文章身上蹭去,直接将脸蛋埋在他的胸膛里,一双纤细的小手不安分地爬上他的背脊,他无奈地笑笑:"优优,你又调皮了。"

不过虽然他嘴上这么说,但是心里倒也美滋滋的,忍不住揉揉她柔软的发丝。

"你确定你姨丈今天会从机场里走出来?"顾优一双眼眸转悠着,瑰丽的红唇不断地亲吻他的下颌,张文章用大掌捂住她的嘴巴,就见顾优满脸无辜地看着他,令他不禁失笑:"正事重要,你总不希望把事情搞砸了吧?这不是你的风格。"

顾优抬手看了下黑色手表:"差不多时间了,我们进去吧。"

她穿上了平时喜爱的黑色高跟鞋,搂着张文章的手臂,两人快速地走向接机口。

顾优看了下上面所显示的时间,悄声地对张文章说:"就是这一班飞机,看仔细点。"

旅客陆陆续续地推着行李箱从里面出来,却始终不见陆远山的身影,顾优忍不住喃喃:"怎么还没有出来?这是什么情况?宝宝,对于这件事我就百思不得其解,你姨丈怎么突然就跑到美国去了,而且正是艾米财团对付陆氏地产的重要时刻。"

她一早就计划着跟张文章去陆家找陆父查查当年的事,没想到陆家人却跟他们说陆父已经去了美国,要半个月之后才能回来,无奈之下,只是查到他什么时候回来。

"我想姨丈自有他的想法,不知道你有没有听说过,姨丈和蓝艾米曾经去过美国一段时间，我在想这其中是不是有什么关联？"

顾优眼眸中闪过一丝疑惑，倒也没说任何话。

玻璃门缓缓地打开，只见一个提着小型旅行箱的中年男人从里面走出，脸上写满了疲惫，顾优嘴角勾起一抹笑："出来了。"

她拉着张文章的手，急急忙忙地走到了陆父的面前，张文章喊道："姨丈，你终于从美国回来了。"

陆父没有想到出现在眼前的两个人，脸上布满了诧异："你们……"

"我们等了你半个月了。"顾优调皮一笑，伸手接过陆父手上的行李箱，将上面的一个大包递给了张文章，热络地说："一路辛苦了吧？我们先去吃点东西吗？还是想休息下？"

"你是顾优？"陆父不确定地问了一句，他曾经好像跟她有过几面之缘，不过那时候印象并不是很深刻，近来关于她的报道频频出现，才让他有所关注，再加上她这么八面玲珑的说话方式。

"陆伯伯好眼光，我们边吃边聊吧。"顾优拖着陆父的行李箱，扔了个眼神给张文章，他立马就明白了，挽着陆父往前走去："姨丈坐飞机十几个小时肯定很累了，先去吃个饭休息下，然后我们再慢慢聊。"

第四章 只为从此不相离

别的她不知道,在这一刹那,
她只有他,他也只有她。

——张爱玲

第四章　只为从此不相离

Part1

"我也不想装糊涂，却又不得不认输，错过的情人，还有谁能够留住。"

至此，两不相认，不相欠。

自打沈小雅答应了与陆子鸣的婚约，陆母就迅速向媒体散播消息，一时间各大媒体纷纷将目光转到了沈小雅和陆子鸣身上，报纸上满是关于沈陆联姻的事，网友们更是在微博上转播和评论，关于这则消息已火速上了头条。

砰的一声，蓝顾云大掌拍在实木办公桌上，震得桌子上的铅笔滚了几圈，铅笔头已半悬在空中，摇摇欲坠。

他将报纸狠狠地揉成一团，愤然朝着垃圾桶的位置扔去。纸团在空中抛出一个好看的弧形，撞到了墙壁上，直直掉落在地上。

她居然要跟陆子鸣结婚了？她怎么可以这么做？难道她是被威胁的？各种猜测如雪花一样飘向他的脑中，不行！他不允许她这么做，她只能是他一个人的，想到她嫁给别人的画面，他心如刀绞。

他拿起桌子上的车钥匙正欲离去，秘书就匆匆赶来了："蓝总，待会儿会议就要开始了。"

蓝顾云沉吟了一会儿，将车钥匙放回到原位，她现在也在公司里上班，这时候不能贸然前去，他刚刚都被急昏了脑子了：

"好，我准备一下马上就来。"

晚上，沈小雅疲惫地将车子缓缓驶入沈宅，却看到不远处停着一辆黑色的BMW，大灯照得巷子里通亮，心脏猛地跳动了下，心中暗忖该来的总会来，她将车钥匙拔出来，缓缓地下车，就看见蓝顾云背靠着车门，侧脸看着她。

待她走近后，才看见他消瘦的脸，胡子拉碴，却很明显感觉到他身上所散发出来的怒气。沈小雅清了清喉咙："你怎么来了？"

蓝顾云一把搂着她的纤腰，令她有些措手不及，下意识地想推开他，他温热的气息吐在她脖间："我就不能来了吗？你告诉我报道上写的不是真的！"

听到他这番似哀求似怒骂的声音，她感到万分不舍，伸手轻轻地抚上他的下巴，胡楂有点刺人，不过她喜欢这种感觉。"我……对不起，我们已经分手了，我嫁给谁，你应该没有权利再去干涉了吧？"终究还是没有勇气，她不能再回头了，一次错误是可以被谅解，但是一次次错误是不被允许的。

蓦地，蓝顾云将她推到了墙边，一双大掌禁锢住她的肩膀，迅速地吻上她的唇瓣。

沈小雅把他推开："你够了吗？即使你这么做，仍旧改变不了我们的立场！艾米财团一直都在伤害沈氏、伤害我爸，这是铁铮铮的事实。而你，我一直所相信的人，更是无所不用其极地隐藏伤害我们。"

"小雅……"他声音沙哑地说，"我一直没有要伤害你，难道为了这些你就要嫁给别人，你只是看见表面，就偏激地认为全部都是我的错，这对我不公平！难道我们的感情就这么脆弱吗？"

第四章　只为从此不相离

"在你第一次见到我的时候,就是有目的性的接近。我们在一起本来就是个错误,我错就错在不应该爱上你,更不该为了爱你,让沈氏遭受这样的危机。如果没有遇见你,也许爸就不会被气死……不会死得这么不明不白……"沈小雅冰冷地说着,她的眼神里充斥着冷漠。

"对,我承认之前接触你是有目的的,但是你不能否认我对你的感情。你真的喜欢陆子鸣吗?你嫁给他就会有幸福?你考虑过这些问题吗?"蓝顾云不甘心地握住她温热的小手,沈小雅笑了,一字一句清晰地说:"我爱他,如果没有你出现的话,我跟他早就已经结婚了。"

他踉跄地退了一步,颓然地塌下肩膀,沉默了好一会儿,一身不吭地转身,进入车子里。

看见他落寞离去的模样,沈小雅的心早已碎成一片片,她多想跟他说,这一切都是她在说谎,她一点都不爱陆子鸣,她也不想跟他结婚,她的心里只有他,无论他做了多少伤害她的事,她从来没有打从心里怪过他。

可是,绝对不可以,她不是一个人,这更不是两个人可以解决的事,他们的感情从一开始就掺杂了太多杂质,即使在心底是有多爱,都不能再去任性了。

就让她将这份感情埋在心底,永永远远不得见光。

蓝顾云的车子从她身边呼啸而过,她几缕发丝随风飘起,霎时眼泪滑落而下,她自嘲地笑了笑:"沈小雅,你的眼泪可这么不值钱,才这点事就让你哭了,你究竟有没有点气魄。"

沈小雅一只手扶着墙,眼角的泪水不停地流出,她只觉眼前漆黑一片。

一阵急促的脚步声由远至近地传来，顾优推开了蓝顾云办公室的大门，急急地对他说："大哥，小雅都要跟陆子鸣结婚了，你……"

只见蓝顾云俯首文案间，头都不抬一下，顾优心急如焚地将蓝顾云的文件拿起："这都什么时候了，你还在这里看什么破文件，我说的话你都听到了没？小雅要结婚了！不对！你未来的老婆就要跟别人跑了，你怎么还一副与你无关的样子！"

蓝顾云一把夺过她手上的文件，径自看着，冰冷地抛出一句："她要嫁给谁是她的事，跟我没有半点关系，我还能阻止她吗？"

"大哥，你们是不是吵架了？不然小雅怎么会无端端地嫁给陆子鸣呢？这其中到底发生了什么事？"顾优坐到一边的皮椅上，托着腮帮子，不解地瞅着他。蓝顾云面无表情地说了一句："事实就在眼前，我不想说太多。"

顾优叹了一口气，黯然地说了一句："唉……陆远山那儿也查不出个所以然，看得出来他并不想提到妈，我偶尔说到，都被他一句话带过，不过倒是有一点奇怪，文章说他和妈以前曾一起去过美国，他在陆氏危急的时候，不顾好公司，却跑到美国去，这究竟是为什么呢？"

顾优想到上次在机场的事就憋火，原本以为可以从陆远山那里探到一些线索，没有想到不仅没有，反倒被他问了好多关于蓝母的事。他居然知道她是蓝母的养女，光就这一点让她太意外了，知道这件事的人没有几个。

"这事的确有点玄乎，他去美国干什么呢？但是无论他做什么，应该都不可能挽回妈要拿下陆氏地产的决心吧，搞不懂他在想什么。"蓝顾云听到顾优的话之后，仰头不断地在想着，却毫

第四章　只为从此不相离

无任何思绪。

"大哥，你就真的不管小雅了？"顾优笑得跟一只小狐狸似的，一双圆溜溜的大眼睛透着机灵，如果说蓝顾云不管沈小雅，他压根也就不会关心陆父的事情，因为根本就没有那个必要了。

蓝顾云重重地将手中的钢笔扔到桌子上，满脸无奈地说："怎么可能说不管就不管，毕竟这些事情，是我有错在先，她生气情有可原，但是她不能说嫁就嫁。"

甚至还跟他说，要不是他的出现，她早就跟陆子鸣结婚了，他当时听到这句话的时候，气得脑袋都要炸开了，一堆火闷在胸口，真想狠狠敲醒她的脑子，最终却只能选择无言地离开。

"我也无法理解她的这个举动，这究竟是想做什么呢？那你接下来准备怎么做？"

"我能怎么办？我可以怎么办？我对她真的没辙了，唉……顺其自然。"

沈小雅的婚期很快地决定下来，外面对于她结婚的事越炒越热，而她却毫不关心，任由他们决定，一心扑在沈氏上，有时候甚至在公司里过夜。蓝顾云自打上次离开后，就再也没有出现了。空暇的时候，她想起这件事就感到心口疼得不行，一股气上不来，他应该对她很气恼吧？

陆子鸣倒是经常地出现，接送她下班，陪她吃饭，可就是再也找不回当初的感觉，那根本就是两种不一样的感情，她爱蓝顾云爱到心都痛得无法呼吸，不知道该干什么是好，而面对陆子鸣的劈腿，并不是这样的，她虽然非常难过，但是很快就恢复了。

脑海里时常回响这么一首歌：爱到极度疯狂，爱到心都匮乏，爱到让空气中有你没你都不一样。

| 爱情从未离开过 |

平淡,也好。

化妆间内,她面无表情地坐在华丽的复古落地镜面前,透过镜子的照射,怔愣地看着背后那件纯白色的婚纱,在白炽灯下闪烁着晶莹的光芒。

这时,门吱啦一声被打开,戴着怪异镜框的化妆师急匆匆地赶来:"不好意思,沈小姐我来晚了。"

沈小雅淡淡一笑:"没事。"

是的,今天是她跟陆子鸣的婚宴,晚了接近一年的事,终究又转回来了,是该感叹命运多舛还是世事无常?

她缓缓地闭上眼睛,任由化妆师在她脸上捣鼓着,忽然,她头顶上传来一阵叹息声:"沈小姐最近很疲惫?看你黑眼圈都肿成什么样了。"

"可能是随着年龄增大,自然就会有的吧。"她已无所谓这些东西了,也不知道该去追寻什么,浑浑噩噩的仿佛在做梦一般。

"沈小姐,蓝顾云让我来问你一句,你是否真心想嫁陆子鸣?"化妆师语气一转,涂腮红的手一顿,抛出这么一句话,令沈小雅倏地睁开眼睛,不可思议地看着她,鸭舌帽遮住了她的刘海,阴影盖住了一半的脸。

沉着声问:"你是谁?"

"顾清羽,也是蓝顾云的朋友,现在你可以回答我的问题了吗?"顾清羽冲她微微一笑,沈小雅从她的脸上看到了一闪而逝的狡黠,沈小雅沉吟了会儿,"你回去告诉他,让他别来纠缠我了,我很快就是陆子鸣的老婆。"

明明已经伤痕累累,却在说这句话的时候,心又不断地抽痛着。

第四章　只为从此不相离

"你不是真心的！"顾清羽拿起一支口红，轻轻地在她的唇边滑过，沈小雅嘴角勾起一抹饶有兴趣的笑容："为什么不是真心的？"兴许是在蓝顾云身边久了，自然而然就染上了一些他的性格。

顾清羽在她耳边悄悄地说："因为我是过来人，我懂你的神情背后的意思，虽然我不知道你们之间到底发生了什么事，不过我尊重你的决定，只要心里觉得值得就好。"

沈小雅的背部一僵，不动声色地笑笑："谢谢，你就这么转告他吧。"

顾清羽给沈小雅涂上睫毛膏后，她从镜子里看见个光彩夺目的女人，原本无神的眼睛在顾清羽的精心绘制下，犹似一泓清水，秀雅绝俗，仿佛自有一股灵气。

顾清羽似感叹地说："的确是个大美人，难怪蓝顾云那小子老是说到关于你的事。"沈小雅心中一动，却一句话都不说，站起身子走向那件令不少女人心向往之的婚纱。

这是一件拖地长裙抹胸婚纱，据说是陆子鸣请美国设计师Monica设计的。前几天陆子鸣还叽叽喳喳地对她说，这件婚纱肯定很适合她的风格。她倒也没仔细听，随他去吧，并不是很留意这些。

顾清羽帮着她穿上了婚纱，沈小雅缓步走到镜子面前，只见镜中的女人肌肤似雪，婚纱将她的曲线体现得玲珑有致，大裙摆盖住了脚，拖得老长，顾清羽让她坐回到椅子上，拿出卷发棒，在她的发梢烫出一个个小波浪卷。

"他肯定说我不懂事，老是惹他生气，对吗？"沈小雅忍不住还是问了，顾清羽摇摇头："才不是呢，他说你非常善良，他老是做一些伤害你的事，但是真的是没有办法，太多的无可奈何。"

镜子右侧有一盏暖黄色的小灯，映出了沈小雅脸上微微的笑意，却透着苦涩。

顾清羽行色匆匆地从化妆间走出，穿过一条绿草茵茵的小道，就看见不远处停着一辆车，连忙跑上前去。蓝顾云正坐在车里焦急地等着她，一看到她的身影，马上从车子上下来："怎么样了？"

顾清羽黯然地摇摇头。"她让我转告你，有缘无分。"

蓝顾云高大的身躯，一下子倒靠在车子上，嘴角露出一抹苦笑："为什么？这是为什么？她的心怎么就这么狠？一刀一刀地往我身上捅。"

"可是，你之前对她也是种种欺骗，感情的事情，并不是这么简单就能说得清楚，也许她对你还有感情，但是你们的身份过于敏感，她不能就这样跟你在一起，还有三分钟婚礼就开始了，我得赶快进去，免得让他们起疑心，你自个儿好好想想。"顾清羽看了下手机上的时间，急急跑走。

蓝顾云呆愣了几秒，迅速地站起身子，迈开步伐朝着婚礼的现场跑去。

他气喘吁吁地跑到宴会厅门口，门口的保安已撤退到里面去了，墙上挂着沈小雅和陆子鸣的婚纱照，她笑得跟一朵花似的，陆子鸣脸上盈满了幸福，这让他感到刺眼，甚至有种冲动想把它毁了，摔得粉碎。

里面传来主持人的声音："下面有请新人入场。"蓝顾云听到这句话，冲了进去，只见她头戴白纱，穿着一身精致的婚纱从左侧的大门缓缓地进来，裙摆长长地拖在地上，让他忍不住看愣

第四章 只为从此不相离

了，她就像是一个从天而降的小精灵，纯洁白净！

看着她从他身边走过，中间隔着一群欢呼的人，他就像是一个木头人一样，全身都被凝固住了，不得动弹，一股股酸水从胸口蔓延出来，直至透过他的血液，淹没他全身。

沈小雅站在灯光闪耀的台上，而她的眼神却直直地看着蓝顾云所在的方向，他居然来了！她的眼眶瞬间红了，手忍不住在微微颤抖，直到他慢慢地消失在宴会厅里。

主持人打趣地说："你看沈小姐都激动得热泪盈眶了，看来你们这一对特别不容易。"

身着燕尾服的陆子鸣顺着沈小雅的视线望去，恰好看见了蓝顾云的背影，手心狠狠地攥成一个拳头，面带笑意地说："的确是很不容易。"

主持人说："下面有请新郎新娘交换戒指。"

汪如玉和李萌萌手中端着一个托盘，上面各自放着一枚光彩夺目的钻戒。

沈小雅依旧傻呆呆地站在那里一动不动，满脑子都是蓝顾云的身影，他走了！这段感情就断了吧，别再去想了，每想一次，连呼吸都感觉到困难。

陆子鸣轻轻地在她耳边喊："交换戒指了。"

沈小雅怔愣地点点头，看着陆子鸣将戒指慢慢地套入她的无名指，顿时，泪珠像是珍珠一样落下，滴到了她缎面白手套上，闪闪发亮的一克拉钻戒与手套上的几颗小钻相呼应，她颤抖着小手，从汪如玉的托盘上拿着戒指，套入陆子鸣的手上。

台下欢呼声响起，她扭头一看沈母、陆母和陆父脸上露出的笑容，心中暗暗地告诉自己，你做得没有错，就这样走下去，别回头了。

沈父要是知道她此刻的事，肯定也会为她开心的。

而她，从此之后就失去了爱情，只能像是行尸走肉一样地活着。

婚礼结束之后，沈小雅并没有同意让宾客们闹洞房，她只想尽快结束这一切，好好地回家休息，不过今天回沈宅显然是不可能的，独自坐在大红绣花雪纺的被褥上，静静地想着今天所发生的事情。

过了会儿，陆子鸣醉醺醺地走进来，身子摇摇晃晃地朝着床靠近，酒味传到了她的鼻尖，令她忍不住蹙眉，"怎么喝这么多的酒？"

他笑得跟孩子一样，咧开嘴露出白色的牙齿："开心嘛！"

沈小雅沉默不语，将他扶到床上，脱下他厚重的外套，深深地叹了一口气，眼神迷茫地看着简单的黑色床架，轻声说了句："你好好休息，我走了。"

倏地，陆子鸣抓住她的手腕，力道有些重，沈小雅急欲想挣脱开，无奈男女的身体差异："你干吗？"

"他就对你这么重要吗？我们之间十几年的感情都抵不上和他的几个月？蓝顾云究竟有什么魔力，能够把你吸引住，对他痴迷成这样子？是我不够好吗？我哪里不好，你说出来，我改还不成吗？"

陆子鸣说着就哽咽了，沈小雅心有愧疚："对不起，感情的事，根本就没有办法说得清。"她常常也在想，蓝顾云究竟是哪里好，连她自己也不会明白，这段感情居然会来得如此深刻，如此钻疼她的心。

沈小雅趁他一时失神，立即抽开了被禁锢的手，转身离去，

第四章　只为从此不相离

在阖上木门的那一刻，陆子鸣发狂地将枕头、被子丢到了地上，甚至连床头柜上的灯具都被扫到了地上。

她不知不觉地开车到了艾米财团办公大楼下，阳光刺透玻璃门，满地尽是细细碎碎的光芒，傻愣愣地看着不断地有人陆陆续续地从里面出来，又有几个人进去，心中就像是藏着一只小兔子，不停地跳来跳去，心底十分不安。

模糊间，她回想起了两个人争吵的场景，黯然地低下头默默流泪，沿着两个人一起走过的路，看着昔日的湖水，不免感伤，手肘抵着栏杆，上面铁锈弄脏了洁白的衬衫，令她不觉蹙眉，用手擦擦，却越弄越糟。

这一抬起头，就看见蓝顾云出现在眼前，他似乎也想不到她居然会出现在这里，两个人异口同声地问了一句："你……"

"你怎么会在这里？"蓝顾云想不到她还会在这里出现，沈小雅不知该怎么回答，胡乱回答了句："你不也在这里吗？"

"你……"蓝顾云说完这句话后顿了下，面色有些难看，轻声说了句，"婚后还好吗？"

"好。"沈小雅怔怔地盯着他，想把他此刻的模样记在脑海里，他站在一棵大树下，俊朗冷漠的脸庞，以及一颗柔软的心，不断地扯动着她杂乱的思绪。

"他对你好吗？"蓝顾云别过脸，远眺湖面。

"也好。"沈小雅不觉冷笑了出来，在蓝顾云的眼里却觉得万分刺眼，怒气填胸地说了一句："那就好！祝你幸福。"

见他急欲转身离去，沈小雅不禁喊住了他："你怎么样？"

"好！我好得不得了，不用你挂心了，我跟我前女友复合了，也准备近期结婚，到时候不知道你赏脸不赏脸过来参加？"

倏地,沈小雅的脸蛋白得就跟一张纸似的,勉强稳住情绪:"那……恭喜了。"

她觉得自己没必要再站在这里了,连忙说了句:"我先走了。"

过了会儿,蓝顾云转过身子,看着她跑掉的身影,气愤地闭上双眼,他很少会这么刻意攻击别人,因为觉得没有必要,更不可能会为了一个人而生气,因为觉得没有意义,而她却让他破了种种惯例,却始终得不到。

沈小雅坐在车子上用手抵着额头,默然垂泪。一个黑衣人,走到车窗旁边,敲了敲玻璃,沈小雅将玻璃窗缓缓按下:"是蓝艾米找我吗?"

黑衣人倒也没有诧异的神色,沉声:"沈小姐果真聪明,的确是太太找你,跟我走一趟吧?"

"为什么?"沈小雅冷漠地抛出一句,黑衣人轻声说:"沈小姐总不会眼睁睁看着沈氏立马被吞并吧?聪明如你,应该知道什么叫做好好合作。"

"放肆,你也配说这样的话吗?难道你家太太没有教你不要狗仗人势吗?"沈小雅眼神凌厉地瞅着他。

黑衣人没有料到沈小雅会这么说,一时间气氛变得紧张起来,黑衣人冒了一句:"刚刚是我失礼了,沈小姐能否跟我走一趟?"

沈小雅脑海中闪过无数个拒绝的画面,却又想知道蓝艾米究竟在搞什么名堂,于是面无表情地点点头,打开车门,跟着黑衣人上了他的车子。

第四章　只为从此不相离

恰巧蓝顾云准备走进大楼，看着那辆黑色车子消失的方向，又瞄了瞄沈小雅的车子，脸色铁青。过了一会儿，李叔从大楼里走出来，手拿一份文件给蓝顾云，顺着他的视线望去，不禁问了句："蓝总，怎么了？"

"你去把车子开出来，回蓝宅！"蓝顾云沉吟了会儿，忽然间冒出这句，李叔虽然不明所以，但是却听话地去开车："是。"

蓝宅内，大理石的地板上撤走了平时的米色地毯，换上了艳红色的波斯地毯，看上去显得有一种诡谲感弥漫在空气中。沈小雅一走进来，就见保姆们在忙碌地大扫除，低头就瞧见那么刺眼的地毯颜色，不觉有些蹙眉。

黑衣人对沈小雅说："太太在楼上等你。"

沈小雅缓缓地走到二楼，向左拐径自往前走，推开了一扇木门，里面黑黢黢一片，惹得她心底发毛，这不是蓝顾云的房间吗？她怎么会在这里？

伸手在墙上寻找按钮，却被蓝母早一步按下，一时间房间里被照得通亮，暖黄色的灯光下，蓝母正似笑非笑地瞅着她直看。

"有话就直接说吧，没必要绕这么多弯子。"沈小雅每次看见蓝母，都有种莫名的压迫感，她走到蓝母身后的椅子坐下。

蓝母伸出戴着翡翠手镯的手，给沈小雅倒了一杯茶。

沈小雅傻愣地看着蓝母手上的翡翠手镯，在灯光的照耀下，显得特别显眼，好像在哪儿看到过，看着茶水缓缓地流入杯子里，瞳孔睁大了下，这不就是陆母送给……不会吧？

蓝母小心地将茶杯递给沈小雅："小心烫。"

她稳稳地接过，轻轻地吹了几口气，啜了一口，便放在旁边。蓝母嘴角勾起一抹笑："找你过来倒也没别的事，只不过听说你最近结婚了,感到非常好奇。"

"结婚是每个人必须经历的事情吧,这有什么奇怪的?"沈小雅的余光一直落在那个翡翠镯子上。

蓝母淡淡一笑:"只怕我那儿子,该伤心了。"

"蓝伯母,如果没有别的事情,我可以先走了吗?公司里还有一堆事情等着我去处理。"

蓝母喊住了她:"等等,明人眼前不说暗话,沈氏的股份你究竟愿意不愿意卖?"

倏地,沈小雅止住了脚步,眼神露出冷笑:"原来蓝伯母找我是为了这事。那我告诉你,沈氏的股份是铁定不会卖的,你死了这条心好了。"

"小丫头家家的,口气倒是不小,你不怕我立马就能把沈氏击溃吗?"蓝母语气不善。沈小雅缓步走到蓝母的面前:"怕,当然怕,不过你不会这么做的,虽然我不知道为什么,但是只要有一点机会,你绝对不会对沈氏手下留情!"

蓝母对付沈氏可没留一点情,当初让顾优拿走地皮的时候,沈小雅就知道她下手极其毒辣,至于她为什么还没有乘胜追击,绝非她善心大发,肯定是别有目的,现在沈小雅还想不出来个所以然,不过却能确定沈氏暂时安全,不然她怎么会找上门呢?很显然是想恐吓她,逼她交出沈氏的股份。

楼梯间传来一阵急促的脚步声,只听见保姆不断地说:"蓝总,你不能上去,太太跟客人有事在谈。"

"这是我家,你有什么资格拦着我!"冰冷的声音由远至近。

蓝顾云一把推开了房间大门,就看见沈小雅面朝他,蓝母在

第四章 只为从此不相离

身后脸色难看地扶着玻璃桌，他咳嗽了一下："妈，我找小雅有些事情，可以带她走了吗？"

"嗯，反正我也谈完了。"蓝母立马换上了一副笑脸盈盈的模样，对着沈小雅说："小雅，你要有空的话，常来这边坐坐，伯母非常欢迎你的。"

"好，一定。"沈小雅走到蓝顾云身旁，朝着蓝母笑了笑，对着蓝顾云说："蓝伯母对我如此关照，我肯定会来坐坐的。"

蓝顾云开车送沈小雅回家，他手握着方向盘，瞄了眼身边的沈小雅："我妈是不是威胁你了？"

沈小雅不动声色地笑笑："那倒也没有，威胁不威胁的都是幌子吧，实力不够自当被威胁，没有必要奢求别人对你手下留情吧？"

蓝顾云看了一眼身边的沈小雅，她的脸上盛满了无奈，不觉心疼不已："你以前不是这样的，我……"

"那是我以前太天真了不是吗？"沈小雅立马打断了他的话，"如果我现在还是那么天真地活下去，那才是真的可悲吧！"

沈小雅熟门熟路地从车子里找到了一张 CD，从里面传出牛奶咖啡正唱着的《明天，你好》再次听到这首歌的时候，猛然觉得恍然如梦，她每次都喜欢在蓝顾云的车子里放这首歌，一边放一边哼唱着，长大以后，我只能奔跑，我多害怕，黑暗中跌倒。

黑暗中跌倒吗？

现在的她已经沉沦至此了吧……

"去沈宅！"沈小雅见蓝顾云开车方向不对，下意识地冒出这么一句，说出来之后真想扇自己一个嘴巴，蓝顾云诧异地看着她，不确定地问了一句："沈宅？你不是……"

"我晚上再回去，先回沈宅拿些东西。"沈小雅几句话搪塞过去，心虚一笑。

蓝顾云心中隐隐感觉哪里不对，却觉察不出个所以然，心里颇为难受，特别是听到她要去陆宅的时候，简直像是泡在醋坛里一样。

两个人一句话都没有说，车子缓缓地朝着沈宅的方向开去，沈小雅侧过脸，大概今天是周日的缘故，所以这条街上的人特别多很拥堵。

蓝顾云的车子后面，尾随着一辆红色小破车，车身有许多划痕，尾侧部分好几处下凹。坐在副驾驶上的男人，剃光了脑袋，穿着一身黑衣，胸前挂着一台专业的单反相机，不时地将头伸出车窗外，嘴角旁有个令人畏惧的刀疤，"瘦子！跟紧点！可别跟跑了，这可是娱乐版重大头条，沈家千金刚结婚就出轨，而且对象居然是艾米财团的副总！"

"得得得，你别吵了，没看见街上人这么多，你别吵我！"驾驶座上坐着一个身板瘦弱的男人，不耐烦地手握方向盘。

光头男大掌猛地一拍瘦子男的腰杆，破口而出："我们升职加薪都靠这个，你还埋怨个啥！"

瘦子男正准备反驳，倏地，光头男眼睛瞪大，直喊："他们走了！赶紧跟上！"

小车缓慢地跟上了蓝顾云的黑色BMW，好几个转弯险些被红灯拦住，瘦子男的眼睛倒也利索，立马就能找到他们的方向。

蓝顾云的车子缓缓驶入沈宅，保姆一见到副驾驶上的沈小雅，连忙将大门打开，光头男伸出脑袋，眼疾手快地拍下几张蓝顾云车子进入沈宅的画面。

第四章　只为从此不相离

待车子停下后，沈小雅有些不舍地瞄看着蓝顾云的侧脸，下次不知道会不会再见面，而就在此时，蓝顾云转过脸，两人四目相对，两个人谁都没有打破这种气氛，仿佛回到了以前一样，可只是一种感觉而已。

沈小雅咳嗽了一声，不好意思地朝他笑笑："谢谢你能够及时出现，送我回来。我下车了。"她并不是傻子，知道蓝顾云的出现绝对不是偶然，肯定是特意来带她走的。

蓝顾云点点头，看着她的身影渐渐地消失在眼前，心中好似压抑着一块什么东西似的，怎么样也透不过气来，将车子倒出来，叹了一口气，往艾米财团开去。

光头男掐准了时间，又是啪啪啪地拍了几下，嘴角勾起一抹诡谲的笑容。

Part2

"在转身之后，我逆流的泪回头每一步都沉重。"
远远地看着他，也是一种幸福。遥望。

E周刊最新报道，标题栏斗大的字上写着：沈氏千金新婚出轨艾米财团副总！上面还附上了好几张蓝顾云出入沈家的照片，里面写到疑似沈小雅和陆子鸣不和，从未在陆家过夜，均是回到了沈宅里。

一时间，A市八卦娱乐杂志纷纷转载和打电话咨询，沈氏、陆氏以及艾米财团都中枪。

蓝顾云坐在办公室里听到秘书在内线电话里所上报的，居然有种啼笑皆非的感觉，他这样都能上头条八卦，这也太扯了，他倒也不在乎其他什么，只是对秘书的那一句，沈小雅和陆子鸣关系不和，从未回陆宅过夜而感兴趣，她不是说晚上回去的吗？

他还特意让秘书去外面买了一份E周刊回来，上面绘声绘色地描述沈小雅和他怎么暧昧，说得好像是有那么一回事，他匆匆扫视了一遍，将视线停留在"从未在陆家过夜"这段里，难道她……

他轻轻地放下E周刊，背对着办公桌，挺拔的身子一动不动，似乎是在沉思，双手交握在背后，过了会儿，他睁开眼眸，嘴角盈满了笑意，拿起手机拨了通电话给沈小雅。

一大早沈小雅就被E周刊事件搞得焦头烂额，陆子鸣在知道这件事情之后，立马赶到这里来，沉着一张脸坐在办公室的黑色沙发上："这究竟是怎么回事？怎么一下子就出现这样的事情，我正在弄新公司的节骨眼上，居然又爆出这样的新闻，把我们两家的脸都丢尽了。"

沈小雅自然知道陆子鸣所想表达的意思，重点不在于这个新闻，而是她和蓝顾云这件事的真实性："我让秘书联系E周刊的主编了，待会儿自会找他谈，现在的关键不是要找怎么会爆出这件事，而是去解决问题，事情既然已经出了，不管它是以什么方式出的，再去追究也没什么用吧？"

"那你们……"陆子鸣忍不住问了一句，沈小雅风轻云淡地冒出一句，"既然我嫁给你了，就不会给陆家抹黑，他去沈宅只是个意外，我刚好路过艾米财团办公楼下，车子爆胎了，被他撞见送我回来而已。"

"只是……"

第四章　只为从此不相离

沈小雅斩钉截铁地说了一句："是。"

即使不是，也要变成是，这件事解释起来本就是无厘头的，何必再去自找麻烦。更何况她现在长大了，自然也要学会面对这些事。

就在这个时候，她的手机铃声响了起来，一看是蓝顾云打来的，瞬间有些呆滞，瞄了一眼在沙发上怒气冲冲的陆子鸣，稳住紧张的情绪，轻缓地迈着小步走到办公桌后，接起了电话，"喂？"

"在哪儿？"蓝顾云问了一句，沈小雅还没听完这句话，就连忙说了一句："好的，我知道了，E周刊办公楼下见。"随即立马挂下电话。

另一头的蓝顾云很显然被她给搞混了，想了会儿，她应该是不大方便。

沈小雅从柜子里拿出自己的包包，对着陆子鸣说："我跟E周刊的主编约好了，马上就跟他去见面，放心吧，这件事我会处理好的。"

她急匆匆地踩着高跟鞋咚咚咚地离去，脚步声越来越远，忽然，声音又急促起来，秘书一把推开沈小雅办公室的大门，四处张望了下，没有看见她人影，就只看见沙发上表情凝重的陆子鸣。

"陆总……沈小姐呢？"

陆子鸣面无表情地说了一句："出去了，你有什么事？"

"啊……沈小姐让我打电话约E周刊的主编见面，预定好是中午12点钟，陆总，待会儿等沈小姐回来的时候，你让她别忘记了。"

顿时，陆子鸣眼里闪烁着一簇无法遏制的怒火，极力隐忍地从牙缝里挤出一句:"好的,待会儿我会告诉她的,你放心吧。"

刚刚那通电话显然不是 E 周刊主编打来的,那么到底是谁呢?难道是蓝顾云?想到这里,他立马站起身子,大掌紧紧地捏成拳头,大步离开了沈小雅的办公室。

沈小雅刚将车子停好,就看见蓝顾云正在不远处冲着她微笑,惹得她一阵发毛,都这个节骨眼上了,他怎么还笑得出来。

阳光穿透树荫,淋在他的身上,纯白的衬衫上闪烁着星星点点的光芒,让她恍然有种错觉,冰山男融化成水了,摇了摇脑袋,撇去这不切实际的想法,小跑到他跟前:"你居然明白我话里的意思了。"

蓝顾云靠近她几步,男性气息充斥她鼻间:"这叫心有灵犀一点通。"

这句话惹得沈小雅心如鹿跳,冷声说了一句:"不管你来不来,我都是要来找 E 周刊的主编,只是恰巧你是当事人而已,而且你比我更具有能力让他闭嘴!"

"我知道。"蓝顾云神秘地笑笑,令沈小雅丈二和尚摸不着头脑。

"只不过我们一起上去会不会不妥?他们不是正愁找不到我们的八卦吗?这一来,岂不是让他们占了上风?"艾米财团的实力远远大于沈氏,所以沈小雅让蓝顾云一起过来是明智的选择,但是现在媒体都是抓他们的八卦,极为不妥。

"那我先上去,你在车里等我电话。"蓝顾云蹙眉思考了会儿,沈小雅睫毛一垂,默然点点头。

沈小雅坐回到车上,看着蓝顾云上了办公大楼。

第四章　只为从此不相离

她的手机开始唱歌，下意识地伸手接起："怎么样了？"

"上来吧。"蓝顾云自信满满的声音透过电话传到了沈小雅的耳中，沈小雅心中暗忖看来找他来是正确的。

一出电梯就可看见"E周刊"这几个字印在墙壁上，玻璃门里十几个职员正在埋首电脑间，噼噼啪啪地敲击着键盘，不时有几个人手上拿着文件，聚精会神地研讨着，一个戴着眼镜的女职员走到她的身边："是沈小姐吗？郑主编和蓝总在里面等候多时了。"

沈小雅跟着她走到主编办公室，一推开门就看见蓝顾云跷着二郎腿坐在镶着金丝边的沙发上，一脸悠闲地翻看E周刊的杂志。

郑主编戴着一副厚重的黑色镜框，看起来有四十几岁，前额微秃，一看见沈小雅就连忙起身给她倒了杯水，忙不迭地说："沈小姐请坐。"

面对突如其来的殷勤，沈小雅有些不知所措，手捧着水杯，满脸疑问地瞅着蓝顾云，只见他清了清喉咙，说一句："郑主编同意撤下照片了。"

郑主编拿出餐巾纸擦了擦额头溢出的汗水，嘴角露出尴尬的笑容，细弱蚊吟："嗯……嗯……"

蓝顾云凑近沈小雅的脸蛋，嘴角勾起一抹胸有成竹的笑容，"这下你该放心吧？"

沈小雅不明所以地点头如捣蒜，他缓缓地站起身子，郑主编连忙说："不再多坐会儿吗？"

蓝顾云意味深长地看了他一眼，推开主编办公室的大门："再坐只怕郑主编又该尴尬了。"

这句话不轻不重地传到了门外，不时有几个员工疑惑地抬起头，惹得郑主编满头大汗，连忙朝他做出一个"嘘"的动作，蓝顾云用左手摆出一个OK的姿势，就与沈小雅一起离开。

他俩一走后，整个办公室就开始沸腾了，几个人七嘴八舌地聚在一起："怎么胆子这么大，居然敢一起来郑主编的办公室？难道不怕再上头条吗？"

"嘘……你没见到郑主编的表情吗？肯定是被捏到什么把柄了。"

"好像也是！郑主编的花边新闻也不少，再说了，蓝顾云是何等人物，他手下还有一家赚钱的蓝图杂志社，看来这回我们要吃瘪了。"

沈小雅和蓝顾云进入电梯后，她就按捺不住好奇心："你跟郑主编说了什么？他怎么就这么听话？"

就在这时，电梯大门缓缓地打开，墙上的显示屏写着四楼，进来一个脸色焦急的光头男和瘦子男，蓝顾云向她投了一个少安毋躁的眼神，沈小雅便也就安静下来了，小手搭着不锈钢扶手。

那两人在看清蓝顾云和沈小雅的模样后，一声不吭，甚至手臂在不停地颤抖，蓝顾云睨了一眼，冷哼一声，气氛异常的怪异。

叮咚一声，电梯刚到一楼，那两人早就一溜烟没影了，沈小雅低头沉吟了下："他们俩是不是跟踪我们的记者？"

蓝顾云诧异地看了她一眼："什么时候这么聪明了？"

其实并不难理解，看那两人的打扮穿着就知道应该是娱乐记者一类的，再加上蓝顾云嗤之以鼻的态度，他很少对某个人会有这么激烈的反应，因为他压根就不大会在乎别人。

第四章　只为从此不相离

沈小雅跟着坐上了蓝顾云的车子。

虽是夏季末季，不过天气还是有些燥热，街上有许多的时髦少女还穿着无肩小背心，他将车内空调打开，从密集的扇叶里吹出徐徐凉风，沈小雅眨巴着睫毛："是不是郑主编有什么把柄握在你的手上？"

蓝顾云仍旧感到一阵闷热，顺手将扣子解了几个，沈小雅不好意思地别开眼，他不解地看了她害羞的模样，瞬间明白了："你脸红什么，又不是要对你干吗。"

这句话就像是炸弹一样轰隆一声，炸得沈小雅更加窘迫，话虽然是这个理，但是他们毕竟已经分手了，况且她早就嫁给陆子鸣了，还跟他有这样的牵扯，实在是不妥当，呐呐地说："你少说一句，到底是怎么回事？"

蓝顾云倒也没继续戏谑她："郑主编曾经跟蓝图的一个已婚女职员有暧昧关系长达五年之久，只不过那女职员早已离职了，这个话题也就不了了之，刚好我想起这件事，虽然对他构不成巨大威胁，不过据说郑主编相当惧内，倒也有些分量。"

"不过，这不应该是他真正撤下这条消息的理由，只能成为附加值，这消息将会给他带来巨大的利益，不可能会轻易放手。"

原来刚刚郑主编满脸滴汗是因为这个原因，蓝顾云瞅着她的模样笑了笑，语意隽永地说了句："的确是。"

"那……"她正欲说出心底的疑问，他就猛地吻上了她温柔的嘴唇，她使劲地推开他的身躯，反手就是一巴掌，啪一声在车内回荡。

她气恼地用手背擦擦嘴唇："你怎么可以这么做！我是陆子鸣的老婆。"

217

"不，你不是！"蓝顾云忍受不了她提到陆子鸣的名字，那个令他厌恶的人。

"疯子！"沈小雅满脸怒火地下车，匆匆跑回自己的车里，一颗心怦怦直跳，就差一点，她就要失去理智，忘记现在的身份，必须要远离蓝顾云，她无法控制感情的波动，如此猛烈，只需他轻轻一拨。

陆子鸣眼神充斥着杀气，恨恨地将两人亲热的画面印在脑子里，将车子缓缓地开出 E 周刊的停车场。

E 周刊新一期的消息里，没有媒体们所预测的新进展，而是爆出了蓝顾云的秘密未婚妻为国内知名女模 Lily，预计两人年底会结婚，这一消息出来，铺天盖地的新闻和网络消息淹没了沈小雅那件事。

沈小雅一早拿到 E 周刊的心情，令她黯然了好久，这比爆出她跟蓝顾云的八卦更具有杀伤力，不禁想到了他那天所说的，他就要跟他的未婚妻结婚了，原来这件事是真的，那一个吻，果然不具备任何效应。

那倒也好，反正也不指望有任何交集了，心痛算什么，熬熬就过去了，长这么大谁没心疼过，大家不都活得好好的，没必要矫情。

就在这时，秘书进来对沈小雅说："郑小姐来了，就在门口。"

"哪个郑小姐？"沈小雅暗自纳闷，难道是郑主编的女儿？秘书摇摇头："是郑芙雅郑小姐。"

沈小雅呆愣了会儿："请她进来。"

第四章 只为从此不相离

沈小雅将 E 周刊的杂志丢到了垃圾桶里，郑芙雅脸色憔悴地走进来，原本直顺的头发，变得凌乱不堪，她倒了一杯水给郑芙雅，两个人沉默了，谁都没有说一句话。

她的视线投在灰色地毯上，仔细一看便可见到上面沾染了一些发丝，估摸是早上的清洁阿姨没打扫干净，模糊间，好似看到了高中时代，她跟郑芙雅曾经是一对闺密，几乎什么都会说，而今就仿佛两个陌生人一样。

"小雅，我明天就要去巴黎了。"郑芙雅这句话打破了沈小雅的思绪，不知道该说些什么，毕竟她真的不了解郑芙雅究竟是什么人了。

"反正我也快走了，我就跟你实话说了吧，我喜欢的是蓝顾云，至于为什么我会跟陆子鸣上床，那是因为蓝伯母答应我，如果帮助她离间你跟陆子鸣之间的关系，就会帮助我和蓝顾云在一起，只不过没想到后来发生了太多事，以至于我的计划都落空了。我就是喜欢他，一直都喜欢他，可以喜欢到牺牲自己，自打我大学第一眼看到他的时候，就追逐着他的脚步。没想到他居然跟你在一起。为什么是你？"

难怪当初会在医院里看见她，原来是这个原因。"不惜牺牲你自己？包括跟陆子鸣上床吗？"

沈小雅冷漠地冒出这么一句，令郑芙雅为之一愣，她的眸光黯然，沉默许久："是的。"

"我们谁都没有得到他不是吗？他即将和那个模特儿结婚，我这回放弃了，真的放弃了，我不会再去追随他的步伐，我真的好累，爱着一个不爱我的人，看着他跟身边任何人在一起，就是没有我！那种感觉你可以体会吗？嫉妒得发狂。"

郑芙雅走后，沈小雅一个人静静地坐在沙发上，抬头仰望窗外的景色，白云朵朵飘，而她的心却笼罩一片阴霾，所以说打从一开始她只是在这一波又一波的阴谋中搅动着，在她知道这件事后，并没有感到多大的惊讶，兴许是事情遇见多了，自然就见怪不怪。

倒是郑芙雅的最后一句话令她不禁感到疑惑："你要小心陆子鸣。"

为什么要小心他？

郑芙雅的话可信度还高吗？她的言辞闪烁，避重就轻地跳过好多东西，不免令沈小雅更加怀疑。

虽然E周刊之前的绯闻已经被掩盖住了，不过陆家对她已颇有微词，要不是陆子鸣一直挡着，只怕是早已爆发了，沈母索性就住到陆宅去了，天天与陆母做伴，再加上沈氏和艾米财团的周旋，以及新公司的问题，一时间所有的事情，就像是一阵龙卷风似的，席卷而来。

手握方向盘，车子平缓地在马路上行驶，一个陌生电话号码响起，沈小雅犹豫了会儿，接起来："你好。"

"你好，沈小姐，我是E周刊郑主编，找你有点事情，可以面谈吗？"

沈小雅被郑主编的这一举动搞得不明所以，却也答应了。

市医院离E周刊的办公大楼不远，沈小雅索性选在了附近的咖啡吧。一推开玻璃门，就闻到了香气四溢的咖啡香，墙上的风铃随着门缓缓阖上，发出悦耳动听的声音，暖黄色的灯光令人感觉到舒适。

郑主编正坐在红色花斑点的沙发上。

第四章　只为从此不相离

"有什么事吗？"沈小雅刚坐下就单刀直入地问，郑主编不好意思地笑笑："其实今天不是我要来找你的。"

郑主编刚说完这句话，从他身后出现一个身材妖娆、画着一脸精致妆容的女人，她拥有一双细直的长腿，眼如水杏，正瞅着沈小雅直望。

原来她比网上的照片更加美艳，沈小雅转眼看了一眼郑主编："这是什么情况？"

Lily朝着郑主编使了一个眼色，郑主编咳嗽了一声："是这样的，沈小姐，Lily小姐想找你谈谈，你们谈你们谈，我去那边点些水果小吃！"

郑主编慌慌张张地快步走到吧台，Lily优雅地坐到了沙发上，沈小雅在心底冷笑了下，视线投射到玻璃桌的烟灰缸上。

Lily的美眸直勾勾地盯着沈小雅直望："我是Lily，蓝顾云的未婚妻，我知道你是谁，你是沈氏的沈小雅，不要疑惑我为什么会出现，事实上你很明白。"

"我不明白。"沈小雅面无表情地说了一句，不知道怎么的，她就是对Lily没有好脸色，兴许是情敌见面分外眼红？如果是，那么她有什么资格当Lily的情敌呢？

"艾米财团正在极力对付沈氏和陆氏，我可以帮助你的新公司快速崛起，甚至拨给你们资金，这都没有关系。"

Lily的话让沈小雅蹙眉："为什么？"

"这件事结束以后，你要彻彻底底地消失在蓝顾云的面前！我可不希望我未来的老公，还时时刻刻地牵挂别人，忘了跟你说，我不只是模特这个身份，我爸爸是华中的股东，要帮我办成这些事非常简单。"Lily趾高气扬地说。

沈小雅沉吟会儿："好，我答应你。"

Lily不禁傻眼:"你说什么!?"

沈小雅一字一句地从嘴里说出:"我说我答应你的要求,事成之后绝对会消失在蓝顾云的面前,可以吗?"

"为什么?"Lily下意识地就问出心底的疑惑,沈小雅拨弄了下短发:"难道你对你提出的交换条件没信心吗?与其问太多为什么,倒不如好好合作,你觉得对吗?"

Lily傻乎乎地点点头:"好像是这么一个道理,反正你记得完成这件事后,你就不要再出现了,他好不容易愿意跟我结婚,我都快开心死了。"

Lily刚走,郑主编就回来了,沈小雅睨了他一眼:"这就是你的目的吗?"

"沈小姐,我也是被威胁的,你们几个我都得罪不起,我也是被逼的……"他说到最后被沈小雅锋利的眼神给盯得偃旗息鼓。

"好了,我不想听你没完没了的解释,你若真心悔过,就帮我一个忙。"沈小雅的眼神中闪过一丝诡谲的笑容。

"什么!"郑主编好奇不已。

服务生端来了一盘水果拼盘和几份干果类小吃,沈小雅意味深长地笑笑,咀嚼开心果果仁,将果壳扔到了桌子上。

几天以后,沈小雅接到了郑主编的电话,放下手头上的工作,急匆匆地赶到了E周刊办公室。

郑主编从柜子里拿出一叠资料递给她:"这个是我搜集到的资料,你看看。"

沈小雅接过资料,脸上露出笑容:"谢谢郑主编。"

第四章　只为从此不相离

"不过，你找20年前的陆氏地产八卦资料干什么？"郑主编挠着脑袋，不解地看着她，沈小雅语气平和地说："这个你就不用多管了。"

蓝顾云的办公室里，他一脸认真地看着手上的资料，不时有电话响起，跟秘书在讨论着，Lily坐在办公桌前的椅子上，无聊地打着哈欠，双手抵着桌子，捧着东垂西倒的脑袋，发出嗲里嗲气的声音，"你下午陪我吃饭好不好？"

他一声不吭地径自完成手头上的工作，一点也不理会Lily娇滴滴的模样，惹得她有些恼怒，一把夺过蓝顾云手上的案子："工作！工作！你就知道工作！自打你答应跟我结婚开始，不是工作就是心不在焉，你脑子里到底在想什么！有没有把我这个未婚妻放在眼里？"

蓝顾云眉头一皱，冷声："拿来！"

"不给！你把话给我说清楚。"Lily怯怯地说一句，声音中带着些许的颤抖，事实上她是有些怕蓝顾云的，她能在他开心的时候附加几句应场合的话，却扑灭不了他生气时的怒气。

蓝顾云冷哼一声，Lily便示弱地还给了他："我没空招待你，你不是喜欢逛街吗？多约几个朋友出去玩。"

"你是不是还想着那个沈小雅？你有没有道德感？我才是你未来的老婆！"

Lily怒不可遏地吵着，蓝顾云眯着眼睛直直地看着她，脸色十分难看："你说什么？你怎么知道她的？"

"之前关于你跟她这么多报道，我怎么可能不知道。"

"现在你有两个选择，要么你出去，要么我出去！"蓝顾云明显是要赶她走的意思，Lily气得眼泪哗啦哗啦地流下来，愤然

223

离去。

蓝顾云眸光中闪烁着怒火，拿起手机拨通郑主编的电话，一听到他的声音，便连连发问："你居然跟Lily说了沈小雅的事，你是嫌事情不够多是吧？"

电话那头传来急急的声音："蓝总，我冤枉啊！是你和沈小姐的报道声势浩大，才被Lily小姐知道的，这跟我有什么关系？"

"你少扯了！当初Lily在巴厘岛拍广告，怎么可能听到这个消息，不是你说的还能是谁说的？"

Lily不可能一下子就知道关于沈小雅这么多的事，况且最近E周刊关于Lily的报道特别多，这背后肯定是郑主编说的，不作第二人想。

"好好好，是Lily小姐知道了一些关于沈小姐的事，然后跑来问我的，其实我什么都没说，就跟她说了沈小姐已经嫁人了，让她无须担心。"

蓝顾云烦躁地说："好了，就这样了。"

他正欲挂下电话，那边又传来郑主编的声音："对了，沈小姐从我这拿了关于陆氏地产20年前的八卦资料。"

蓝顾云敷衍地说了一句："知道了，挂了。"

关于陆氏地产20年前的资料？看来她是越来越聪明了。蓝顾云一扫之前的阴郁，嘴角勾起一抹释然的笑容，看来他猜测得没有错，她和陆子鸣结婚很有可能是个幌子。之前他特意让顾优去查了下，后来顾优跟他说，沈小雅和陆子鸣合开了一个新的公司，想以此拿到华中的承包招标书，这事显然不是沈小雅能够想得到的，八成是陆子鸣给她的建议吧，这人倒是心机越发地深了。

第四章 只为从此不相离

晚上，沈氏办公楼全部熄灯了，只有沈小雅的办公室里仍旧亮着灯。在她面前堆了一地看似年代久远的杂志和报纸，她挠着发丝不断地蹙眉，不时咬着嘴唇："怎么这么多消息！"

她的视线匆匆地扫过陆氏的几个重大新闻，包括什么新分公司开业、公司里的新制度新规划都有！唯独没有瞧见蓝艾米和陆父之间的婚姻报道，这个没有也就算了，居然也没有陆母和陆父的报道，这究竟是怎么回事？

她看得眼睛酸涩，伸手揉揉，将手头上的报纸放到一边，无奈地叹了一口气，额头靠在办公桌上，熬不住睡意袭来，意识渐渐地模糊。

一室阒静，玻璃窗户大开，一张张报纸在地上随风起舞。

办公室的门轻轻地被打开，蓝顾云看到沈小雅正在酣睡，嘴角微微上扬。自打郑主编跟他说了沈小雅的事后，他脑海里总是不由自主地想到她的一颦一笑，不由自主地开到沈氏楼下，发现她的办公室还亮着灯，琢磨应该是在查陆父的事，便上来打探，没想到真的是如此。

沈小雅听到有动静，一睁眼就看到蓝顾云，瞪眼问道："你怎么来了？"

蓝顾云一愣，也不知道该说什么："没什么，就上来看看。"

沈小雅站起摇摇晃晃的身体，到饮水机旁给他倒了一杯水，递给蓝顾云："我有个疑问，现在沈氏已经四面楚歌了，艾米财团却迟迟没动手，这是什么原因？"

蓝顾云将视线投到了满地凌乱的报刊上："死法有很多种，有些人喜欢五马分尸，而有些人则想保留全尸而已。"

沈小雅笑而不语，风轻云淡地将地上的东西收好，归类放到柜子里。

蓝顾云浓眉一挑，看着她的身影转来转去，"看来是糊弄不过你了。"

她置若罔闻地继续整理桌子上的纸张，分门别类放到抽屉里，蓝顾云倒是按捺不住了，慌里慌张地说了一句："别生气。"

"你可以走了，艾米财团和沈氏本来就是对手，你的确是可以不对我说实话的，这没有什么。"

蓝顾云懊恼地抓了抓头发，软声："我对你怎么样，你还不知道吗？"

沈小雅夺回他手上的文件，放到柜子里，眼中闪过一抹灵光，委屈地坐到沙发上，撇着一张小嘴："那你还陷我于这种境地。"

他明知道沈小雅是故意的，却抵不住她的柔声细语，见不得她苦恼的模样："我妈她跟沈万豪有过节，本意也只是想夺取沈氏的股份，一雪当年的耻辱而已。"

"那为什么是以你的名义呢？"沈小雅思前想后也搞不懂这件事，当时是气疯了，才会跟蓝顾云闹分手，回过头静下来想想，这件事并不成立，蓝顾云之前跟她所保证的就毫无意义了，也没必要这么做，但听到是蓝母的计划，忍不住有些气恼，竭力忍住。

蓝顾云沉默了许久，抬眸："为了你。"

久久没有声音，她尴尬咳嗽了一声："少忽悠我。"

她正欲拿包离去，蓝顾云却一下子将她揽在怀里，她立马挣脱，无奈是有心无力，头顶传来蓝顾云落寞的声音："别动，就让我抱一会儿就好……就好……"

沈小雅心中一颤，静静地让他抱着，熟悉的气味充斥鼻尖，他的大掌轻轻抚过她的发丝。

第四章　只为从此不相离

"他有这么摸过你吗？他有抱过你吗？他知道这是你的敏感点吗？"

他动情地问着幼稚且又醋意浓厚的话语，惹得沈小雅不快，一把推开他："够了！我已经嫁给陆子鸣了，跟他发生什么，与你没有任何关系！"

"你不是！"蓝顾云眼中闪烁着不知名的火花，沈小雅嗤笑地说："这由不得你说是不是。"

沈小雅着急忙慌地握着方向盘，行驶在灯火霓虹的街道，整个城市笼罩在华丽的外表下，却掩埋不住暗黑的涌动，有光的地方，自有黑暗。

想到刚刚蓝顾云的一系列动作，她仍旧是脸红心跳，掩盖不住绯红，两个人就像是走到了举步维艰的山谷，进一步不可能，退一步更难。

她"嫁"给陆子鸣究竟是对是错呢？现在想来倒也没有后悔的机会了，早在她做出决定的那一刻，就无法回头了。

爱情，本就是奢侈品。

再者，他已经有了一个美艳妖娆的未婚妻，实在不适合再有太多的牵扯。

新公司马上就要步入正轨，不能再这么意志消沉下去，必须要准备华中承包书的事，倘若Lily能够帮忙的话，那么这件事势必会事半功倍的。

如果蓝顾云没有说谎的话，蓝艾米短期之内应该不会对付沈氏，她想要的是全部拥有，而不是鱼死网破，这也就解释了为什么蓝艾米再次请她去蓝宅的用意。

沈小雅回到沈宅后，洗了一个通体舒畅的热水澡，慵懒地躺在床上，小手四处摸索着，却发现柔软的被褥上空无一物，心中暗忖手机应该是放到包包里，于是光着脚丫子在木质地板上吱吱吱地发出声音，将包包拿到床上，搜了一遍，好像没有，于是索性就将里面的东西全部都倒了出来。

哗啦一下，倾数倒出粉底盒、口红、钥匙扣、钱币、还有一张小报纸，沈小雅拿起来一看，估计是不知道在什么时候塞进去的吧，本想随意丢在一旁，却眼尖地看到上面的几行小字：陆氏地产总裁的私密婚宴。

陆氏集团总裁陆远山极具注重个人隐私，从未有过任何的花边新闻，就连与新婚妻子的婚宴，也是草草办理，两人在陆宅请了双方父母，只是简单地走了下形式，据悉当日上任总裁陆建国赠送了陆氏家传的翡翠玉镯给予新儿媳萧雨。

下面有翡翠玉镯的照片，只可惜缺了一个角，大概是不知道在什么时候被撕掉了。

沈小雅读完这段话，萧雨！不就是陆母的本名吗？她想仔细看清玉镯的模样，却始终无法确定那个手镯是不是蓝母手上的那个。

如果是，那么手镯应该是两个，一个在蓝母手上，而另外一个则被陆母送给了沈母，只是这个手镯有什么玄机呢？

窗外树影斑驳，大风吹过，叶子抖得仿佛即将与树枝分离，沈小雅起身将窗帘拉好，关了灯。

第四章　只为从此不相离

Part3

"没半点风声，命运却留下指纹，爱你却不能过问。"
她开始一边倾倒，一边犹豫，左手爱情，右手家族。

陆父拿了一件黑色薄外套在蓝宅门口等待着，嘴里轻轻地叹了一口气。

保姆出来了："太太说请进来。"

陆父跟着保姆来到了会客厅，只见蓝母正坐在白色的欧式木椅上，一脸端庄地喝着清茶。陆父觑了她一眼，自然地坐到了她的对面，保姆立马递上一杯茶水。

茶水的热气袅袅升起，蓝母将印花瓷杯缓缓地放下，清脆的声音响起："这茶味道怎么样？是你喜欢的洞庭碧螺春。"

杯子里清香袭人，陆父轻啜一口："这么些年，你还是记得。"

"记得，我当然记得，记得你的好，记得你的不好，你的温柔和你的决然，你的甜言蜜语还有你的冷漠无情，这些我通通都记得。我知道你一定会再次出现在我面前的，我等今天已经等了好久了。陆远山，好久不见！恭喜你，又遇见了蓝艾米！"蓝母讽刺地笑了起来，声音尖锐地让他皱眉。

"艾米……我知道这些年是我对不起你，不过你也做得太过分了！"陆父沉声，在蓝艾米以这种方式出现的时候，他就开始慢慢怀疑当年的事情，如果她不是被冤枉的，何苦隐藏多年，等到现在才出现呢？

于是他去到了美国，几番周折之下，找到了当年做DNA检验的私人医生，发现原来医生被人买通了，当年的DNA报告全部都是伪造的，蓝艾米压根就没有背叛他，是他误会了她。

而当年买通医生的人，正是他多年的妻子萧雨。

这个消息令他极为震惊。谁知他匆匆赶回国内，恰巧又赶上了陆子鸣和沈小雅的婚礼，处理好一切事情，他就即刻来找她："孩子呢？他……"

蓝母嘴角勾起一抹苦笑："是我做得过分还是萧雨做得过分？她装无辜，陷我于不仁不义的境地，表面对我关怀备至，实际上恨不得把我千刀万剐，陆远山，你居然还相信她的鬼话，把我一脚踹开，对我的话一句都不相信，你让我一个人怎么活下去？你还记挂着孩子？你不是说他是野种吗？你有资格忏悔吗？"

蓝母激动地把茶杯扫到了地上，起身慢慢地走到了陆父身边，一字一句清晰地说："陆远山啊陆远山，亏你是商业精英，怎么就被我这个一窍不通的妇人给整成这样了？"

"艾米，我知道我错得离谱，不求你的原谅，但你……"陆父哽咽地抖着肩膀，他这辈子最爱的女人，被他折磨成现在这样子，她曾经是多么单纯懵懂无知的女孩，却因他错信了别人的挑拨离间骨肉分离。

蓝母别开脸冷笑着："别以为这样我就会心软饶了陆氏地产，饶了萧雨！你慢慢等着，我不会放过你们每一个人的。"

"艾米！千错万错都是我的错，你何苦把别人全部牵扯进来？你有什么怨气都朝着我来，都是我害你变成今天这样的。你告诉我，蓝顾云是不是我们的儿子？"陆父激动地问着之前脑子里所猜测的事，他曾经怀疑是顾优，后来遇见了顾优，几经询问

第四章　只为从此不相离

之下才知道她只有一个亲生儿子，那就是蓝顾云，也就是说蓝顾云是他的亲生儿子。

蓝母笑了："是！是你的儿子！所以陆子鸣有什么，你自然也要给我的儿子什么，本来嘛，手心手背全是肉，你自然不能偏心，你说对不对！"

沈小雅越发地多愁善感，要不是今天陆子鸣打电话过来，让她必须回陆宅吃晚饭，她是绝对不会坐在这里的。

保姆走到沈小雅的身边："太太说可以吃饭了。"

沈小雅点点头，起身正欲进去，却看见陆父站在柳树旁，似乎在瞭望什么东西似的。她跟陆父并无太多的交集，在印象里他是个比较难以接触的人，喜怒不形于色，不大爱跟陆子鸣和她开玩笑。

"爸爸，吃饭了。"沈小雅走到他跟前轻轻地说，陆父咳嗽了一声，看了一眼沈小雅，"嗯，知道了，你先进去吧。"

陆父并没有进去的意思，沈小雅转身离开，又被陆父喊住："小雅，你跟鸣鸣的新公司在对付艾米财团吗？"

"是的，艾米财团仗势欺人，我们不能任人欺负吧。"

他重重地叹了一口气："冤孽。"

沈小雅并不懂他所说的意思，陆父倒也没有任何解释："好了，我们进去吃饭吧。"

柳树依旧随风摆动，不时有几片叶子缓缓地掉落在地上，掩盖了一切真相浮现的痕迹。

沈小雅虽然让Lily帮忙办华中的事，不过总是心有不安，这小妮子究竟靠谱不靠谱？在接到Lily的电话后，彻底验证了她心中的忧虑：

"我跟你说，本来这件事是没有问题的，但是华中幕后的大老板属意艾米财团，我爸爸是有心无力，不过你不要担心，我一定会跟爸爸想尽办法的。"

"华中的幕后大老板是谁？"

"大伙儿都不知道他是谁，据说他的身份比较神秘，不过我有一次在爸爸的办公室偷听到好像叫汪国什么的！"

沈小雅捏紧手机，感受机身背面传来的热度："行，我知道了，等待你的好消息。"

她黯然地坐在办公室里，看着窗外的光透进来，心不断地往下沉，华中的老板居然是汪国！这究竟是怎么一回事？为什么这些事就像是无尽的蔓藤，不断地缠绕延续。

沈小雅开车到达汪国的住处，地址自然是从李萌萌那里拿过来的，据说他现在跟汪如玉如胶似漆，感情好得不得了，门卫显然不想让她进去。

"我找汪叔叔有事情。"

"有预约吗？"

"没有。"

"那就先到秘书那儿预约。"

蓝顾云今天就是来找汪国谈承包书的细节部分，正巧看到沈小雅被门卫拒绝，便召人让她进来。

汪国不禁莞尔："我就说你怎么就跟 Lily 和好了呢，原来是醉翁之意不在酒。蓝小子你是越来越糊涂了吧？你这样不能让她吃醋，有可能还会越逼越远，也不想想她现在的处境，都已经嫁入陆家了，怎么可能还会跟你有未来？"

第四章 只为从此不相离

"一遇到关于她的事情,我从来就没清醒过,她来找你肯定是有事的,我先躲躲,你跟她聊聊。"

蓝顾云听到熟悉的脚步声越来越近,快速站到了阳台上,关上玻璃门,示意汪国拉上窗帘,汪国摇摇头笑了,将厚重的帘子拉上。

沈小雅一进门就看见汪国折腾米色窗帘,不解地问:"汪叔叔,你在干吗?"

"哦……我有点怕光,所以把帘子给拉起来。"汪国尴尬一笑,心中暗忖蓝顾云那小子真会给他找事。他笑着让沈小雅坐下,"今天来找我有什么事?"

沈小雅倒也没起什么疑心,汪国让她坐在沙发上,她按捺住心中的急躁,缓缓地坐下,一双眸子不断地打量着汪国:"汪叔叔,有个问题不知道我该问不该问。"

汪国倒是满脸笑嘻嘻地问:"什么事?"心中却在不断暗忖,这小妮子的眼神不善,到底打什么鬼主意?

"汪叔叔可是华中的幕后大老板?"指尖在不断地颤抖,透露出她的紧张,深知这件事一个弄不好,势必会把情况搞得更为恶劣,不过事到如今却也没有别的办法。

汪国眼眸加深,脸上却没有任何的表情,一时间屋子里没有一点声音,沈小雅手心渗出汗液。

站在阳台上的蓝顾云蹙眉,心中暗忖这小妮子准备做什么?她又是打哪儿知道的消息?

"是。"汪国清冷的声音响起。

沈小雅故作镇静:"汪叔叔,听闻你属意艾米财团做华中的承包书?"

"可能我明白你的意思了,你想给丰皇求情是吗?"汪国对这件事略有耳闻，沈小雅和陆子鸣新开了一家公司丰皇企业，近期正在急欲签下华中的承包书，并且让股东吕风拼命拉拢，却被他驳回。

既然汪国都把事情摊开来说了，那么沈小雅也就不再迂回，"是的，丰皇并没有比艾米财团提供的条件差，甚至降低了我们的利润，唯一的缺点就在于是新公司，信誉度并不高。"

"唉……你这丫头，为什么要跟蓝顾云对着干？你明知道他……从未想要伤害过你。上一代的恩怨何苦再扯到下一代身上，你们俩这样不痛苦吗？"这令汪国想起了当年蓝艾米和陆远山之间的感情，本该就相爱的两人，却只能两相望，虽然他从来都没对陆远山心存好感过，也不认可他们的感情，却被两个人的执着深深感动，只可惜结局并不尽如人意。

沈小雅的眸子暗了，别过脸视线投射到窗帘上，"汪叔叔，我也不跟你绕圈子了，丰皇必须拿到华中的承包书。"

"当然，我说这些并不是想让汪叔叔手下留情，只是想给汪叔叔多一个选择……"

沈小雅这话还没说完，就眼前一片亮，刺眼得让她闭上了眼睛，待适应光线后，缓缓地睁开眼睛，却愣住了，没有想到蓝顾云正站在玻璃门后。

汪国咳嗽一声："这个……你们先谈谈，我去楼下安排晚饭，你们俩都在这一起吃吧。"说完之后，就立马跑了。

"你怎么？"沈小雅感到头皮发麻，他居然躲在阳台上，难怪刚刚汪国会……她怎么就没有注意到呢？

这时，沈小雅可怜兮兮地看着他，揪着他的衣角："你就当让我一次行不行，放弃华中的承包书，就算是让我有一个生存的余地。"

第四章 只为从此不相离

蓝顾云动容地摸了摸她的发丝："把一切都交给我，我会保你周全，什么都不用想。"

有那么一瞬间，心底有个声音告诉她，就这样跟着他，什么都别管别顾了，全部都让他接手，只不过，当她想到爸爸的死她的心就一阵阵地疼："你到底帮不帮？不帮的话，我自己来。"

蓝顾云仔仔细细地瞅着她白净无瑕的脸蛋，指腹轻轻地摩挲着，大拇指上有老茧，弄得她有些痒，一字一句地说："好，但是从现在开始，你必须回到我身边。"

轰隆一声，沈小雅呆若木鸡，立马下意识说："不行，陆家怎么办？我妈怎么办？我不能被冠上不仁不义的罪名！"

倘若现在跟蓝顾云一走了之，沈家要背负多少罪名，她死不足惜，但是不能让沈氏蒙冤。

"那我就没办法了，你也知道艾米财团势在必得，哪怕丰皇退让多少步，总归是没有信誉的小公司，宝贝，你自己好好权衡下。"

"卑鄙！"沈小雅怒言相对，蓝顾云讽刺一笑，独断专行地说："你是我的，谁都抢不走。"包括陆子鸣，他早已让人查清，陆子鸣就是一步步引诱沈小雅做错误的决定的罪魁祸首。

她终将是他的。

当汪国准备好晚餐的时候，沈小雅就匆匆离去，面色铁青，过了一会儿，蓝顾云也走了，汪国无奈地摇摇头，这些年轻人的事，真的是太乱了。

回到沈宅已经天黑，保姆一见到沈小雅回来，便急忙上前告知："小姐，你去哪儿了？太太和陆总已经等候多时了。"

沈小雅点点头，缓步走进了大厅，真的是一波未平一波又

235

起，一进门就看见沈母一脸严肃地坐在沙发上，陆子鸣则面无表情，沈母旁边则是许久不见的陆母，她倒是一副慈爱的模样，三个人全部到齐了。

她走到沙发上坐下，玻璃桌上映出她的灰暗影子，挂上一抹勉强的微笑："妈、陆伯母，你们怎么来了？也不早些告诉我，我好早点回来。"

"小雅，你最近是越来越过分了，跟鸣鸣结婚这么久，除了前几天在陆家，平时都看不见你人影。你说你到底是什么意思？有没有把你陆伯母放在眼里，有没有当鸣鸣是你的丈夫？"

沈母是个憋不住的人，立马一连串地攻击过来，沈小雅并没有理会，倒是转眼看了下陆子鸣，只见他朝着她摇摇头，让她当作没听见，沈小雅淡淡一笑，任凭沈母怎么说就是不为所动，幸亏陆母及时解围："哎呀，你就少说几句，你看小雅最近瘦了这么多，你还这么说她，你可知道她天天在沈氏有多辛苦？没日没夜地上班，眼袋都肿得跟什么似的，再说了，沈氏不是离沈宅近吗？她偶尔住几次没事的，只要不是长期的，你说对吧？小雅？"

陆母果然说话有道，沈小雅在心中暗暗心惊，绕来绕去陆母的意思还是让她回到陆宅。

"妈，小雅今天会回去的，你说对不对？"陆子鸣示意性地对沈小雅眨了眨眼睛，沈小雅敷衍地应了句："嗯。"

夜晚，凉风徐徐吹来，蓝顾云穿着一件棉质睡衣，独自站在阳台上思绪万千，李叔在他身后报告着："沈小姐被陆子鸣和沈母带回陆宅了。"

蓝顾云眉头越发紧皱："知道是什么原因吗？"

第四章　只为从此不相离

"暂时还不清楚，只知道沈小姐跟他们发生了口角。"李叔一五一十地道出，蓝顾云气哼一声，手指捏得咯咯作响："继续留意陆宅的事，找几个人背后保护好她。"

李叔点点头："是，对了……还有，太太明天让你和Lily讨论婚宴的事。"

蓝顾云俊朗的脸庞隐在昏暗的夜色中，犀利的眸子注视着屋内一盏水晶灯，在灯光折射下，发出梦幻般的光芒。

当得知沈小雅和陆子鸣已婚的事实后，他深受打击，却又意外知晓沈小雅和陆子鸣之间并没有登记，这让他重燃了斗志，恰巧知道Lily回国这事，原本是想利用Lily借机打击沈小雅，逼得她吃醋，现在看来感情这种事，真的是越简单才越快乐的，他不禁懊恼自己把一切搞得那么乱。

"明天我会跟Lily说清楚的。"蓝顾云冷漠地抛出这么一句。

陆宅，沈小雅坐在卧室里的超大型沙发上，径自看着手上的报告，心思却不在于此，想着蓝顾云所说过的话，心中甚是烦躁，咔吱一声，木门被缓缓地推开，陆子鸣一脸笑意地走进来，手上端着一盘水果，拿到了沈小雅的身边。

"看你最近的脸色不好看，吃个樱桃吧。"他将一颗樱桃递到她的唇边，沈小雅感到一阵冰凉，不好意思地别开脸，抓在手心。

他面色如土，须臾间，又挂上了一抹微笑："我打算下周去华中谈谈承包书的事，这回我们做了万全的准备，肯定可以的。"

沈小雅手一抖，想到蓝顾云所说的也不无道理，丰皇是新公司，论实力不如艾米财团，论能力还是不如艾米财团，一味降低自己的利益，的确是不智之举。

"你放心吧,没事的。"陆子鸣以为沈小雅担心丰皇的事,于是便柔声安慰。沈小雅嘴角扯出一个难看的笑容,咀嚼着嘴里的樱桃,曾经跟陆子鸣的过往,现在想起来就仿佛是过眼云烟,两个人之间存在着一层若有若无的隔膜,她不敢往前走一步。

陆子鸣重重地叹了一口气,揉了揉沈小雅的发丝:"乖,别想太多,一切都会恢复的,我保证。"

陆子鸣临走之前在她的耳边轻声说:"我会一直等你回心转意,等你,我去书房睡觉。"

办公室内,弥漫着慵懒的气息,窗户紧闭,帘子半拉,沈小雅头靠在桌子上,枕着一堆文案和资料。

就在这个时候,秘书匆匆进来,沈小雅警觉地抬起头,满脸疲惫:"怎么了?"

"顾优小姐来了,要见吗?"秘书试探性地问,在沈氏所有的人都知道顾优和沈小雅所发生的事,自然要小心对待。

沈小雅有气无力地说:"让她进来。"

顾优踩着高跟鞋满脸笑意地走进来,一双修长的美腿令人别不开眼,她熟门熟路地就在沈小雅前方的椅子上坐下。

"大嫂,好久不见。"她一双媚眼不断地眨动着,沈小雅为之一愣,沉声问:"胡说什么呢?我什么时候变成你大嫂了?"

顾优笑眯眯地望着她,一言不发。

沈小雅沉默了会儿,半晌才问一句:"你今天到这里来是什么目的?"

不是她不相信顾优,只是现在关系过于杂乱,搞不清楚究竟是怎么一回事,在还不知晓对方的来意之前,切勿轻举妄动。

"小雅,我承认之前的事情,的确是我听从了妈的指示,对

第四章 只为从此不相离

沈氏做了一些小动作，不过从那之后，我并没有再做诸如此类的事。对你我是存在愧疚的，觉得好多事都对不起你，让你原谅我是不可能的，我只想说尽我一份心而已，现在沈氏处于危急时刻……"不等顾优把话说完，沈小雅嘲讽一笑，"还有呢？说完你可以走了，我还要继续忙手头上的事，沈氏的事情就不劳你费心了。"

她曾非常相信顾优，把她当成是最好的朋友，而今再有什么，也不入耳了，心被伤了，自当难以痊愈。

"小雅……"顾优眼神一暗。

这回沈小雅倒也没反驳顾优，没否认没赞同，不知道她心底在想什么事："是他让你来的吗？"

顾优点点头："我不否认。还有一件事，我想告诉你，不管你信我也好，不信我也好，我都要告诉你，郑芙雅是当初我妈让她去陷害陆子鸣的，她一直都喜欢大哥，所以听了我妈的话。不过后来的事有些蹊跷，她似乎帮着陆子鸣陷害大哥。在医院那次，其实是她让大哥一起去的，然后沈伯伯就去世了，这中间似乎都有着似有似无的联系，我不知道究竟发生了什么，只是隐隐感觉这件事并不简单，你可以不相信我的话，但是你必须得记得提防陆子鸣。"

沈小雅揉了揉眉心，一件件事情接踵而来，似乎都在连续不断地绕着一件事发展，逼得人喘不过气来："好了，我知道了，晚上我找他谈谈。"

Part 4

"一定要幸福,其实很容易满足,爱是相互,是简简单单的付出。"

她的世界里有他,就是拥有了全部。

顾优从沈氏的电梯下来,就立马打了一个电话给蓝顾云:"大哥,小雅脾气倔得很,而且她已经不会像当初那样轻易去相信任何人了,我也无能为力。她说晚上会和你谈谈,到时候你们两个摊开来说,毕竟两个人的感情事,我也不好怎么说,我只能旁敲侧击地帮助你。"

蓝顾云清冷的声音传出:"我知道了,她应该是一时之间无法接受。"

当蓝顾云挂下电话后,就见到蓝母满脸笑意地瞅着他,"你看Lily多贤惠,在厨房里帮忙做菜,你可算是找对人了。"

"妈,我想跟你说件事,我不能跟Lily结婚,我不管你同意也好,不同意也罢,我就只娶沈小雅一人。"这句话不重不轻却瞬间让蓝母当场石化,蓝顾云不加理会,径自穿过大厅,走向厨房。

只见Lily漂亮的手指在剥大蒜,锅里热烟袅袅,她一看到蓝顾云进来,就把手上的活交给保姆,兴奋地跑向蓝顾云说:"我给你做了糖醋排骨和炒西红柿。"

蓝顾云轻轻回应一声:"嗯,你出来下,我跟你说个事情。"

第四章　只为从此不相离

　　Lily不明所以地跟着蓝顾云走到院子里。蓝顾云让Lily在石凳上坐下，Lily的眸子里溢满了笑意："你是不是要跟我谈结婚的事？你说我当天穿什么好看呢？我前几天去看了下婚纱的款式，一时也决定不下来到底穿什么，不如改天我们一起过去好不好？"

　　"不是，我不能跟你结婚。"蓝顾云的脸上没有任何的起伏，"你要什么赔偿，我一并支付给你，就是不能跟你结婚。"

　　Lily的笑容瞬间凝固，嘴角扯着笑："不可能的，你不是说要跟我结婚吗？怎么忽然就变卦了？是不是在跟我开玩笑？"

　　烈日炎炎当头，Lily却感觉到一阵冰凉，蓝顾云盯着她，认认真真地又说了一遍，"我不能跟你结婚。"

　　"为什么？"顿时，Lily失去了平时优雅的模样，面部扭曲抓狂。

　　蓝顾云抱歉地说了声"对不起"就转身离去。他一心记挂着沈小雅，不知道她现在怎么样了。

　　Lily失神地看着蓝顾云的背影，艳红的指甲嵌入肉里，恨不得从里面抠出汩汩鲜血。

　　这时，蓝母面色焦急地走到蓝顾云的面前，支吾地问："你说的是真的吗？这，那Lily的事怎么办？你们俩不是要结婚吗？这……"

　　"我承认Lily的事，是我做得不好，用她来刺激小雅也是我的错，但是我真的不能跟她结婚。"

　　蓝顾云独自开车来到沈宅。

　　沈小雅见到他淡然一笑："我找你过来，是想问问你上次说过的话,是不是我回到你身边,你就会放弃华中的招标书,让给丰皇?"

蓝顾云将她轻揽入怀:"只要你能够回到我身边,无论让我付出什么,都在所不惜。"

"蓝顾云……我真的这么重要吗?"沈小雅含糊不清地闷闷发声,她的小脑袋埋着,看不清她的表情,蓝顾云沉吟了会儿,半晌发出一句,"不重要……"

沈小雅黯然地"哦"了一声:"那……"蓝顾云戏谑地笑了:"不重要我怎么会不计任何代价陪着你发疯呢?"

她被这句话堵得什么都说不出来,无论真的假的也好,真想就这样下去,不顾及任何东西,蓝顾云将她横抱起来,沈小雅惊呼一声,待她回神过来,已经置身于柔软的被褥里了,他轻笑起来:"你怎么不问我其他的事情?不好奇吗?"

"不重要了。"沈小雅嘴角露出一抹苦笑,意识越来越模糊,昏昏欲睡。

蓝顾云抚摸着她的背脊,柔声哄着:"乖……好好睡,我会一直在你的身边的。"

天刚破晓,空气中吹着缕缕凉风,陆父悄悄地从陆宅里走出来,路过院子里,晶莹剔透的露珠在叶子上闪烁着,大步走向不远处的小公园里。

丝毫没察觉到陆母正鬼鬼祟祟地跟在他身后。

陆父在公园内四处张望,看见蓝母坐在一旁的石凳上,连忙走过去,急急地说:"找我过来有什么事情吗?"

蓝母缓缓地抬起头,利索地说:"我想跟你说件事,关于你儿子蓝顾云的事。"

第四章　只为从此不相离

蓝母继续说着："就是上次跟你说的，你考虑清楚了没？陆子鸣拥有多少，我的儿子也要拥有多少，这才合乎情理，你说对不对？毕竟都是自己亲生的，不可能偏袒的。我也要求不高，你就拿跟陆子鸣一样的股份送给云云好了，名下的房产，也就按照这样分就行。"

蓝母的眼神里透着势在必得，她可以轻松对付陆家，只是她不愿意这么放过他们，要慢慢来。萧雨曾经怎么折磨她的，现在风水轮流转，换她重新回敬，让萧雨彻彻底底明白这个战场上谁才是主角。

"给我时间，让我考虑下。"陆父脑子里晕眩不已，有气无力地说道。蓝母拍了拍陆父的肩膀："相信你会考虑得非常清楚。"

这一掌重如千斤。

陆母在一旁狠狠地揪住衣角，眼神里充斥着暴怒，在脑海里暗忖，这件事别想就这么结束，进了这门就别妄想再出去。

陆父听说沈小雅回来了，便找沈小雅到藏宝阁里谈话。

沈小雅坐在木椅上，看着满室的书籍，整整齐齐地摆在架子上，不禁令她想到了静安古楼，颇有异曲同工之妙，眼前的实木桌上摆放着笔墨纸砚，以及几本字帖。陆父对这些的挚爱程度远远超过了对陆氏地产的关心，据说是后来越来越漠不关心，曾经他也是日以继夜地为陆氏地产奔波。

陆父从书架上拿下一本书，缓缓地走到椅子上坐下，淡笑地看着沈小雅："小雅，不知道有没有兴趣听我讲一个很长的故事？"

沈小雅笑着点点头，陆父啜了一口茶，将书放在桌子上，慢慢道来这一段："我和你爸爸都是因为喜欢油画而认识的，虽然后来我们都不画了，各自做着自家的企业，却依旧对探讨油画充满了兴趣。就在我刚刚接手陆氏的时候，有一天我去画室里看画，遇见一个非常清纯的女孩，她专心致志地画着，我就被她那种轻灵脱俗的外表给吸引了。慢慢地我们就在一起了，但是我家里人并不满意她，因为她只是一个普通的女孩，并没有太多帮助陆氏地产的能力，开始给我介绍相亲的对象，就是萧雨，我并不同意，于是跟她私奔去了美国并结了婚，她为我生下了一个孩子。后来，我爸和萧雨找到了我，跟我说孩子并不是我亲生的，我不相信这件事，没想到他们拿出了DNA证明，证实了孩子并不是我的，而是她跟一个不知名的酒吧小厮的孩子，我气愤之下便和她离婚回到了国内，她尾随我回国，告诉我那并不是真的，她是被冤枉的，而我却始终没有相信她。忽然有一天，她消失不见了，我也不知道她去哪儿了，我开始不安了，四处寻找她的下落，却毫无音讯，于是我的意志消沉，听从了家里人的安排，娶了萧雨，而那个女孩想必你也听出来是谁了，她就是艾米财团的蓝艾米。"

"孩子？"沈小雅将陆父所说的信息合并下，难道说那孩子是蓝顾云？沈小雅睁大眼睛，直直地看着陆父。

陆父好似知道她心里在想什么："你想得没有错，蓝顾云就是我和蓝艾米的孩子，我也是最近才知道这件事的。"

"蓝艾米想尽办法千方百计地对付陆氏地产，是因为她当年受到了你们的冤枉，对不对？"

"嗯，蓝艾米之所以对付我和你爸爸，都是因为当年她受到的冤枉，也的确是我们在冤枉她。她求我不成，便去求你爸爸，她知道你爸爸和我的关系非常要好，于是她想让你爸爸为她澄清事实，可是你爸爸始终不愿意，于是她就天天蹲在沈宅门口等待

第四章　只为从此不相离

你爸爸，却被无情地赶走。"他何尝不知道蓝艾米所遭遇的事情，只是当时被气坏了，所有的证据都指向她的不忠，才狠心不去理解。

多少个难眠的深夜里，蓝艾米的身影出现在梦境中，氤氲的迷雾中，看不清她的脸庞，只能听到她尖锐的声音，"我会回来的，你一定会后悔的。"

沈小雅的疑问打破了陆父的思绪："所以她才计划这一切，她的目的是吞并陆氏地产和沈氏吗？"

陆父深深地叹了一口气："当年的事情，的确是我对不起她，毋庸置疑。"

自打蓝艾米消失了以后，他的世界里就只剩下无穷无尽的回忆，如果不是她，那么娶谁都可以，他甚至对亲生儿子都不是特别关注，以至于下一代的纷争，他一点都不知道，才会演变成今天这样。

"可是……我爸爸他……到底是怎么一回事？难道仅仅是因为不愿意帮助她，所以才……这并不合乎情理，爸爸又不知道孩子究竟是不是你的，要怎么帮助蓝艾米。"沈小雅一想到沈父的死亡，心就揪成一团，在上面插了无数根小针，不见血却痛得惊人。陆父无奈地摇摇头，手指轻轻捏着睛明穴，"据我所知，你爸并不相信她的说辞。"

屋内明亮的光线渐渐褪去，阴影越发加深，风吹木窗咯吱声作响。陆父清了清喉咙："小雅，这几年我醉心于作画，荒废了公司的事，连鸣鸣都不大关心，我想问你一件事，其实倒也没别的意思，只是想听听你的说法，你和鸣鸣之间，究竟是怎么回事？我一直以为你们自小关系就颇好，结婚是理所应当的事，没有想到你却忽然逃婚了，这的确令人有些措手不及，我还以为你是在跟鸣鸣闹脾气耍性子，那……你跟蓝顾云又是怎么回事？那句话说得好，手心手背全是肉，所以我必须知道你是什么想法，才能知道要怎么做。"

沈小雅被问得瞪大眼睛，陆父怎么会知道她和蓝顾云的事，这究竟是谁告诉他的？陆父朝沈小雅安抚和善地一笑："你是想知道究竟是谁告诉我的对不对？是蓝艾米找到我告诉我的，她在跟我要人，所以我想知道你的决定，究竟是怎么样的？不得不说，我对她是有愧疚的，所以她想要的，我都想尽力满足她，我也是过来人，明白你们年轻人的情情爱爱是无法被束缚的。"

"感情的事一言难尽。但我和鸣鸣其实是为了两家利益假结婚。"沈小雅深感无力，"你放心，我会尽快处理好这些事的。"

陆父颓然地点点头，将手上的书本交给沈小雅。这本书外观看起来旧旧的，有着暗黄色的封皮。她不解地望着陆父："这……"陆父不慌不忙地说："你把这个交给蓝顾云，这些年我亏欠他的实在太多，这些算是我给他的补偿。"

"为什么你不自己给他呢？"沈小雅接过放在包包里，其实陆父也是一个好爸爸，虽然平时看上去不是很关心陆子鸣，不过无论去到哪里，肯定会记得给他带一份礼物，这让她小时候特别羡慕，相信他知道蓝顾云是亲生儿子后，肯定特别想见到他。

"唉……我对不起他太多，没脸见到他，小雅你是个好孩子，我打小看你长大，知道你心地善良，都怪我糊涂，从你结婚后不回陆宅过夜，我就应该有所察觉，你这么做应该是为了丰皇。"

"爸爸，放心，我会处理好的。"

沈小雅疲惫一笑，各种心酸藏匿于心。

第四章　只为从此不相离

陆子鸣一回到家就听说沈小雅在等他，心底暗暗雀跃，只不过心底又隐隐有一份不安，想到之前跟郑芙雅通电话所讲的事情："陆子鸣，你别再破坏他们之间的关系了，你知道沈小雅多么不容易吗？要是让她知道，是你故意让我去找蓝顾云到医院见沈伯伯，你认为她还会轻易原谅你吗？更可笑的是你居然气得沈伯伯猝死，还嫁祸给蓝顾云，你觉得你心里过意得去吗？沈小雅要是知道自己居然嫁给了凶手，她会怎么样？"

"闭嘴！你自己还不是用尽手段，凭什么来说我，沈伯伯的死是个意外，谁都预料不到，我只是让你带他去医院见沈伯伯而已，你这时候倒是想装好人了？晚了！门都没有，我告诉你，这件事你别给我走漏半点风声，我们都是一条船上的，谁都别想撇得干干净净。"

陆子鸣一推开房门，只见疏冷的摆设，豪华构造床上空空如也，刚刚换上的镶钻紫色沙发，丝毫没有半点人气。他没有看到沈小雅的人影，蹙眉走出，保姆急忙走上前来："陆总，小雅小姐早一步走了，让我告诉你，她临时有事情，迟点会打电话给你的。"

"嗯，下去吧。"陆子鸣挥退了保姆，陆母缓缓地走进来，一身黑色休闲服，他烦躁地说："不是叫你们下去了吗？又过来干吗？"

陆母嘴角勾起一抹笑，发出声音："呜呜，是妈！"

倏地，陆子鸣猛地转身，看到陆母正坐在沙发上，似笑非笑地看着他。

"妈，来找我什么事吗？"陆子鸣垂头丧气地问，陆母抿嘴一笑："鸣鸣是在烦恼小雅的事情吗？"

"是啊，她的心思完全都不在我这里，我以为把她留在身边，就能够让她回心转意，然而却不是这样的，她的心全跑到蓝顾云那去了，妈，你不是说这样做就可以了吗？为什么毫无成效？她还是想着他！我真搞不懂那个蓝顾云有什么好的，能够让小雅无怨无悔地跟他，要不是沈伯伯的死跟他牵扯太大，两家企业水火不容，小雅早就跟蓝顾云跑了，哪还有我什么份。凭什么？我跟她从小就认识，居然敌不过数月的蓝顾云！这简直让我无法理解！"

"呜呜，还记得妈跟你说过什么吗？遇到任何事千万别动用你的情绪，而是用你的脑子思考，小雅嫁给你已经是事实了，光就这点你就赢了，她再想跟蓝顾云有什么，也必须要跟你离婚，不然她将一辈子蒙受骂名，你会这么容易跟她结束吗？"

陆母胸有成竹地说，眼神里透着诡谲的笑意，陆子鸣却叹了一口气倒在沙发一侧："妈，她的心都不在了，留人在身边有什么用？而且，我们并没有登记结婚。"

"什么，你们居然没有登记？也罢，只要没有艾米财团没有蓝顾云，小雅怎么可能不会再爱上你呢？现在你要做到把全部的心思都花在丰皇上，切勿因小失大。"

陆母的声音在陆子鸣的脑海里不断地回荡："好的，我知道了。"

陆母的手攥成拳头，眼中透着丝丝恨意，蓝艾米想跟我斗，也要看现在是什么情势，哪怕拥有主权，但是她仍旧是处于主导地位，两家都围绕着一个关键，那就是沈小雅将会成为决胜的关键。

艾米财团办公室里，蓝顾云背对着秘书下达命令："明天帮

第四章　只为从此不相离

我约见陆氏地产总经理。"

白炽灯衬托出他的身影，他正欣赏着落地窗外的景色，万家灯火星星点点，将这个昏暗无光的夜里，烘托出别样的味道。

秘书虽感到不解，却也点点头："是的，我会记得通知。"

他的手机响起，一看是沈小雅打来的电话，立马接了起来："喂？"

"还在上班吗？什么时候下班？"沈小雅的声音，听得蓝顾云十分舒服，嘴角不知觉地勾起一抹笑意，"怎么了？是不是等我吃饭？"

"唔……"沈小雅含糊不清地哼了一句，蓝顾云顿时心底朵朵花开，"你来我的公寓楼，我做饭给你吃好不好？"

沈小雅在那边应了一句，"好。"

她将车子发动，朝着龙湾国际公寓楼开去，瞄了一眼后视镜，看到后座上的暗黄色封皮的不是书，而是陆父给蓝顾云的陆氏地产股份，以及多处地产，现在情势特别地复杂，她不知道该不该把这些拿给蓝顾云，陆氏地产一日不如一日，在这个时候，无疑让艾米财团更为占上风。

蓝顾云一推开公寓楼的大门，他四处搜索着沈小雅的行踪，地上零零碎碎的灯光，侧头一望便看见厨房内的光线照出，大步走了过去。

沈小雅正在厨房里忙活着，她利落下刀切了一个番茄，锅里热气直冒，将已经打好的鸡蛋倒了进去。蓝顾云不禁在心里暗忖，这小丫头做菜还挺顺手？那还跟他装不会？

她将番茄扔了进去，顺手就把火给关了，便往后退了好几步。他忍不住笑了出来，沈小雅这才发现蓝顾云已经在她的身后了,呆呆地站在那里,无辜地眨巴着眼:"你回来了?"

蓝顾云上前熟练地将锅里的东西倒掉,敲了几个鸡蛋,摇摇头说:"你出去吧,我来做。"沈小雅努了努嘴:"那就交给你了。"

沈小雅从厨房里走出来以后,伸手摸索着客厅大灯的开关,天花板上的吊灯一亮,整个室内都被渲染得明亮许多,她感到眼前一阵晕眩,摇摇晃晃地扶着头,躺到了柔软的沙发上,全身毫无力气。

她看到沙发另一头放着自己的包包,暗自咬唇,究竟应该不应该在这个时候把这些交给蓝顾云呢?

几日前,她再次去找汪国……

汪宅大厅内宽敞明亮,乳白色的大理石映出她的身影,她正忐忑不安地坐在沙发上,手中捧着一杯热茶,佣人让她等待,汪国正在跟客人谈事情,她无聊地四处打量着,诧异地发现不远处的墙壁被挖空灌入清水,里面游弋着许多的小鱼。

不时地想到了蓝母跟汪国之间的交谈,如果汪国跟艾米财团真有什么,怎么又会在股东大会上支持她?如果汪国跟蓝母没有什么,那么这一模一样的装饰又代表着什么?并且顾优和汪国应当熟稔,甚至连蓝顾云都跟他有所牵扯,这么一堆一堆的关系,就像是一个个谜团,朝她迎面袭来。

过了会儿,汪国一脸笑意地朝她走来,坐到她前方的沙发上,这一坐下来,沈小雅便开始紧张起来:"上次都没好好招待你,这次来是因为合同的事情吗?"

汪国并不是个拐弯抹角的人,他一说就到重点上,沈小雅也就不打太极了:"的确是因为合约的事,我想再为丰皇争取下机会。"

汪国脸上露出神秘的笑容："咱们先跳过合约，谈谈别的事情，所有的事情理清以后，你自然知道该怎么做了。毕竟我和你爸爸是多年的朋友，虽然后来有所不和，但是我总归是希望沈家能够好的，而不是一蹶不振。首先我想知道你为什么要跟陆子鸣结婚，甚至新开一家公司？"

"我跟陆子鸣本就是青梅竹马，嫁给他应该没有什么不妥之处，新开一家公司自然在我们的规划范围之内。"沈小雅眼眸一闪，语气平淡地说："不知道汪叔叔问这个，两者之间有什么联系吗？"

"那倒没，是因为万豪的死因让你对蓝家久久不能释怀吗？所以继而嫁给陆子鸣，想和陆家一起对付艾米财团，为你爸爸和沈家争一口气吗？"汪国慵懒的语调下，却字字见血。

沈小雅苦涩一笑，被击中的感觉的确不好受，"是又怎么样？不是又怎么样？如果汪叔叔不想考虑与丰皇的合作，大可不必这样逼我。"

"你深爱着蓝顾云，我不认为你要再与丰皇纠缠下去，这样对你一点好处都没有。倒不如把心一横，不管不顾陆家的死活，你说对吧？再说陆家也没什么大发善心的人，可能也就陆远山还算有点良心，不过也是建立在各种关系网上。"

汪国越说，沈小雅的脸蛋越是惨白，嘴唇失去了颜色，"别把陆家看得这么好，现实可能不如我们所看见的那般，这一些事的发生，不仅仅只是因为被迫和无奈，还有自己的私心，你不也正是吗？如果说你对陆子鸣真的这么爱，怎么会跟蓝顾云有牵扯？你必须要选择一样，要不跟蓝顾云在一起，要不就跟陆子鸣好好经营丰皇，你知道你心底的声音吗？"

| 爱情从未离开过 |

　　茶水渐渐地冷却，再捂着也是徒劳，手心的汗渍早已没了，取而代之的是冰凉，她稳住纷乱的情绪："汪叔叔分析得果然有道理，不过有私心的可不单单是我，也包括你对吗？"

　　"对。"汪国顺着沈小雅的视线望去，看到背后池子里的小鱼正在自由自由地游着，"不瞒你说，估计你也应该猜到几分，我跟蓝艾米之间的事，你爸爸和陆远山是要好的朋友，当时，蓝艾米第一次出现在我眼前的时候，我就爱上了她，可无奈她早已跟陆远山在一起。她非常喜欢各式各样的热带鱼，我记得她曾经说过，如果她有自己的房子，一定要挖掉一面的墙，装上透明玻璃，当鱼缸。直到她跟陆远山分开好几年后，我才再次遇见她，不过她早已失去了当年的纯真，心中只有满满的恨意，虽然这样，但是不代表我会在这件事上偏袒艾米财团，你放心，我会让丰皇和艾米财团公平竞争的，只是你确定你想要什么了吗？"

　　这就是为什么沈小雅频频在各处看见热带鱼，原来是这个原因，虽不知道汪国为什么会让丰皇和艾米财团进行公平竞争，却也舒了一口气，这代表她现在跟艾米财团是站在一条起跑线上的。

　　他最后的一句话，却让沈小雅茫然了，她也不知道究竟应该要怎么样，但是有点非常确定，如果跟蓝顾云在一起，她对不起沈父的在天之灵，倘若把心交给陆子鸣，的确已经是不可能了。

　　如果可以的话，她真想把自己一分为二，就没有这么多纷扰的烦心事了。

　　只不过让丰皇赢艾米财团，倘若正面交锋的确是有难度，这么一想的话，蓝顾云之前的提议，倒也有可行性，于是她才表面上答应蓝顾云的意见。

第四章 只为从此不相离

过了一会儿，沈小雅闻到了饭菜香味，在空气中弥漫着，她一睁开眼睛，就看见蓝顾云的侧脸，在灯光的照耀下，一半明亮一半阴影，他正在把几样小菜端到玻璃餐桌上，香气四溢的西红柿炒蛋、糖醋排骨、清炒包菜，还有一个炖蛋，看得沈小雅肚子咕咕直叫。

她有些不好意思地看着蓝顾云："男人比女人还会做菜。"

蓝顾云走到她的身边："刚刚看你睡着了，就没喊你，是不是很累？"

沈小雅摇了摇头，蓝顾云轻轻地揽着她的腰，下颌顶着她的小脑袋："宝贝，你什么时候跟陆家摊牌，我实在不想看到你天天这么忙来忙去，对你的身体不好。"

沈小雅疲惫地靠在他的身上，一声不吭。

蓝顾云见她不吭声，便转移话题："听你在电话里的语气好像还有别的事，是不是发生什么事了？"

她仔仔细细地盯着蓝顾云看了一眼，没有想到他和陆子鸣居然是同父异母的兄弟，咳嗽了一声："你知道你的爸爸是谁吗？"

顿时，蓝顾云的身体一僵，蓝母始终都不愿意透露，而他也无心去查，倘若真的要追查下去，绝对能够找到，冷声说："我不关心那些。"

沈小雅不解蓝顾云的一百八十度大转弯的态度，双手捧着他的脸庞，轻轻地抚摸着他的嘴唇："如果我说陆伯伯就是你爸爸，你会相信吗？"

蓝顾云黑眸中闪过一丝讶异，随即镇静地吐了两个字："相信。"

这倒是换沈小雅被吓到，她眨了眨睫毛："这是真的，可是你却好平淡，难道你真的一点都不好奇你的身世吗？"

| 爱情从未离开过 |

早在顾优提到这一点的时候,他有猜到几分了,只是一直也不愿意去想,现在听到沈小雅如此笃定的语气,倒也没有多大的意外。或许是从小就被蓝母的棍棒教育,对于任何事都显得波澜不惊,甚至也不大去在意,能够省略的事,自然就不会去挂心。

"你不是已经告诉我了吗?我知道谜底了!"蓝顾云面不改色地说,眸子里没有一丝情绪,就好像这事与他无关似的,不痛不痒,"我知道你的意思,如果我爸是陆远山,是不是能够对陆氏地产手下留情,可是你要想到我妈对我爸的仇恨,问题不是在于我,而是我妈根深蒂固的怨恨。"

蓝顾云话锋一转,瞅了一眼桌子上的饭菜:"赶快吃饭吧,免得都凉了。"拉着满脸呆愣的沈小雅坐到了餐桌上,她的手肘一触及到冰冷的玻璃,瞬间就清醒了,埋头努力扒饭。

他看到她这副模样不禁莞尔,嘴角缓缓地勾起。

晚饭过后,沈小雅便从包包里拿出陆父给蓝顾云的文件,他接过以后,皱眉看着手上的东西,不屑一顾地搁到一旁,她轻轻地呼了一口气:"怎么了?里面是什么东西?"

"没什么,他良心发现了。"蓝顾云满不在意地揽着沈小雅娇弱的身子,神情严肃地说:"小雅,你准备怎么办?离开陆家,放下仇恨,好吗?"

"不要!"沈小雅下意识地说,"你再让我想想……想想……"

蓝顾云眼神一暗,却也点点头。

夏末起风,透着一股股寒意,风的声音在耳边不停地演奏,街上行人下意识地将手缩到了口袋里,地上的尘埃被吹起,独有的舞姿却没人欣赏。

陆氏地产办公楼,蓝顾云向总台报上了名字,便被恭恭敬敬

第四章 只为从此不相离

地迎到了陆子鸣的办公室,陆子鸣正坐在皮椅上,专心致志地看文件,一听到秘书报上蓝顾云来了,便放下手中精致的钢笔,瞧着来到的蓝顾云。

"坐吧。"陆子鸣毫无情绪地说了一句,一双眼睛直勾勾地盯着蓝顾云。

蓝顾云径自拉出椅子坐下,秘书端来两杯摩卡咖啡,办公室内充斥着浓浓的咖啡香,他瞄了一眼陆子鸣,一直不知道原来陆子鸣是他同父异母的弟弟,这让他不禁要重新打量眼前的这个人,不过仍旧是讨厌。

"陆总经理不问问我为什么会来?"

陆子鸣公式化地笑着,伸展了一下肩膀,略带嘲讽地说:"我又不是蓝副总肚子里的蛔虫,怎么可能会知道呢?不过蓝副总隐藏得真好,我还真当你是古楼的老板,没想到只是一个幌子。"

"陆总玩笑了,古楼本就是艾米财团旗下的,怎么能叫幌子呢?我也不跟你废话,在这里我跟你要个人,我可以放弃华中的承包书,让丰皇来接手。"

蓝顾云的这句话引得陆子鸣一眯眼:"哦?不知道是陆氏地产的谁,让蓝副总看中?"

"沈小雅。"蓝顾云轻轻念出这几个字,陆子鸣仿佛被炸弹给炸了,满脸错愕地说:"沈小雅是我太太,蓝副总别欺人太甚,抢走人妻这种事,不像是你所为的,再说了,你想要什么样的女子,勾勾手都可以得到,为什么要找我太太,她可不是被你玩玩就丢的人。"

蓝顾云嘴角透着一丝凌厉,眼神中尽是嗤笑:"事情的经过,想必陆总经理比我更清楚,还在这里跟我玩什么花招呢?我们打开天窗说亮话，只要你不再纠缠沈小雅，华中的承包书我让给你，另外我会将艾米财团5%的股份让给你，不知道这样的筹码，能不能让你放手？"

5%的股份，艾米财团的产业遍布全球，虽然是仅仅的5%的股份，可所盈利的绝对能够抵得过好几家公司的收入，再加上现在陆氏地产正处于危急时刻，丰皇又是刚开始的小企业，急需资金的注入。

"你认为我会答应吗？哪怕陆氏地产破产了，我也不会干出这种事！"陆子鸣的眼中闪烁着怒气，大掌一下就拍到了桌子上，顿时桌上的文案都一震。

蓝顾云不以为然地一笑："那就不打扰陆总经理了，倘若有兴趣的话，随时恭候你的大驾。"

砰的一声，办公室的大门被阖上，陆子鸣呆呆地站在原地，眼神中凝聚着怒火，好似要穿透门板，燃烧殆尽，他拳头紧握，过一会儿，缓缓地松开，按下内线电话，唤了秘书进来。

蓝顾云大步走向车内，车子平缓地在马路上行驶，李叔看了一眼后视镜上双眼紧闭的蓝顾云："蓝总，陆子鸣怎么说？"

沉默许久，只听见车子内小空调的扇叶呼呼直吹的声音，蓝顾云慢慢地吐出几个字："装模作样。"

李叔一挑眉，嘴角露出似有似无的笑容："那蓝总准备怎么做？"

"等待。"蓦地，他睁开黑眸，眼中透露着势在必得。

陆氏地产现在处于外忧内患的时候，相信陆子鸣不会这么不识相，即使心底万分不甘愿，却也会仔细斟酌他的意见，况且沈小雅跟他并无任何进展，各方面的压力之下，不信陆子鸣不会乖

第四章 只为从此不相离

乖投降。

"沈小姐，好久不见。"

沈小雅听到熟悉的声音从身后传来，缓缓地转过身子，就看见一个微胖的中年妇女，正对她笑得灿烂。

"陈阿姨，我都好久没看见你了。"

陈阿姨是沈父的医院看护，照顾得特别细致周到，这让沈小雅对她一直都很有好感，她的音调里带着浓浓的方言，顿时油然升起一种亲切感。

沈小雅跟她来到楼梯口，窗户半开，外面的叶子探头进来，生机勃勃的样子，令人不禁在心中感叹，万物皆有生命："沈小姐，你最近过得怎么样？"

"还行，陈阿姨，谢谢你无微不至地照顾我爸爸，一直都没有机会谢谢你。"

陈阿姨胖胖的脸蛋乐开一朵花："哎哟，哪有的事，你们一家都对我这么好，我自当要尽心尽力了，唉……只可惜……"

说到这里，沈小雅脸色一暗，她知道陈阿姨想说什么。陈阿姨知道自己说错话了，心中明白沈小雅对沈父的感情，立马转移话题，"对了，沈小姐，你爸爸去世那一天，来了一个男人看他，我还奇怪是谁呢，原来是陆先生，他慌慌张张地走了，差点撞到人。"

沈小雅沉着脸，满脸不确定地问："几点钟，什么时候？"

"大概是早上，我看他慌慌张张地从病房里出来。"

陈阿姨的思绪飘远，犹记得那一日，她准备去病房，一下子从里面冲出一个男人，一脸恐慌地走向电梯口，颤抖的手抖得像是抽风一样，拼命地按着按钮，一看电梯门打开了，就像风一样飘进去。

她倒也没放在心上，准备推门而入，一个小护士跑到她身边，让她去医生那帮忙，于是她便匆匆地赶到医生那里去，直到知道沈父死亡的消息，她开始慢慢怀疑这中间是不是有什么关系，不过见新闻上报道沈小雅和陆子鸣结婚的消息，就是那个男人，心中的疑虑渐渐地咽下去，应该跟他没有任何关系，毕竟是沈小雅的丈夫，肯定是她胡思乱想多了。

沈小雅不动声色地点点头："这样啊，可能是那天我爸找他有事。"

"我也是这么觉得！"陈阿姨哈哈一乐。

顺着台阶而下，每一步都沉重几分，越发地缓慢，这事应该跟陆子鸣脱不了干系，如果按照陈阿姨的说法，那么是陆子鸣首先进去的。霎时，沈小雅的脸苍白得毫无血色，整个人昏昏然的，她想起蓝顾云曾经说过被冤枉的话，难道他真的是被冤枉的吗？

眼前的影子越来越模糊，手指冰凉得好似上了一层霜，轻触灼热的脸蛋，与之形成强烈的对比，她拿出手机，拨通顾优的电话，却没料到那边传来一个男声："你好？"

沈小雅不确定地问了一句，"是学长吗？顾优在吗？"

张文章怎么跟顾优有联系了？这……不过好像他俩都是T大的风云人物，想到这里，很多事情就顺理成章了。

"小雅？在！优优，小雅打电话给你了。"

正在房间里进行视频会议的顾优，恰好谈完事情，从里面走出来，接过张文章递给她的手机："喂，小雅？"

"有点事找你聊聊，什么时候有空？"

第四章 只为从此不相离

"现在……"顾优回了一句,挂下电话,等待沈小雅的来到。

蓝宅,气氛凝滞的书房里,蓝母正坐在木椅上听着下属报告公司的财务报告,几个戴着眼镜的男人纷纷擦着额头渗出的汗,拿出纸巾不断地擦拭,她语气不佳地说:"最近公司的状况不是很理想。"

"这……大部分公司近期都不断地裁员,艾米财团已经算不错的了。"一个中年男人抖着身子说,只见蓝艾米冷哼一声,顿时一个人都不敢吭声。

叩叩叩,敲门声响起,保姆觑了一眼几个中年男人,紧张地说:"太太,陆太太在门口,说是想见你。"

"哦?"蓝母的嘴角露出一丝诡谲的笑容。

萧雨想见她?这倒是出乎她的意料,几个下属看到蓝母的笑容,抖得更厉害了,蓝母在商场上的阴狠程度,远远超乎人的想象。

"请她上来。"冷眼环视了下几个人,冷语:"你们都给我下去!"

陆母推门走进了书房,虽然早就有心理准备,但在看见蓝母的容貌时,仍旧忍不住心惊,她正端庄地坐在木椅上,满脸不屑地看着她。原本以为一辈子都看不见这张脸,没想到居然再次出现了。那双令人厌恶的丹凤眼,只会对男人放电。

陆母坐到了蓝母跟前的椅子上,两人相视一会儿,谁都没有先开口说一句,蓝母嘴角上扬,眼神里似乎在对她说,萧雨,你居然也会有来找我的这一天,想不到高高在上的你,也会低下高傲的头颅。

面对蓝母挑衅的眼光,陆母不动声色地别开眼,恨不得要将蓝母撕碎以泄心头之恨,她咬牙切齿地说:"蓝艾米,真的是好久不见,没想到你还像当年一样。"

"萧雨是在夸我驻颜有术吗?其实我什么保养品都没有用,心态好自然就年轻,我脑子里也没这么多复杂的想法,没有心机的人自然就是最纯粹的年轻。"蓝母一句话直接就刺到了陆母的心口。

陆母脸色一变,暗暗缓住情绪,嘴角勾笑:"说得也是,我是当真没有想到,当年的蓝艾米,居然就是现在艾米财团的总裁,这两者实在是差别太大了。这的确是让人感叹风水轮流转,什么阿猫阿狗都能转身一变成凤凰。只是有些贵气是打小就培养出来的,绝不可能因为后来嫁给有钱人,篡谋遗产得来。"

蓝母被陆母说得有些发怒:"难道你是来羡慕我的吗?我不介意让人带你参观下艾米财团旗下的产业,兴许能让你大开眼界,知道什么叫人外有人天外有天,不能只甘心当井底之蛙。"

陆母正欲发火,却眼尖地瞄到蓝艾米手腕上的翡翠玉镯,在光线作用下,反射出淡淡的光芒,心中一凛:"哼……"

蓝母早已发现她盯着手上的镯子,故意用纤细的指尖拨弄着:"这可是远山送我的定情信物,嗯?"

蓝母意味深长的语调,听得陆母一阵恼火,眉心紧蹙,她自然知道那手镯的意义,不用她来告诉她,没有傻乎乎地接着蓝母的话继续问下去:"蓝艾米,你到底是什么意思?让蓝顾云过来跟鸣鸣抢沈小雅,你不觉得太过于卑鄙了吗?"

"哟,这不是公平竞争嘛,你又不是不懂,当年我都为远山生了一个孩子,你还恶意拆散我们。"蓝母说到最后一个字的时候,语调刻意加重,"如果你是为了这件事找我算账的话,那实

第四章 只为从此不相离

在是太不理智了，当年我可没找你撒泼。"

"你……"陆母气愤地甩手就走，楼梯间回响着高跟鞋敲击木板的声音。

蓝母轻啜了一口茶，将杯子放到了桌子上，睫毛低垂，沉吟了一会儿，伸手拿起附近的电话，按下一串数字："喂？帮我盯着萧雨，她不可能无缘无故跑来找我，事出必有因，还有帮我找沈小雅过来。"

沈小雅一踏进顾优的公寓楼，就闻到一阵烧焦烤煳的味道，只见她前面系着一件花色围兜，与穿的黑色性感露肩背心不符，有几根发丝落到脸蛋上，嘴角露出少有的傻笑，手中拿着一个木质锅铲："你来了？来来来进来！"

她傻傻地就被顾优拽了进去，整个客厅充斥着一股烟味，这时张文章咳嗽着从厨房里走出来，全身都染满了刺鼻的味道，看见顾优就大喊："炒鸡蛋居然能把厨房烧起来！优优，你还敢说你是T大的高材生吗？"语气虽锋利，但眼中却充满着浓浓的宠溺。

顾优张牙舞爪地挥动着手中的木铲，不满地嘟嘴："学历和厨艺是不成正比的。"

沈小雅诧异地看着这一幕："学长，你们……认识？"

顾优难得害羞一笑，将手上的木铲递给张文章："嗯，你继续进去折腾去！我跟小雅回房间谈谈！"

她是个表面女强人，内心十分卖萌的人，这从她房间里的装饰就可以看出来，谁能在粉红色的床单上放十几个小型 Hello Kitty 的玩偶，也就只有顾优了。连带窗帘都是以卡通人物为主的图案，一个个卡哇伊的小脑袋，正摆弄着各种可爱的姿势。

"小雅，你找我什么事？"

"你可以帮我查一件事吗？我想知道当初在医院里，那天早上是不是陆子鸣先到医院里找过我爸。"

顾优转悠了下眼眸，脸上露出惊愕之色："你的意思是……"

"没有，你帮我查查看，等你消息。"沈小雅露出淡淡的笑意，顾优点点头："好的，我知道了，我会让人去监控室查查看的。"

当沈小雅从顾优家出来之后，就接到了蓝艾米秘书的电话，让她去一趟蓝宅，正欲开车前去，还没启动车子，就看到副驾驶座上，掉落一个黑色的手机，拿起来一看，在心中暗忖是不是陆子鸣昨晚落下的。

他昨天说想见她一面，她趁着下班时间，开到了陆氏地产楼下，就见陆子鸣穿着衬衫，满脸憔悴地坐了进来。

两个人在车子里一句话都没说，他踌躇了半天也没吭出一个字，沈小雅咳嗽了一声，为了掩饰尴尬便将车里的音乐打开，这会儿陆子鸣的神情更加凝重，喊了一声："小雅，我们会不会分开？"

沈小雅的手僵了下，脸上有些不自然地问："怎么会这么问？"

他怎么知道她想提这件事，她一直进退维谷，不知道该怎么去做，眼前一片迷茫，看不清该怎么走，现在两家到了这个地步，似乎也没有转圜的余地，只能蒙着眼睛一直往前走，不能再回头。

所以她一直想找机会跟陆子鸣提这件事，没想到他却主动问起来了，这倒是让她措手不及，不知道该怎么回答他："我不知

第四章　只为从此不相离

道。"

陆子鸣嘴角抽动了下,不知是喜还是怒,他淡淡地看了沈小雅一眼:"我知道了。"

说完立马下车,快步离去,让沈小雅有些糊涂,不明白他到底想说什么。

这时,一辆红色的玛莎拉蒂正以华丽的旋转姿态停到她车子的跟前,这摆明了就是不让她走,沈小雅从车子上走下来,就看见Lily穿着一身红色长裙,手中拎着一个大牌新款的包包,光鲜亮丽地走到她的面前。

"你怎么来了?"沈小雅不明所以地看着她,Lily冷哼了一声:"哟哟哟,我不来难道等着你当上蓝顾云的太太吗?"

Lily的语气不善,令沈小雅脸色一沉:"你这话什么意思?"

她用艳红色的指甲猛戳沈小雅的心口,每一句话都充满了尖锐:"你别以为我不知道,你早就想嫁给蓝顾云,只不过中间有一个我,所以才没有成功。"

沈小雅被Lily戳得步步后退,火气直冒:"你什么意思!我是答应过你,只要你帮助沈氏,以后我再也不会出现在蓝顾云的面前,但是我想问你一句,你有做到吗?你没有做到何苦来评论我?还有从始至终都不是我去找蓝顾云的,你给我搞搞清楚,不要把有的没的脏水往我身上泼。"

"哦……我知道了,你看我没帮你完成计划,就故意这么对我!"

沈小雅正准备反驳,掌心的手机忽然振动起来,她不小心手指一滑,就变成了接听状态:"陆总,你让我把蓝顾云锁在二楼的会议室,不知道怎么静安古楼起火了,火势汹汹,怎么办?会不会闹出人命!陆总!陆总!陆总!你说话啊?听见了没有!?"

263

她的手捏着电话，久久不能反应过来，倏地，她立马上车发动车子，朝着C市开去，心不停地怦怦怦直跳，蓝顾云，你千万不要出事！我什么都不管了！我什么都不要了！你千万千万要保重！

　　她已经失去了爸爸，不能再失去最爱的人，一想到这里心疼如刀割，猛地一踩油门，加速行驶。

　　Lily愣在一旁，不知道沈小雅发生了什么事，怎么跟中邪了一样，嘴里喃喃地念着："这女人果真有病，还病得不轻！"

　　滚滚浓烟在静安古楼的方向袅袅上升，蔚蓝的天空上，一大团黑烟尤为突兀，像是一股妖气在盘旋，她忐忑不已地捏着方向盘，手心冒出了许多的汗，想象着蓝顾云早已逃了出来。

　　车子终于在静安古楼停下，不断地有人从里面跑出来，沈小雅连忙抓着一个静安古楼的实习员工问："蓝总呢？他出来了没？"

　　那人咳嗽了一声，"好像还没，我看他进去，没有再出来了。"

　　顿时，她慌了阵脚，眼见火势越来越大，整个古楼弥漫着一阵黑烟，她横下心来，咬了咬嘴唇就往里面冲去。

　　"唉……沈小姐……危险！不要进去！"

　　所见之处全是一片火红，珍贵的油画被火舌慢慢吞噬，直到看不见影子，她心中甚是冰凉，继续往二楼走去，忽然，一根巨大的火木掉落到她跟前，她大叫了一声："啊……"

　　她侧着身子绕过，走到二楼看见整个书城置身于火海中，无休无止的大火不断地蔓延着，看不清前面的路。她大声喊着："蓝顾云！你在哪儿呢？你出来好不好？你应一声好不好？我不

第四章　只为从此不相离

怪你了！我们两个人一起离开这里，不要再面对这些是是非非了！你出来好不好！不要让我一个人！"

她发了疯似的四处寻找蓝顾云的下落，满脸都是泪水，不是说是会议室吗？可是会议室到底在哪儿？"蓝顾云，你出来好不好！"

"我在这里！"

她听到他的声音，不可置信地转过头去，就看见蓝顾云灰头土脸地站在她身后，霎时，一滴泪水缓缓地从脸颊上滑下，她猛地朝他扑去！

"你没事就好！没事就好！"她忍不住大哭起来，蓝顾云轻声哄着："乖！我还要照顾你，怎么可能会有事呢？别哭了，我们得想办法出去！"

当他们准备向前走一步的时候，火势凶猛地将楼梯给烧毁了，压根就走不过去，好似一张张血盆大口袭来，带着灼热和肆意妄为的呼啸声，蓝顾云握着她的手，沈小雅感到一阵安心："要是走不出去，我们就一起死在这里吧，能跟你一起死，我也就心甘情愿了。"

蓝顾云蹙眉看着火势凶险："傻丫头，你根本就不该进来。"

沈小雅一下子抱住他的手臂："就是傻！"

他的心涌入一股热流，暖暖的，好似拥有了全世界，忽然一个灵光："对了，二楼有一个紧急出口！本来早就要封闭了，只是当初施工人员忘记了，不过我也不知道是通往哪里的。"

他凭着记忆走向逃生口，掀开一层木板，惊喜地大叫："是这里！"将盖子打开，里面黑黢黢一片，沈小雅率先爬了下去，可他们心底知道，那将是新的光明。

崭新的开始。

火灾之后，再也没有人看见蓝顾云和沈小雅的身影，A市媒体纷纷报道两人已经殉情而死，陆子鸣被气得进了医院，他原本只是想对付蓝顾云，烧了静安古楼和他，一了百了，没有想到沈小雅居然会跑过去一起送死。等待他的是牢狱生活。

蓝母大受打击，甚至是一蹶不振，不理会艾米财团的事，据说到了一个疗养院休养。

陆母和陆父在各种争吵中，最终向法院提交了离婚申请，据说陆父也住进了疗养院。

不知道这算不算是一个完美的结局，但却是一个全新的开始。